On Africa Time

非洲苍穹下

程 萌 著

生活·讀書·新知 三联书店

Copyright © 2022 by SDX Joint Publishing Company.
All Rights Reserved.
本作品版权由生活·读书·新知三联书店所有。
未经许可，不得翻印。

图书在版编目（CIP）数据

非洲苍穹下 / 程萌著、摄. —北京：生活·读书·新知三联书店，2022.10
ISBN 978 - 7 - 108 - 07382 - 2

Ⅰ.①非⋯　Ⅱ.①程⋯　Ⅲ.①游记 - 作品集 - 中国 - 当代　Ⅳ.① I267.4

中国版本图书馆 CIP 数据核字（2022）第 050755 号

责任编辑	崔　萌
装帧设计	薛　宇
责任校对	陈　明
责任印制	张雅丽
出版发行	生活·讀書·新知 三联书店
	（北京市东城区美术馆东街 22 号 100010）
网　　址	www.sdxjpc.com
经　　销	新华书店
印　　刷	天津图文方嘉印刷有限公司
版　　次	2022 年 10 月北京第 1 版
	2022 年 10 月北京第 1 次印刷
开　　本	720 毫米 × 965 毫米　1/16　印张 21.5
字　　数	154 千字　图 383 幅
印　　数	0,001 - 4,000 册
定　　价	128.00 元

（印装查询：01064002715；邮购查询：01084010542）

题 记

非洲之尘

一路上大雨滂沱，我们驱车返回营地。

这是我第九次深入非洲了。尽管此前已写下了不少关于非洲的文字，但对于这次能否写出更为新颖的文字，或者写出这些文字的前提——更深入细微的观察和感悟，以及在非洲最需要的运气，我尚不能确定。

直到司机维克多（Victor）着急地不断超车，最后被一辆卡车堵住了。下雨路滑，我嘱咐他慢行时，瞥见前面一辆卡车下方的挡板上，用斯瓦希里语（Swahili）写着两行字：

MCHAFUKO WA BAHARI
SIO MWISHO WA SAFARI

斯瓦希里语在东非广泛使用，"Swahili"一词来源于阿拉伯语，意为"海岸"。我粗通一点斯瓦希里语，明白这句话的大致意思是："大海中的灰尘，没有尽头的旅程。"

我跟维克多确认，他点点头。

这两行文字让我终于释然了。

那一路上，我就在寻思着这句话，它的含义太丰富了：谁是灰尘，谁又不是灰尘？什么是大海，什么又不是大海？如此对比悬殊的两种事物，就这样被推到了一起，让人感觉到一种不可思议的对比和差异。

我千里迢迢想要见到的那些野生动物以及所有的生灵，又何尝不似灰尘？在这大海般的非洲莽原中，我所倾听的，就是那灰尘溅落大海的声音，极细微而很可能根本无法听到，就错过去了。

目录

引子　野性的狙击　1

洲际穿越，深入东非野性秘境

1 / 辽远塞洛斯：野生动物会把长焦镜头，视作一支步枪　18

2 / 从乞力马扎罗到恩戈罗恩戈罗：火山口内的庇护所　48

3 / 塞伦盖蒂：从格鲁梅蒂到塞伦勒那　64

自由大地，聆听自然与历史的低吟

1 / 西察沃和安博塞利："食人狮子"和那辽阔的原野　94

2 / 东北偏北：在《狮子王》中的悬崖上喝下午茶　116

3 / 奥佩杰塔：犀牛苏丹的故事　144

草原哭泣，情未动而风云起

1 / 艾尔蒙蒂塔湖畔和直升机上的飞越　164

2 / 生死马赛马拉：那只前往塞伦盖蒂寻找爱情的猎豹　180

3 / 从马赛私人保护区到鲁欣加岛屿：荒原温情和维多利亚湖　202

敬畏之地，大陆深处的流浪精神

1 / 从维多利亚瀑布到布拉瓦约：逝去的塞西尔　228

2 / "非洲之傲"和星光下的东开普：刺痛内心的猫头鹰之屋　246

3 / 好望角和丛林中的营地：敬畏是另一种文化的心灵　268

附　录

1 / 非洲狩猎潮："白色猎人"的黄金时代　294

2 / Safari：狩猎文学与时尚的起源和发展　304

3 / "生态旅游"和"野奢"的定义　312

4 / 行前阅读：与非洲有关的文学作品和影片　316

后记　旅程颂歌　325

Prelude
Camera Shootings for the Wildlife

引子
野性的狙击

永远的"苏丹"

  2018年3月20日,我读到一条新闻:世界上最后一头雄性北方白犀牛"苏丹"在3月19日被施行安乐死。终年45岁。

  我胸中顿时涌起一丝淡淡的哀伤。我曾去专门赶赴看过它,给它喂上甘蔗,而此刻,这个令人悲伤的结局终于还是出现了。

  我曾用反转片给苏丹拍过几张照片,侧逆光,它处于暗部的眼睛中有一抹奇异的蓝色光点,使得它的表情看上去复杂极了。

大象走廊

　　万基国家公园

　　一群大象快速走过。根据一家大象保护网站提供的数据，1979～2013年间，非洲大象的数量已从130万头锐减到40万头。目前黑市上象牙价格已经超过1000美元一磅，偷猎者采取集团作战形式，配备了自动武器和夜视镜，有的还装备了直升机，每年杀害数万头大象，令这种最大的陆地哺乳动物极有可能像其祖先猛犸象一样，走向灭绝之路。

偶遇猎豹

安博塞利国家公园。

一只猎豹出现在离土路大约20米的丛林中！100多年前，全球猎豹种群数量超过10万只。猎豹种群在20世纪急剧下降。目前，在世界自然保护联盟（IUCN）濒危物种红色名录中的状态是"易危"（Vulnerable），许多组织正在推动将该物种改为"濒危"（Endangered）。目前，全球野生猎豹数量约为7100只，包括被私人豢养的猎豹在内的全部总数也不到8000只。

草原上的掠夺者

奥雷尔-摩特罗吉自然保护区。一只斑鬣狗（Spotted Hyena）嘴里叼着羚羊的两条腿，从树丛中冲了出来，显然是从狮子嘴里抢夺而来。

在马赛马拉保护区内，研究人员在监测斑鬣狗、狮子和猎豹的数量，并将斑鬣狗列为前哨物种（Sentinel Species），因为从斑鬣狗的行为上可以预测其他大型食肉动物种群数量的变化。

叙说者

万基国家公园。

一只鸵鸟张着嘴,仿佛要跟人类述说着什么。

鸵鸟有着长长的睫毛来保护它们那巨大的眼睛。这眼睛比其他任何鸟类的都要大。研究表明,每只鸵鸟的眼球比它的大脑容量还要大。

黑猩猩庇护所

奥佩杰塔自然保护区的黑猩猩庇护所。

这里是由黑猩猩保护专家珍妮·古道尔(Jane Goodall,1934—)的保护协会,联合该保护区一同建立的。这是其中最帅的一只黑猩猩。

这里的黑猩猩是从塞内加尔和乌干达等国家领养过来的。躲过了内战、动荡和被伤害,它们将在此安度余生。

子弹与人

津巴布韦的一处保护区。

一位猎人手中的来复枪子弹。对这些野生动物,是采取保护的姿态,还是采用杀戮的对策?这是值得人类深思的问题。

伤者

南非,一家丛林营地。

一只羚羊在树丛中疗伤。它被花豹的利爪撕破了鼻子。

看不见的大力士

里瓦野生动物保护区。

一只屎壳郎（Dung Beetle）究竟有多大的气力？即使是去推一小团的新鲜粪球，其重量也是屎壳郎体重的50～100倍。研究者发现，一种叫"Onthphagus Taurus"的屎壳郎拉动的载荷，相当于其体重的1141倍。如果以人体重量来换算，这就像一个68公斤的成年人在拉动着77吨重的物体。

在非洲有1800多种不同亚种的屎壳郎。它们通过收集粪便，改善了养分循环和土壤结构，还能通过清除粪便来保护牲畜，避免为苍蝇等害虫提供栖息地。

屎壳郎交配后，将卵产在粪球内。热成像技术表明，粪球内比周围环境凉爽得多，可能是因为其中的含水量所致。

草丛中的斑马

马赛马拉国家保护区。

从热气球上眺望大地。斑马在晨间的草丛中漫步,若隐若现,构成如同诗歌般优美的图画。

缓缓飞行在苍茫的原野之上,我思考着这样一个问题——生态与环境急剧变化,我们观赏这些野生动物还能持续多久?

车辙上的非洲豹龟

桑布鲁国家保护区。

一只非洲豹龟(Leopard Tortoise)嘴里衔着根草,在慢悠悠地爬行着。这是非洲大陆分布最广的龟种之一,以精致的半球形突起和豹纹闻名。这种特殊的外壳使得它们能够承受较高的外部温度,免受阳光的灼伤,延长在野外开放地带的停留时间。

龟是植物重要的播种者。因为它们吃大量的植物,在灌木丛下排泄,粪便中有大量未消化的种子,这些种子在土地上生根发芽。在埃及发现的非洲最古老的龟化石,可以追溯到3550万年前。

Chapter 1
The African Profound Secrets

洲际穿越，
深入东非野性秘境

又一次洲际穿越，飞抵坦桑尼亚。

深入塞洛斯秘境，然后来到乞力马扎罗山麓下的莫希小镇，前往坦桑尼亚的重要城市阿鲁沙，最后抵达恩戈罗恩戈罗和塞伦盖蒂，展开一段私密的旅程。

在我的眸光之外，自由的生灵和远处的地平线同在。那些清亮的眼睛，它们在记忆深处，凝视着我。

**Selous Game Reserve:
A Long Lens or a Rifle?**

1

辽远塞洛斯：
野生动物会把长焦镜头，视作一支步枪

即使是资深的非洲探险者，也较少有人深入到塞洛斯这片5万多平方公里的秘境。它分布在坦桑尼亚第一大河——鲁菲吉河的两岸，野生动物还未曾适应人类的活动，经常会把我手中的长焦镜头，视作一支步枪。

这里曾拥有全球最多数量的大象和黑犀牛，如今大象还能看到一些，黑犀牛则早已无处觅其踪迹。探险的危险依然存在，在塞洛斯丛林深处的营地，还有着被感染疟疾的潜在可能。我穿着长袖长裤，裤腿扎紧。

达累斯萨拉姆，和平之港的庭院和酒廊

抵达达累斯萨拉姆（Dar-es-Salaam）的时候，正是午后。

这是我又一次来到非洲，只是这次的气氛与往常有些不同，从下飞机的廊桥一出来，我看到一张巨大的告示，上面写着从几内亚、塞拉利昂等西非国家来的旅客，需要特别说明。这个通道的出口处，站立着两位机场的工作人员，挨个儿询问每位旅客是从哪里飞来的。是的，这一切是因为埃博拉病毒在肆虐。

尽管在东非还较少见到关于埃博拉的病例报告，但这样的防范也是必需的。

在机场的签证处交了50美元，然后在另一个窗口等待着办理落地签证。效率比较慢，想起上次在乞力马扎罗机场，也是办理落地签，速度却极快，看来是一个口岸一个样子。

签证拿到手，给了三个月的时间。在通关时，我前面是三位从奥地利因斯布鲁克一所医药大学来的大学生，一女两男，他们准备在这里待足三个月的时间，具体的地方也都没有想好，说就是走走看看，加上睡睡懒觉。看来年轻，才能真的任性。

随着人流走出机场，预订酒店的司机已举牌在出口处等候。我再次踏上非洲的土地，带着一种重归的欣喜。驱车前往酒店，路旁有巨幅的户外广告，画面上四条黑人的腿悬挂在天台边缘，路旁一些穿着黑T恤的人正在举办着某种宗教仪式，而街道旁满是人流，不少摊贩捧着放满水果和小食的盘子，游走在街上，车速稍微一慢，他们就围拢过来。车窗紧闭，我本想打开，却发现没有开关，这才意识到主

从达累斯萨拉姆机场驱车前往酒店，路旁悬挂着巨幅的户外广告牌

控开关在司机那里,他需要确保安全。

我与司机闲聊,说起"达累斯萨拉姆",在斯瓦希里语中的意思是"和平之港",而现在这座拥有300万人口的坦桑尼亚最大都市,正散发着强烈的非洲气息。

不到一刻钟的车程。一座宏大的酒店矗立在翠绿的花园中。步入高阔的大堂,进入我的房间。房间面积比较大,从窗口可以看到酒店后面的花园内繁花盛开,像是都市中的宁静绿洲。

在宁静的花园中漫步。开阔的草坪上,摆放着两条拼成的超长桌子,每张桌子配了30把椅子,一些工作人员正在忙碌着,这是一家公司在酒店特设的晚宴,如此舒适而宽敞的环境在整个城市也是不多见的。花园的深处,是一个圆形的泳池,清澈碧蓝。

晚餐时分,来到酒店一楼的Jahazi餐厅,这是酒店内的海鲜餐厅,也是城中的知名餐厅之一。餐厅内的墙面上凿出了一个个陈列位,摆放着现代风格的水晶器皿,与非洲人物的肖像油画形成了有趣的对比。

头盘我选的是非洲特色的香辣海鲜杂烩汤(Spicy Seafood Chowder),分量很足,用肉汤、姜黄混合着椰奶制成,香,微辣。吃完之后,有着一种饱满的回味感。主菜点的是香煎红鲷鱼(Red Sanpper),配上水瓜柳、橄榄和番茄沙司,同样香醇可口。饭毕,女主厨出来征求意见,她的眼睛妩媚,戴着白色的厨师帽,非常具有非洲风情。

餐后来到酒店内的Kibo酒吧,一派热闹的气氛。酒店大堂内的纪念品店内,放着各种非洲的纪念品,其中尤其以木刻的犀牛、河马等造型最为可爱。在大堂的一侧,放置着一张海报,是意大利一家著名男装品牌订货会的招贴。一位皮肤黝黑的男士见我在看招贴立即迎上前来,告诉我说他们的公司就设在酒店的二楼套房内,要带我去参观。他说坦桑尼亚对于这些高级成衣,有着越来越大的需求。

休整了一夜,第二天清晨8点半,从酒店驱车大约10多分钟,来到了达累斯萨拉姆海滨,其中有一片地区还有保安看守着,需要打招呼后才能走近海滩。海岸

Jahazi餐厅的海鲜杂烩汤,香辣可口

达累斯萨拉姆海滨，一些当地人在捡拾海产品

线上的高层建筑也渐多起来，远处的海面上停泊着一些船舶。这个非洲的大港会更趋繁忙。再往前开，一段海滩上，一些当地人在随着波浪捡拾海产品，一幅怡然的画面。

飞向塞洛斯

上午10点40分，来到达累斯萨拉姆机场（Julius Nyerere International Airport）的一号航站楼，我准备搭乘11点半的小型飞机前往塞洛斯自然保护区（Selous Game Reserve）。过安检时，机场的工作人员却是一副急急忙忙的样子，说须马上登机。

这是一架可以乘坐12人的小型飞机，机型为塞斯纳大篷车型（Cessna Caravan）。我有点困惑，问旁边一位中年男士，说我的时间没错啊，为什么要这么急急忙忙地上飞机。他给我看他的机票，时间是10点半起飞。我一看就明白了，原来是两班飞机被并为一班了。看来，在坦桑尼亚境内搭乘小飞机，还是要早到为妙，按着点儿来的话，很可能会误机。

飞机朝西南方向，飞向非洲最大的自然保护区塞洛斯。从飞机上俯瞰，可以真切地感受到塞洛斯保护区的辽阔。该保护区总面积为54600平方公里，建立于1922年，不仅是非洲最大的自然保护区，同时也是世界最大的自然保护区之一。

这个保护区得名于英国的弗雷德里克·塞洛斯爵士（Sir Frederick Selous，1851—1917），他是早期的环保主义者，1917年1月，他在这个保护区的贝霍贝霍（Beho Beho）与德国殖民者交火时不幸去世。当时正值第一次世界大战期间，在这块非洲土地上，英德双方互为敌对，而最早在这里规划的是德国总督赫尔曼·冯·维斯曼（Hermann von Wissmann，1853—1905），他在1896年起实施规划保护区，并在1905年将这里变为一片狩猎保护区。

1982年，该保护区由于动物多样性和蛮荒的自然风貌，被列入《世界自然遗产名录》，入选理由是："数量众多的大象、黑犀牛、猎豹、长颈鹿、河马和鳄鱼，生活在这巨大的庇护所内。幅员辽阔，还较少受人类活动的影响。保护区内有各种各样的植被带，从茂密的灌木丛，到开阔的低树草原。"

当初，这里的大象、河马、非洲野狗和鳄鱼的总数，据称总量上超过非洲任何一个自然保护区或国家公园，这里曾拥有全球最多数量的大象和黑犀牛。由于盗猎猖獗，黑犀牛则早已绝迹。目前，这里成为濒危的世界自然遗产，在联合国教科

一架正在降落的塞斯纳大篷车型飞机

文组织的官网上,已用红色符号特别标记出来。

尽管其他动物的总数较多,但由于整个保护区的面积太大了,这样动物的分布密度反而比坦桑尼亚北部的其他保护区要低些。保护区内没有人类定居点,也不容许建立永久的建筑物,只有保护区的鲁菲吉河(Rufiji River)和几个湖区旁边,建立了一些高端的营地。

20多分钟后,飞机不断地降低高度,降落在一处简易跑道上,产生剧烈的抖动。有一位乘客下机,被跑道旁等候的营地车辆接走。在塞洛斯,每个营地之间的飞行接驳类似于巴士停靠。这种简易的砂石跑道,旁边有一只风向球和一座茅草搭建的候机棚子。看起来条件十分简陋,但正是这样的跑道,将世界各地的旅行者,送到这样的秘境。

搭乘小型飞机,抵达塞洛斯自然保护区

飞机继续飞行,从窗口往外看,大片大片的湖水镶嵌在原始大地之上。之后飞机分别在Mtemere、Siwandu、Kiba和贝霍贝霍4个跑道上起降,最后才抵达我的终点站——斯台格勒峡谷(Stiegler's Gorge)的跑道。5次起降让我的胃部很不舒服。降落时飞机与跑道的摩擦力太大,以至于我在后面几次降落时,得用手臂将身体支撑起来,半站半坐着,这样才不会被颠得太难受。

丛林深处的营地

这是塞洛斯保护区相当纵深的位置。一辆来自塞洛斯塞雷纳豪华营地(Selous Serena Luxury Camp)的越野车,已在跑道旁边迎候。一名持枪的卫士,让飞机驾驶员签署乘客抵达的确认单。导游弗朗西斯(Francis)和司机欧曼瑞(Omary),热情地迎上前来。

弗朗西斯30岁不到,个子不高,司机欧曼瑞是一位40多岁的中年人,比较沉稳,然后驱车向西,前往营地。在非洲的自然保护区中,不少导游身兼丛林向导(Ranger)和野生动物追踪员(Spotter)。

半个多小时的车程中,我们不断遇见羚羊和斑马,边看边聊。弗朗西斯毕业于坦桑尼亚阿鲁沙的一所大学,会法语和日

营地内，一只河马泡在水池中

语，他也是我在非洲遇到的为数不多的多语种导游。他对中文也很感兴趣，因为预计中国客人在将来会越来越多。我在车上开始教他常见动物的中文发音，给他解释每个中文动物名字的构成，比如解构斑马中的"斑"和"马"，这样他就很容易去理解。在所有的动物名称中，他觉得"狒狒"这个词的中文发音，是最好玩和最容易记住的。

车子穿越安静的丛林，不时可以看到路旁有黑蓝相间的旗子悬挂在林中，我问弗朗西斯，这是做什么用的？

他反问我：你知道丛林中有一种苍蝇叫"Tsetse Flies"（舌蝇，采蝇的一种），它们最喜欢什么颜色呢？

我一下子反应过来了：这种旗子就是吸蝇旗，可以减少舌蝇对人的干扰。舌蝇最喜欢黑色和蓝色的物体。我曾在旅行指南上读到过，在坦桑尼亚，应避免穿黑色和蓝色的衣服，最佳选择是沙土色系的衣服。

抵达我预订的营地，入口处竖着一块牌子，上面标明着具体的地理位置：南纬07°45′37″，东经37°47′50″。首先来到酒店的酒廊（Lounge）和餐厅。酒廊是营地的核心位置，放置着非洲风格的雕塑，还有各种酒类，是宾客交流的场所。我在这里遇到一对从英国来的夫妇，他们告诉我快到餐厅外的平台去看看。原来，下面不到20米的地方有一个小池塘，两只硕大的河马正泡在里面呢。这个营地在一开始就给人惊喜，毕竟这里是原始丛林的最深处。

服务员已走上前来，让我点好午餐。等待上菜的过程中，一位管家带我去我的8号帐篷，就在酒廊和餐厅的隔壁，相当方便。这家营地总共只有12间帐篷。这种帐篷结构，即用木结构来搭建一个平台，离地面大约有2米高，房间的主体部分采用灰绿色的帐篷，中央位置摆放着一张双人大床，垂挂着蚊帐，房间内书桌、柜子等一应俱全，柜子中还放置着保险柜。

走到房间后部的盥洗室，地板上发出吱吱的响声。盥洗室设计豪华，放置着两个金属的盥洗盆，中间摆放着浴缸，旁边是淋浴间，然后是抽水马桶。盥洗室与房间之间，可以用帐篷来隔断。这样的巧妙设计，使得营地酒店在最大程度上不破坏环境，又在最大程度上为宾客提供舒适享受。

离开帐篷时，我照例拉好帐篷拉链，并为箱子锁上锁。这是我多年来在非洲养成的习惯。因为整个营地酒店是没有围栏的，动物可以自由穿行。在一些营地，偶然会有狒狒到帐篷里寻找食物。狒狒很聪明，如不上锁，它们会拉开拉链，将客人的行李翻乱。

回到餐厅。餐厅分为室内和室外两个区域。室外区域搭建在一个高高的平台上面，两棵高耸的树上挂满了长约20～50

房间的主体部分采用灰绿色的帐篷结构，中央摆放着一张大床，设施一应俱全

厘米的果实，重量在 5～10 公斤之间，这是狒狒、长颈鹿和猴子喜欢的食物。这种树俗称"香肠树"（Sausage Tree，学名叫 Kigelia Africana）。在肯尼亚中部，这种干果被用来制造一种名为"Muratina"的酒精饮料，还可以制作护肤品。

我坐在室外的餐桌旁，一边享用午餐，一边张望着下面水池中的那两只河马，它们不时发出一两声雄浑的叫声，那场景着实非常有趣。

这个营地由于存在着天然的水池，预防疟疾是必需的。塞洛斯的部分地区仍存在疟疾感染。

疟疾是一种由疟蚊所传播的疟原虫所引起的寄生虫病，是对人类威胁最严重的传染病之一。疟疾也是每一个非洲旅行者的噩梦。我每次去非洲，都带着复方双氢青蒿素（这需要谢谢屠呦呦和她的团队），但这种青蒿素只能治疗，不能预防。人体被传染疟疾后，潜伏期（由被蚊叮咬至病发）约为 7～30 天，部分会长达 10 个月，但即使吃了青蒿素，也很难根治，更何况已发现一些疟原虫对该药产生了抗药性。

我记得曾读过一条关于泰国军人在丛林中服役时，服用阿奇霉素来预防疟疾的报道，说是有一定的效果。于是，在塞洛斯的每天时间里，我都按时吃一片阿奇霉素，希望一切无事。

尽管天气十分炎热，我依然穿着全套的户外衣服，脚踝处裤腿扎紧，所有皮肤裸露的部分，每天都涂擦上特效的驱蚊露。除了小心预防，也无他法。我这么多年穿越非洲，至今还能安然无恙，与这种谨慎是密不可分的。

20 多年前，我读了蕾切尔·卡森（Rachel Carson，1907—1964）的环保著作《寂静的春天》（Silent Spring），深深地为人类干涉自然感到悲哀，自然在原本该是生机盎然的春天，却变得死一般的寂静。书中的观点是，如果人们不百倍地保护和珍惜自然，这样的春天只会越来越多。这本书出版后，全球开始禁用 DDT 作为杀虫剂，但在多年之后，我又听到另外一个观点：正是由于禁用 DDT，导致疟疾在非洲失控，至少夺去了几百万儿童的生命。

所以，一种文化或传媒的观点，总在不经意之间，影响着无数人的生活。在寂静的自然与儿童的生命之间，似乎存在着应对两难的窘境。

思绪回到安静的营地。酒廊内，挂着廷加廷加的绘画。坦桑尼亚有两种艺术形式相对知名，即廷加廷加（Tinga Tinga）和马孔德（Makonde）。廷加廷加是非洲的流行绘画，即在画布上采用搪瓷、油漆或聚丙烯颜料绘制，主题通常是野生动物、稀树草原景观或者是花纹的图案。廷加廷加的创始人是爱德华·赛迪·廷加廷加（Edward Saidi Tingatinga），他 1932 年出生于坦桑尼亚南部靠近莫桑比克的一个村庄。他采用回收的低成本的材料如纤维板来进行创作，从家乡的恩登德（Ndonde）壁画艺术传统中汲取灵感，风格近乎超现实主义。

1972 年，他的创作因为一场意外而告终。当时有劫匪抢劫银行后驱车潜逃，廷加廷加刚好开车经过，警察示意停车。廷加廷加不知何故没有停车，于是警方误以为廷加廷加是强盗，开枪射击。廷加廷加被击中头部，当场殒命。在他辞世之后，这种绘画逐渐在东非流行起来，成为非洲的一种文化符号。

马孔德是坦桑尼亚东南部和莫桑比克北部一支少数民族的名称，也指一种木雕艺术，即通常用坚硬和黝黑的乌木树，制成家用物品、人物塑像和面具。相传，马孔德民族的第一个男人游荡在丛林中，他用木头雕刻了一个女人的雕像，后来这个雕像变为了一个真正的女人，给他生了很多的孩子。在她去世后，这个民族用木雕来进行祖先崇拜和祈福。在 1930 年以后，马孔德艺术已经成为非洲当代艺术重要的一部分。

餐厅的南侧，设立着一个小型的泳池。碧纯清澈的水，在茅草屋顶的映衬下，更加显得绿意盎然。我就在这一方静谧的空间中，独享自然。

黄昏游猎

下午 3 点钟，搭乘越野车，我们开始 Game Driving 活动，这是指坐特制的越野车，行驶在自然保护区内，观赏野生动植物，这也是营地安排的主要活动内容。车辆由"陆地巡洋舰"改装而成，顶棚和座位都是土黄色，前后设置了 3 排座位，可以宽敞地坐上八九个人，现在则成了我的专车。

刚出营地，就遇到一群水羚（Waterbuck）。它们在路旁的丛林中聚集，看样子准备跨过土路。见到我端着长焦镜头，都警惕地站住了，朝着我这个方向张望。我拍摄了几张，赶紧把相机放下来。塞洛斯自然保护区的动物，总体上还是见人比较少，戒备心会比在其他保护区的强许多。向导告诉我，它们可能会以为我手里端的是步枪。

尽管我放下了"摄影武器"，这些水羚还是以飞快的速度，逐个穿过了土路。由此我对塞洛斯这个保护区的纯朴有了切身的感受。作为摄影师，我基本上会同意，摄影其实是一种攻击性的行为。掩藏或降低拍摄时的侵略性，这是摄影师经常会遇

几只非洲水羚站在林地中。浅草迷蒙,长歌悠扬

到的技术、伦理甚至是哲学上的问题。

我当摄影记者时，除重大突发新闻之外，主要精力聚焦在纪实专题上，如曾获得中国新闻奖的《阳光下的临终关怀》等。我当时经常想的是，怎么端着巨大的相机，在最短的时间段内，尽可能少地避免麻烦到被拍摄对象，这的确是一个需要考量的技术难题。

因为要凝固下精彩的瞬间，无疑需要在观察之后，极快地出手，抓拍到了就拍到了，错失了的话再怎么摆布，也无济于事。在拍摄"临终关怀"时，我更多的是陪着他们，听他们述说，待他们对相机完全不戒备了，才安静地拍上几张。当时的不少照片就是用20mm/f 2.8的广角镜头，半跪着，贴近到半米的距离，来抓拍下那些摄人心魄的瞬间。

随着影像的逐渐积累，我越来越觉得，在许多时候，相机是多余的。我经常跟朋友说的一句话就是，已拍了这么多年了，多一张少一张并不重要。一些瞬间，只能也只会留存在心灵的底片上。潜影，永不消退。

同时，摄影是较为谦卑的一种表达形式。不管是人物还是风景，它们都不是摄影者所创造的。观者是在找寻那极微小的时间之火花。在按下快门的同时，即与这个瞬间告别。

接下来的时间里，我看到一些黑斑羚（Impala）和疣猪（Warthog）。疣猪在草地上吃草，身体为茶灰色，脸部长着两对疣，嘴部露出两对獠牙，上面的一对呈半圆形，向上长到接近鼻子的位置，下面的一对细小。疣猪眼睛细长，整个脸部端详起来比较复杂，让人觉得怎么在一张脸上能有这么多东西？它们吃草的时候，前面两只脚前跪在地上，模样幽默。动画片《狮子王》中那个可爱的"彭彭"（Pumbaa），就是以疣猪为原型来设计的。

夕阳下，路边站着几只黑斑羚，它们明媚干净的大眼睛，在暖光的照射下，显得格外动人。在不远处的树丛中，还发现了一只红喉鹧鸪（Red-necked Spurfowl），高约36厘米，这种鸟的食物以种子、嫩芽、树叶和浆果为主，有时它们也会抓捕小型无脊椎动物。而远处，一只狒狒（Baboon）正在吃着浆果，夕阳为它勾勒出一道明亮的光边。

我在路旁发现了一头小象的头骨，据向导目测，约有12岁。我在征求他的意见后，下车仔细查看。在非洲的大部分国家公园，人是绝对不能离开车辆的，车辆也只能在主路上行驶，但在塞洛斯，则可以根据具体情况来灵活处理。

我下车，走近头骨，蹲下身去，仔细查看上面的纹路。还无法知道这头小象的

狒狒

我在现场发现一头小象的头骨。在征得导游同意后,下车去仔细察看

死因，但死于幼年，这本身就是一种悲哀。非洲小公象在大约12岁时才进入发情期，长到25岁才开始繁殖。无意外的话，它们的寿命可达六七十年。

驱车继续前行。在夕阳下的路旁草丛中，4只正在休憩的狮子慵懒地躺着。向导说，在整个塞洛斯保护区内，大约有3000只狮子，因此看见它们的几率相对也是比较高的。许多游客前往营地，最关心的事情之一，就是可以看到多少动物，尤其是需要多久可以看到狮子这种猛兽，而我第一次游猎就看到了狮子。

我问，这些狮子为什么在黄昏时分不去捕食？向导说那是因为它们太饿了，暂时已没有能量去捕猎了。这个回答让人徒生伤感，如果连百兽之王都没食物吃的话，那整个自然界的食物链，真的出现问题了。

狮子被称为"百兽之王"。成年狮子长度为2.4～3.4米，高1.1～1.2米，重量为122～240公斤，最重的纪录为260公斤。母狮全年生育，高峰期在雨季，怀孕期为3个半月，一般会产下1～4只小狮子，最多可达6只。

晚上，回到营地，已是日落后许久。酒廊内的灯光温暖，餐前小酌，我和那对英国夫妇分享了刚看到4只狮子的经历。晚餐的主菜是羊排，上菜时，侍者会用一个金属的圆盖子先盖住，然后说着："One，Two，Three"，掀开盖子，给客人一种惊喜，这是这家营地的特色服务之一。品尝羊排，很鲜嫩。餐后甜点是水果：几片芒果、菠萝和西瓜摆成一个抽象的图案，随意之中体现出艺术的天分。

与厨师聊起坦桑尼亚本地的菜系，发现是不同美食文化的混搭。当地居民喜欢的主食是乌伽黎（Ugali，一种黏稠的玉米糊），配上牛肉块、豆类和蔬菜。肉类食物则以烧烤为主，包括雅玛乔马（Nyama Choma）、库库乔马（Kuku Choma）和基蒂磨托（Kiti Moto），一般会配上当地产的啤酒。

雅玛乔马是一种烤山羊肉或烤牛肉，牛肉最好选取短肋骨牛肉，用柠檬汁、咖喱粉腌制至少1小时，在炭火上烤熟之后撒上盐和黑胡椒，加上一些萝卜和辣椒拌成的沙拉，一般还可以配上当地产的啤酒；库库乔马是烤鸡腿或鸡翅，一般会淋上柠檬汁、橄榄油，撒上洋葱粉、辣椒粉和其他香料；基蒂磨托是一种多汁的烤猪肉，将五花猪肉切成小块，用香料、黑胡椒粉、醋和酱油腌制40分钟，撒上盐，在煤炉架起一个网格，用文火慢烤，利用猪肉里本身的肥肉炸出油来，待到肉烤到酥脆时食用，配上西红柿、胡萝卜、青椒和洋葱片。

还有"Ndizi na Nyama"。在斯瓦希里语里，Ndizi意为"芭蕉"，Nyama意为"肉"。

这个菜如果是以芭蕉为主，肉比较少，叫作"Ndizi na Nyama"（芭蕉煮肉），而反过来如肉比较多，就是 Nyama na Ndizi（肉炖芭蕉）。如果做这道菜时厨房里没有肉，就会做成一道 Mchuzi wa Ndizi（咖喱芭蕉）。由于一部分印度人移民到坦桑尼亚，有相当比例的坦桑尼亚美食已受到印度菜的影响。另外，薯条鸡蛋（Chips Mayai）是当地最普遍的食物，涂上坦桑尼亚冷酱，会更入味一些。

晚间，由于房间内不使用空调，刚入睡时稍微有点闷热，半夜时分，起风了，自然就凉下来了。我在周围各种动物的鸣叫声中，沉沉而眠。

如此辽阔的保护区

次日清晨，在各种鸟鸣中醒来。起来后在营地漫步，从入口处到里面的各个独栋帐篷，设计了两条步行道，一条是依着地面起伏的，另一条是直行的木桥，各有特点，也方便宾客漫游。

我在平台的边缘享用早餐。下面水池中的那两只河马已不见踪影，只有林中的小鸟鸣叫着，伴我慢食林中早餐。在非洲，这种林中早餐，被称为"Al fresco"，这个词来源于西班牙语中的"Al fresco"，意思是"Outside"（户外），在其他国家一般需要在夏天才可进行，因为需要适宜的温度和天气，而在这里，一年中的旱季时间都较合适，每天的气温在25℃左右，比较宜人。那种无人打扰的宁静，恰是这个营地奢华的一个部分。

早晨8点多钟，我们再次驱车出发，开始又一轮的 Game Driving。两只蓝黄相间颜色羽毛的蓝颊蜂虎鸟（Blue-cheeked Bee-eater）在地上寻找食物。这种鸟身长约为27～33厘米，羽毛色泽鲜艳，飞翔姿态优美，以食用蜂类为主，已被列入世界自然保护联盟（IUCN）的地面鸟类红色名录。

穿过布满各种动物的丛林，来到一片开阔地，一棵高耸的猴面包树（Baobab）直径达10多米，矗立在面前，让人惊叹不已。据介绍，这棵猴面包树大约有1000年的历史，独自穿越光阴，傲立于世，让人领悟到非洲植物的强大与壮硕。一辆越野车停在树下，看起来就小似一个玩具。在这里，所遵循的只有自然的法则。蓝天苍穹，独自精彩。

猴面包树被誉为"生命之树"，遍布非洲的干燥地区，有着独特的形状，即呈现出不寻常的桶状树干，并以其非凡的长寿和非洲民族植物的重要性而闻名。科学家曾采用碳-14探测技术，测定了在纳米比亚的一棵猴面包树的树龄约为1275

一棵巨大的猴面包树独自傲立在塞洛斯保护区的深处。这棵树大约有 1000 年的历史

岁。自 2005 年以来,由于环境气候变化的影响,13 棵最古老的非洲猴面包树中已有 9 棵枯死。鉴于栖息地丧失及其缓慢的生长时间,三个猴面包树的亚种（A. Grandidieri，A. Perrieri，A. Suarezensis）已被列入世界自然保护联盟（IUCN）的濒危物种红色名单。

猴面包树在非洲文化和宗教上都占有一席之地,曾被当地人广泛使用于日常生活中,其嫩叶可以食用,大葫芦般大小的果实中则含有美味的琼浆,可以制作成清凉饮料；树皮中的纤维被用于制作绳索和布料,一些细小的树干则被做成狩猎和捕鱼工具,而整个被掏空的树干往往被用作饮用水的储藏器皿,或是临时避难所,甚至还曾被当作牢房、墓地和马房。

中午时分,我们来到湖边的空地,在伞状的塔嘎拉拉（Tagalala）树下,准备我们的野餐。那树的形状奇特,细密的树枝,完全像伞一样平直地伸展开来,直径大约有八九米。导游从食物箱内取出了水果、蛋糕和三明治,张开一张折叠椅子,让我舒服地坐在伞下，一边眺望着湖边的景色，一边享用着午餐，然后，他给我倒上了热茶，继续安享午后时光。除了一些轻微的鸟鸣外，四周寂静一片。

驱车向东前往马库比湖（Lake Makubi），湖中栖息着不少鹈鹕，它们不时地起起落落，好不热闹。鹈鹕的捕食方式比较特殊，当它们在空中发现湖中的鱼时，就直接从好几米的空中，直刺着扎进水中，连水带鱼地一起吞进去，然后用喉囊将水过滤掉。远处的浅滩处有几只河马，还有一条鳄鱼，但这个小湖基本上是鹈鹕的地盘了。岸边，四五只鹈鹕站成一排，喙下面的大喉囊垂着在那里，越发显得巨大，也更显得具有喜剧色彩了。

我们驱车向塞洛斯保护区的西北方向继续长途跋涉，远远地瞥见一片蔚蓝的湖闪现在黄褐色原野的远方。驶近了湖岸，发现有一些干枯的树干，像是自然的雕塑品一样，被搁置在湖岸上。

接着，一群大象出现了。我曾在非洲无数的地方遇见大象：丛林中、浅河旁、营地私家游泳池外不到3米的地方……在这蔚蓝的湖边，一群大象忽扇着耳朵，从湖里走上岸边，像是一群海军陆战队队员一样，直对着我们的越野车而来……这还是第一次。

这是在塞洛斯保护区内的纳泽瑞克拉湖（Lake Nzerekela），湖水宁静，在午后反射着蔚蓝之光。在离我们十多米的地方，

驱车向东前往马库比湖。湖中栖息着不少的鹈鹕，它们不时地起起落落，好不热闹

这群大象掉转方向,潜入一片树林中去了。

1976年时,整个保护区内大约有10.9万头大象,是当时全球拥有大象最多的区域,但到了2013年,大象的数量已锐减到1.3万头,其中约66%是在2009～2013年这4年之间减少的。

早在2000年,我旅居伦敦和巴黎。我在伦敦时,住在一位英国朋友、教授朱利安(Julian)的家里,他家紧靠着摄政运河。那条运河就像是伦敦贵族时代留下的一根飘带,古旧、精致、宁静。

在拍摄伦敦时装周(London Fashion Week)期间,我每天都要从最炫目的时尚海洋里,从美丽身体、绚丽华衣与相机的闪电中,回到运河旁的房子里,觉得一天又幸福地过去了,其中有一场秀的服装灵感来源于非洲,色彩绚丽,喜悦就像河流一样,表面上看不到激流涌动,但可以感到水之下,那幸福的暖流。

我在朱利安家冰箱上发现了一张小象的照片,发现照片上有他的名字,才知道这是一头以他的名字命名的小母象,在非洲草原上,健壮而修长,照片下有野生动物国际保护组织的签名。他告诉我,这是他领养的一头坦桑尼亚的小象,一年需要支付200多英镑。遗憾的是他还没有去看望过它。

坦桑尼亚曾是英国的殖民地。在第一次世界大战期间,英国和比利时军队占领了原德国在东非的领地。这些地区中的大部分被英国接管,开始被称为坦噶尼喀(Tanganyika),达累斯萨拉姆成为当时坦噶尼喀的首都。而早在1890年,英德签署条约,德国承认英国为桑给巴尔的保护国。最终,大英帝国控制了桑给巴尔。1961年,联合国签订了文件,宣布坦噶尼喀的独立。1964年,坦噶尼喀和桑给巴尔,联合成立了现在的坦桑尼亚共和国。

在他家时,我就有一个梦想,希望能领养一头非洲小象,它会有一个我的英语或法语名字。当时我委托他帮我联系此事,可能是那段时间他在组织一台戏剧,没顾得上联系这个事情,而之后,我赶回了法国,去拍摄巴黎时装周(Prêt-à-Porter)。

于是,领养一头非洲的小象,就成为我的一份念想。我当时想,如认领后,我会在一个适当的时候,去非洲看它。那是多么神奇的召唤。

几年之后,当我踏上非洲原野时,才发现事情远非我所想的那样。盗猎是如此猖獗,教授朱利安所领养的那头小象,很有可能已不复存在了,或者散落在这片巨大的生命之海中,再也不容易找到它了。

如同我面前这片巨大的湖面。这个湖的颜色纯净,在另一端的沙洲上,几只白鹭立在那里,它们白色的影子,被投射到湖面上，更加显得湖水的静谧。而在湖中，一些河马排成长长的一线，仿佛是湖水中的一道分割符号，在这个抒情的画面中，更显简洁。

回到营地，已是华灯初上。这天我们驱车走了220多公里，回来小憩之后，在酒廊内，一边小酌，一边端详着里面整个的布局，案几上摆放着一块牌子"Wildlife Seen"，旁边放着一本簿子，可以在上面记下今天已观赏到的野生动物种类。走到平台上，再来看看这酒廊的构造，茅草顶的建筑物呈一条优美的曲线，平台上摆放着一些躺椅，而酒廊里面，暖光流溢，在这密林之中。

回到餐桌旁，头盘已到，侍者说着"Moja, Mbili, Tatu"，端开了圆形的盖子。这一回，他用的是斯瓦希里语。很欣赏这种仪式感。

河马之战

第三天早晨，晨光清亮。早餐过后，我们继续驱车游猎，遇到成群的斑马在林间踏出一阵阵尘土，一些长颈鹿在山岗上优雅漫步，一只色彩斑斓的紫胸佛法僧（Lilac-breasted Roller）立在枝头。这种鸟实在是太美了，湖蓝色的顶冠羽毛，紫色的胸部羽毛，翅膀以蓝色为主，兼有一些黑色，尾巴则是湖蓝和黑色相间，修长的身体，总长约为38厘米，发出"Rak-Rak"

紫胸佛法僧，宛如"非洲的蓝精灵"。据悉，非洲大约有2341种鸟类，其中67%是非洲大陆的特有物种

一只鱼鹰栖立在枝头,它的眼神犀利无比

塞格塞湖,几株树干倒伏在湖畔,有着几分超现实的画意

的叫声,食取昆虫和蜘蛛,像是黄色丛林中的蓝精灵。

司机开车来到一个制高点上,让我来眺望鲁菲吉河的转弯处,只见这条大江拐了四个弯。我透过400mm的长焦镜头,可以看到绿树掩映下,黄色的沙洲和蓝色的江水,构成了蓝绿黄的乐章。它是寂静的、浩荡的。

继续游猎。车子驶近塞格塞湖(Lake Segese),湖中浅滩中漂浮着一些浮游植物,几只黑鹳在漫游,湖边大树上,一只鱼鹰在休息,透过镜头,可以清晰地看到它犀利的眼神,而在浅水中,立着几株枯干的树,树上没有一片叶子,但感觉树还活着,完全是超现实的画面。站在越野车中,阵阵清风从顶棚的空隙中吹来,沁人心脾。

湖边立着一只大白鹭(Great White Egret)在慢慢觅食,水草丰美,湖水的波纹组成了柔美的画面。

午后时分,我们转到塔嘎拉拉湖(Lake Tagalala)。车子在一棵粗大的猴面包树下停住了。离地大约30米高的地方有一个树洞,看到有一个小黑点,我端起装着长焦镜头的相机一看,哈,一只花豹(Leopard)!它正趴在树洞里睡觉呢。

等了片刻,它醒了,身体开始活动起来,然后打了一个大大的哈欠,镜头里,可以比较清晰地看到它的两根长獠牙和舌头上的纹路。花豹是比较难见到的野生动物之一,今天我有幸见到这个保护区内的花豹,且在这样高处的一个树洞里。

花豹身长腿短,身上布满金钱样的斑点,成年花豹身长为1～1.25米,重量为28～65公斤。它捕获猎物后,会将猎物带到树上,慢慢享用,这样做也可以防止狮子和斑鬣狗抢走它的胜利果实。花豹习惯于单独生活。每年成年雌性花豹产崽1～4只，怀孕期为90～105天。花豹的平均寿命为12～17岁。由于受到栖息地丧失的影响，花豹已被列入世界自然保护联盟（IUCN）的红色名录。

穿过一片树林，来到了一块开阔地，里面只有些浓密而不算高大的小树丛，一只大约两岁的小雄狮刚睡醒，张大了嘴，舌头上的纹路清晰可见。在对面的小树丛中，发现了另外两只小雄狮，它们应该是三兄弟吧。那两只也刚休息完毕，懒懒地起身而立，朝着对面迂回而去。对面的树林中，有几只黑斑羚紧张地张望了几下后，迅速地逃离了。这边第一只狮子又重新趴回地面，继续它慵懒的午后时光了。

在这片广阔的保护区中，一切都慢下来了。连自然界常见的杀戮，也似乎不容易看到。

前面的草地上出现几只捻角羚（Greater Kudu）。这种羚羊的一个显著特点是身体上有十多条白色的细线，从背部一直延伸到腹部。我随身携带的非洲动物词典上说：它身长1.9～2.5米左右，身高1～1.5米，体重120～315公斤。雄性的捻角羚有角，角长1～1.4米左右，双角扭转向上，十分有型。它们的弹跳能力强，可以轻松地跃过2.5米高的障碍物。其食物包括各种果实、茎块和藤蔓。与其他雄性动物避免一起行动的情况不一样，青春期的雄性捻角羚总喜欢结伴而行。这几只捻角羚，慢慢地跑到草丛深处去了，茅草拂动，长歌缓行。

我们驶回到塔嘎拉拉湖，远远地就可以看到这个蓝色的大湖中，栖息着上百只

小雄狮

塔嘎拉拉湖，两只相互争斗的河马，气势汹汹

河马，还有一条条长达5～6米的鳄鱼趴在浅滩上，守候猎物。我站在了离湖岸六七米的地方，司机欧曼瑞立刻提醒我，需要再退后一点，因为湖中布满了巨大的鳄鱼，极其危险。

湖中的河马和狮子一样，都是妻妾成群。一般是一只公河马和七八只雌河马，还有众多的小河马，在水中围成一个圈子。另外一个家族的一只公河马，不知道哪一根筋搭错了，游过来，试图调戏这个家族的一只雌河马，这只雌河马赶紧避让到自己家的圈子里，公河马发现后，立即扑过去，在水中和对手摆开了架势。

入侵者的气焰嚣张，它先张大了嘴，露出了长长的獠牙，还激起了阵阵水花。

这家的公河马沉默着，开始很隐忍，见对方实在太无理，才开始反击。两只河马激起阵阵黑浪，双方的大嘴都要碰到一起了。一段短暂的沉默后，双方再战。经过3个回合，来犯之敌终于偃旗息鼓，将头浸到水里。这回轮到这家的男主人露出獠牙，以蔑视的眼神，死盯着对方了。

这幕河马大战大约持续了10分钟，实在精彩！

塞洛斯保护区有着世界上最大的河马种群，预计数量在18200只。我的运气真是不错，可以看到如此激烈的河马争斗场面，而除了运气，导游的敬业也是一个原因：每天拉着我，驱车200多公里，在各个湖泊之间穿行，这样才增加了成功观看的概率。

湖中的巨大鳄鱼张大着嘴，它身后有几只白鹭，悠闲地在水中觅食。在保护区内的好几个湖中，都看到它们相安无事的场面，不知是否因为鳄鱼嫌白鹭肉少。

在坦桑尼亚最大的河流旁

黄昏时分，来到了塞洛斯塞雷纳米佛莫河营地（Selous Serena Mivumo River Lodge）。这家营地位于斯台格勒峡谷跑道的东侧，沿着鲁菲吉河这条坦桑尼亚最大河流的上游而建，一共有12间古典游猎和现代简约风格并存的房间。入口处的木牌上，标明这里的具体地理位置为南纬07°48′35″，东经37°54′00″。

我的7号独栋房间，采用全木质的结构，一体式的布局，由于天气炎热，空调也开着。洗漱间内配备着浴缸，房间外是一个宽大的露台，上面有一个圆形的浴缸，侧面还有个供天体浴的淋浴龙头，旁边钉着一块英文小牌子，上面说："为了确保安全，请不要超过1个人在此淋浴。"因为这是一个用木板搭建出来的平台，承重看来够呛。在盥洗室内，布置着动物主题的照片，挂着浴衣的铁钩子造型特别，是一只羚羊的头部。

夕阳洒在峡谷对面的山脊之上，暖色的光照射在露台上，江景如此秀美。

沿着木板步道，我走到营地的酒廊和餐厅。酒廊的设计复古，在茅草和树干精心搭建的建筑结构内，几盏老式的风扇转动着。案几上摆放着蜡烛和一些雕塑。侍者六十多岁，曾在多家酒店工作。闲聊时他说，这里与上一家营地不同的是，此地没有网络信号，手机信号也很弱，但这样正可以让人暂时忘却琐事，沉浸于自然的环境之中。

我从酒廊的台阶往下走，来端详这个酒店主建筑的布局。餐厅在最高层，第二层是酒廊和一个露台，第三层是游泳池，第四层也就是最接近江面的地方是一个小水池。整个结构看起来错落有致，夜空深

营地里砌了一个小型的游泳池，碧水清澈

营地内酒廊的设计十分简洁

碧，繁星闪耀。

这天晚餐的头盘我点的是海鲜沙拉。一位帅哥侍者，端上盘子，一边说着"一、二、三"，一边揭开圆盖子。他的中文还比较标准，我不禁在心里大大地点赞。

临河而居。一场豪雨刚过，空气十分清新

清晨，在江边的微风中醒来。这家营地与上一家营地的区别，是上一家显得私密，而这家则更显得开阔，可以一览宽阔的江景。我来到餐厅，在晨光中看这座建筑，与昨晚又有些不同，可以更加清楚地看到四周的环境，建筑在最大程度上避免破坏环境，并与四周的景色相协调。

我们要驱车向北前往热泉（Hot Spring）。这是塞洛斯保护区的一个特色之地。从营地大约驱车1小时后，车停在一片树木茂盛的林间空地，我们沿着小路走进去，两分钟后，来到一个池塘前。池塘的直径大约15米，水的颜色呈淡绿色，一股泉水正从离地2米处的一个泉眼，汩汩流出。

司机欧曼瑞首先纵身跳入，然后游到泉眼处，让泉水浇在身上。我小试一下，水温大约在38～39℃。在水里浸泡了片刻，出来后觉得四周的风有点凉意。这个热泉是由地热形成的，水中含有多种矿物质，这也算是在坦桑尼亚纵深之地的一次水疗了。

从水中出来，走到热泉旁边的小道，发现里面还有一汪小泉，相当清澈，水面上漂浮着彩色的树叶，还有几块光滑的大石头。这真是一方避世之地。

继续驱车巡湖，湖中的沙洲很像抽象画。一只黄嘴鹳（Yellow-billed Stork）张开黑白相间的翅膀,在凸起的沙洲上如同一面展开的旗帜。而湖中出现了更有趣的情景:一只苍鹭(Grey Heron)站在水中一只河马的背上,那只河马只露出了一点点背和头部,而后,河马慢慢地下沉,只露出了一线背部,最后将整个身体都浸没在水里,苍鹭则扑腾几下翅膀,没有飞走。那只河马没有继续下沉,苍鹭的两只脚这时已浸在水中,那河马背恰似不沉的土地。

过了一会儿,可能是这只河马觉得无法摆脱这只执着的苍鹭,慢慢地又从水里浮了起来。这个过程煞是有趣,反映出动物界的一种共生关系。

下午回到营地,阳光普照,突然下起了一场太阳雨。5分钟过后,大雨初歇,又过了一会儿,晚霞重现,刚才的雨像是没有发生过一样,了无痕迹。

晚餐享用的是吞拿鱼饭。在酒廊内我与总经理尼克桑(Nickson)闲聊。他同时负责这两家营地,我问他营地中的这些食物是怎么运来的。因为如果都空运的话,成本会相当高,且数量也无法这么多。

他介绍说,主要是依靠坦赞铁路。在保护区的北边,有一个叫"Fuga"的小站,食物和营地其他的补给品,绝大多数都是通过那里运送来的,再用汽车转运到营地。我没想到中国在上个世纪70年代援建的铁路线,至今还为保护区内奢华营地的运作发挥着重要的作用。他告诉我,这两家营地,这些年招聘了保护区周边村寨的六十多名青年作为员工,有助于发展当地的社区经济。

这大概就是奢华营地与当地社区的共享模式。

夜深了,回到房间。盥洗室和主房间之间有一道玻璃门,上面有着不规则的纹路,房间内的夜灯将这种图案投射到浴缸边的木板上,那上面还有一幅大象的小尺寸油画。这些细节在静静的夜里,让人觉得意趣盎然。

沿着鲁菲吉河而行

次日清晨,我们在江边上了一艘小船。这艘小船三排座椅,有顶棚。沿江而行,我们开始了水中游猎(Boat Safari),从另外一个角度来看整个塞洛斯的生态环境。

倏见沙滩上趴着几条鳄鱼,须臾钻入水中。驾驶员艾索尔(Issal)指着河岸上一面大约3米高的沙墙,沙子里露出几枚蛋,问我,看到那些了吗?那是鳄鱼蛋。接着,他补充道,这些是无法孵化出来的蛋。

鲁菲吉河向东穿过斯台格勒峡谷,峡谷最深处超过100米,宽度也逾100米,总长度约为600公里,流域总面积约为

17.7万平方公里，全部都在坦桑尼亚境内。它发源于坦桑尼亚西南部，浩荡向东，在马菲亚岛（Mafia Island）附近的马菲亚海峡（Mafia Channel）注入印度洋。主要支流大鲁阿哈河（the Great Ruaha River）有100公里可以通航。在第一次世界大战期间，从1914年10月到1915年7月，鲁菲吉三角洲是争夺殖民地的战场，最终英国皇家海军在此摧毁了德国"柯尼斯堡号"（*Konigsberg*）巡洋舰。

沿着安静的江面往下游走，几只巨鹭（Goliath Heron）在水边飞过。巨鹭是世界上最大的鹭鸟，高约1.2～1.5米，翼展为1.8～2.3米，已被列入世界自然保护联盟（IUCN）的鸟类红色名录。另外还有几只红嘴的向蜜䴕（Greater Honeyguide）定定地看着前方，而鱼鹰栖息在岸边的树上，一派沉静。不过一队河马涉水而过，打破了这寂静。河马其实是一种深藏不露的猛兽。平时它们总半潜在水中，站起来时我发现它们皮肤有不少划痕，应该都是相互打斗时留下来的伤痕。

小船开到一片开阔之地，继续逆流而行。从河面上看，整个营地掩映在半山腰的树丛中，与环境和谐。继续朝上游而行。整个的行程都很安静，只遇到另外一艘船，上面坐着一位中年女士，在导游的陪同下，独自探索。

江面变得越来越窄，峡谷两旁布满了各种各样的岩石，轮廓相当有趣，有的像人，有的像各种动物，更多的则像是上帝洒落在这条坦桑大河上的精灵。

一只疣猴（Black-and-white Colobus）立在枝头。这种猴子身上是黑色的，但在脸颊边披挂着白色的绒毛，一直从肩部垂挂下来，颇为美观。因为它拇指已退化成一个小疣，所以取名"疣猴"。它端坐在那里的样子，仿佛是一位老僧，白发飘飘，悲欣交集。

成年疣猴身长约为60厘米，由于疣猴种群数量已急剧减少，非洲各国已将疣猴列为珍稀保护动物。

我们的船行至一个峡口，水流湍急，再也无法溯江而上了。艾索尔关闭了引擎，小船随着波涛转着圈子。艾索尔告诉我，几年之前，有人动议要在这不远处的上游建立大坝，被联合国教科文组织否决了，这事情才被暂时搁置下来。试想一下，如大坝建成，这里的环境气候将会有很大程度上的改变，大量动物将迁徙或逐渐消亡，塞洛斯这块秘境，在还没有被更多人知晓的情况下，就可能会被破坏殆尽。

那天上午，我整个人非常低落，就是因为这个大坝事件。这件事希望能永远被阻止住，以自然保护的名义。我非常不愿意看到这一块非洲净土，又成为人类的一

疣猴

一名持枪卫士在抵达和离开营地时,全程护送宾客

处伤心之地。

离开塞洛斯的时候已是中午。我们继续驱车在这个偌大的保护区内转悠。因为这是离开这个营地的旅程，特地配备了一名持枪的卫士，如同抵达时一样。

天突然下起了暴雨，导游弗朗西斯麻利地将车的顶棚放了下来，窗外瞬间就迷蒙一片。非洲的一切都是大起大落的，绝对没有温和的中间状态，让人在心里大叫痛快！

20分钟后，大雨初歇。砂石面的跑道上并没有积太多的水。我们就在跑道旁的一个简易的亭子内一通神聊，谈论塞洛斯雨季时的各种毒蛇和此行没有看到的其他动物。暴雨之后的四周，显得更加静寂。

一家小型塞斯纳飞机终于出现了，比预订的时间晚了半个小时。飞机在跑道上溅起水花，然后停住。我登上飞机，通过舷窗，看到弗朗西斯和卫士坐在凉亭内，司机站在越野车旁，突然间，暗生一丝感伤。塞洛斯的宁静、纯粹和那种不由分说的野性，如同那些珍稀的动物一样，将牢牢地刻入记忆之纹中。这是明媚的忧伤。

飞机起程，与来时的路线不一样，它向着塞洛斯的西南面飞去。在松巴齐（Sumbazi）跑道降落后，继续向东部海岸北上，经停马菲亚岛，飞向桑给巴尔岛。也正因为这条不同的返航线路，我得以有机会看到塞洛斯西南部的地貌：开阔的草地上，稀疏的树各自站立，很低的云层，涂抹着大地的深浅。蜿蜒之江在地面上流出斑杂的图案，形成了黄色的沙滩，在机翼下舞动着，仿佛是神之笔在挥舞，又恰似这个保护区的最终乐章，野性而华美。

极目远眺，自然的耳语轻声如诉。那一种粗粝之美，以凌厉之势，直抵意识的最深层。

塞洛斯保护区的西南面,江水在地面上流出斑杂的图案

2

From Mount Kilimanjaro to Ngorongoro Conservation Area: The Sanctuary within the Volcano

从乞力马扎罗到恩戈罗恩戈罗：
火山口内的庇护所

乞力马扎罗山是非洲最高的山脉，素有"非洲屋脊"之称。

恩戈罗恩戈罗保护区的核心，是其火山口内，这是目前世界上保存最完整最大的火山口之一。这里绝大部分的动物，将在这个火山口内度过它们的一生。

乞力马扎罗山脚下的小镇

机翼下是一片片黄色的土地。一些零星的村落散布其间,给人荒芜之感。经过一个多小时的飞行,飞机降落在乞力马扎罗机场。这是一个现代化的机场,主要是应登山者的需要而建设起来的。

司机已在机场外等着我。驱车向东开往莫希(Moshi),位于乞力马扎罗山脚下的小城。面积为59平方公里,人口为18万人,是坦桑尼亚面积最小的一个市镇,也被认为是坦桑尼亚最干净的小城。

1893年,德国殖民者在莫希建立了一个军营。1956年,这里成为一个小镇。1988年,它成为坦桑尼亚的自治市,计划将来升格成为一个城市。

乞力马扎罗山(Kilimanjaro)是非洲最高的山脉,高5895米,它是坦桑尼亚与肯尼亚的分水岭,素有"非洲屋脊"之称,许多地理学家也喜欢称它为"非洲之王"。

我们直接开到了乞力马扎罗山脚下,那里的海拔是1970米,几座三角形的木屋是旅游办公室和纪念品店的所在地。旁边有一块牌子,显示着登山线路和各个营地的高度,按照马兰谷线路(Marangu)的设定,共设立了2700米、3720米、4703米和5686米四个营地,直到最后登

阿鲁沙周边的村落,有着原始的非洲风貌

当地村民的日常生活

一个马赛男子,行走在原野中

上5895米高的乌呼鲁峰（Uhuru，在斯瓦希里语中，意为"自由"）。如登山者身体适应的话，一般花4天时间就可以顺利登顶。

我们按照安排去了山下的村子参观，近距离观察乞力马扎罗的风景。这一带的主要民族是查格族人（Chagga），民宅门口抱孩子的妇女在忙碌着，孩子们在一片草坪上踢足球，一派祥和。

像坦桑尼亚所有的地区一样，莫希已经普及初级教育。根据2010年坦桑尼亚的人口与健康调查，在坦桑尼亚的26个地区中，乞力马扎罗山地区，其中包括莫希，拥有第二高的女性识字率和第三高的男性识字率。

往里走，有一条瀑布和小溪，水边有几棵薄荷树，摘下几片叶子，在溪水里浸下，然后放进嘴里，清凉满口。没有更多的人来围观我们，我们也觉得很自在。从村子返回时，我们选了一段山路，用石头砌起来的台阶，每一级都很高，与马兰谷的登山线路十分相似，我们初步体验了登山者的乐趣。

莫希小镇上的孩子们

阿鲁沙：坦桑蓝和非洲雕塑

午后，驱车向西前往阿鲁沙（Arusha）。阿鲁沙位于坦桑尼亚的东北部，在乞力马扎罗山西南约90公里处，是坦桑尼亚第三大的城市，人口约为41万人。

这座小城坐落在梅鲁（Mount Meru）山麓下，梅鲁山海拔为4566米，是非洲的第十大高峰，也是一座活火山，上一次喷发约在100年前。火山灰所形成的肥沃土地，成为野生动物的理想栖息地。这里是通往塞伦盖蒂国家公园、恩戈罗恩戈罗自然保护区的枢纽，交通十分便利。

阿鲁沙被称为"坦桑尼亚北部的探险之都"。阿鲁沙市内，著名的地区是中央商务区（the Central Business Area）；在西北侧的Sekei地区，属于安静的住宅区，有着充满活力的夜生活；南侧的Njiro是中产阶级迅速增长的郊区，而东侧的Tengeru则有一个热闹的集镇。其中的阿鲁沙钟楼（Arusha's Clock Tower），具体位置是南纬03°22′20.5″，东经36°41′40.1″，刚好位于北非开罗到南非开普敦连线的中央点上。

阿鲁沙是坦桑尼亚现代历史上的一个关键城市。它是坦桑尼亚主要的国际外交中心，这里是东非共同体（The East African Community）总部所在地。1961年在阿鲁沙，联合国签订了文件，宣布坦噶尼喀独立。1967年，《阿鲁沙宣言》（The Arusha Declaration）在此签署。1993年8月4日，卢旺达内战各派别的代表在此签下了《阿鲁沙协定》（The Arusha Accords）。1994年，该市还成立了卢旺达问题的国际刑事法庭。

车子开到阿鲁沙郊外，两旁都是殖民地风格的小楼，残留着那个年代的气息。阿鲁沙是1900年由德国殖民者建立的，属于当时德占东非的一部分。这个城市的命名来源于当地一个马赛人的部落"Wa-Arusha"。1901年，德国在此建立了军事要塞，配备了马克辛机关枪。第一任指挥官是格奥格·库斯特中尉（Georg Kuster），他在斯瓦希里语里，被贬损地称为"Bwana Fifi"，意思为"鬣狗先生"（Mr. Hyena）。斑鬣狗是非洲一种凶狠的食肉动物，甚至狮子的猎物大约有一半会被斑鬣狗抢夺而去，斑鬣狗牙齿咬合力极大，连动物的腿骨都可以全部嚼下。由此可见当时这位中尉的残暴统治。在1903年后，阿鲁沙迅速发展成为一个重要的贸易和行政中心，要塞周围兴起了20多家印度人和阿拉伯人开的商店。

进入市区，看上去很繁华，有着一些高档酒店，还有各种进口电器商品，人们穿着干净整洁，待人礼貌，让人们很容易

阿鲁沙是一个充满了艺术气息的小城,各种雕塑和廷加廷加作品,让人感受到强烈的非洲气息

忘记自己正处于非洲最贫困的国家之一：坦桑尼亚在全球的人类发展指数（HDI，The Human Development Index）中，排在第152位。

阿鲁沙附近的区域是坦桑蓝宝石（Tanzanite）的唯一出产地。来到一家坦桑蓝专卖店，每克拉裸宝石开价700美元，货品成色很诱人，幽蓝的色泽令人心动。而在另一家工艺品店里，最低价可以谈到540美元一克拉，不过好看点的都在20～30克拉以上，切工才比较好，看起来切面比较丰富。这里最大的一块重达102克拉，显然是镇店之宝。坦桑蓝的价格近些年一直居高不下，最贵时是在2010年南非世界杯期间，每克拉被炒到900多美元。

阿鲁沙也是一个充满了艺术气息的小城。在名为"Cultural Heritage"观光中心的入口处，马赛人穿着艳丽的服装，以欢快的舞蹈迎接着来宾。步入民间工艺品的展览馆，宏大的空间内，缓坡从一楼一直蜿蜒到四楼，丰富的展品，让人对当地的艺术有了真切的体会。

在一楼的入场处，一尊与真人一般大小的士兵木雕，戴着钢盔，手持着微型冲锋枪，让人感受到强烈的非洲气息：保护动物或者维持和平。在一排奔跑的羚羊雕塑后面，有不少的坦桑面具，编织精细，有着质朴的华美之感。这里有大量的木雕，采用坦桑特产的乌木制成，质地十分细腻，比重很大，摸上去有种奇特的温润感：两只长颈鹿的木雕，妈妈伸着长脖子，一直弯到宝宝的小腿边，将母爱的情感表达得十分充分；而另外两只猎豹的木雕，把猎豹硕长柔软的腰肢，雕刻得栩栩如生。

出来时，展馆门口一条巨大的木制鳄鱼雕塑，一位游客正躺在上面休憩，这在活生生的鳄鱼面前，是绝无此可能性的。我曾在马拉河畔，见过3米多长的鳄鱼张大了嘴，死死地咬住一只角马的头部。而在庭院中，狮子和长颈鹿的雕塑，正跷着二郎腿，面对面地坐着，仿佛在一同喝着下午茶，在它们的身后，是大象和斑马。这样其乐融融的场面，让人暂时忘记了野生动物世界的残酷和厮杀。

驱车穿过一片密林，来到了一家营地，这家营地毗连着一片咖啡园，就是有名的"乞力马扎罗咖啡"的原产地。整个建筑十分别致，回廊式的结构，中央拥着一座碧净的泳池，底部的瓷砖上拼出咖啡树叶的图案。院落中，咖啡树盛开着纯白的花朵，结着红色的果实。坐在这里的咖啡厅里，拿起一本英文小说读上几页，等着现磨的咖啡端上来。

坦桑尼亚先令（Tsh）是坦桑尼亚通用的货币。游客可以携带任何数量的其他货币，不用在入境时向海关申报，但是携带坦桑尼亚先令出入境是非法的。如需要购买坦桑蓝宝石，可适度多携带一些美元现钞（在中国海关允许的范围内）。上次一位朋友想买一块15000多美元的坦桑蓝宝石，需要刷卡，打电话跟国内银行的客服说明了半天情况，客服怎么也不理解为何在坦桑尼亚会有这么高的消费，最后也不肯放额度给他。最终，他与那块坦桑蓝宝石失之交臂。

一位黑人姑娘把咖啡端了上来。这种阿拉比卡（Arabica）咖啡本身带有酸味，需要加入适量的牛奶。轻抿一口，清香、馥郁。望着这非洲的庭院郁郁葱葱，遥想在1893年，罗马天主教传教士就将阿拉比卡咖啡带来，开始在莫希地区栽培。到目前，莫希附近一共已有15万的咖啡种植农户。

沿着小径，来到营地后的一家玻璃工坊。院子的树上挂满了玻璃的珠子，屋檐下和门廊上垂着菱形的彩色玻璃片，随风叮叮作响。作坊里的小型炉子里，烈火熊熊，玻璃工匠在等着那玻璃的熔化，好吹制出心中所想象的形状。微风轻扬，此刻静若密林。

阿鲁沙，那红色的羽翅

次日中午，我们驱车前往阿鲁沙国家公园（Arusha National Park）。阿鲁沙国家

长颈鹿有着修长的睫毛

公园面积为552平方公里,位于乞力马扎罗山和梅鲁山之间,被不少探险者所忽视,其实这个国家公园就位于阿鲁沙的东北面,离阿鲁沙大约只有40公里的距离,十分便利,在内行人眼里,这里就是一块"宝石"。

阿鲁沙国家公园包括三个部分,西部是梅鲁山(Mount Meru),梅鲁山是坦桑尼亚的第二高峰,适合徒步登山;东南部是恩古尔多托火山口(Ngurdoto Crater),人迹比较罕至;东北部是浅碱性的莫梅拉湖区(Momella Lakes),有着丰富的涉水鸟类,每年大批的小火烈鸟也会在此迁徙停留。

阿鲁沙国家公园位于非洲国家公园长达300公里轴线的中部,这条轴线西起塞伦盖蒂(Serengeti)和恩戈罗恩戈罗火山口(Ngorongoro Crater),东至乞力马扎罗山国家公园(Kilimanjaro National Park)。乞力马扎罗山国家公园面积为755.7平方公里,在1987年被列入《世界自然遗产名录》。

一路驶去,感觉这里十分湿润。半个多小时后,来到这座国家公园的恩格恩格

蓝猴

盖赫入口处（Ngongongare Gate），里面是一派葱茏的草地和山林。长颈鹿卧在草地上休息，一只黑白疣猴立在树枝上，它背部那漂亮的白色长毛，像是披了一条长围巾，而蓝猴（Blue Monkey）则以两只黄棕色的眼睛吸引人，加上它整个脸部和头部的白色短发，使得它像一位老者，也像一位智者。这里也是坦桑尼亚北部唯一能看到黑白疣猴的地方。

再往北，远远地望见莫梅拉湖（Momella Lakes），这是一个大大小小的湖沼群。慢慢地靠近那蓝色的湖水，一只黑翅长脚鹬（Black-winged Stilt）在水中觅食，一只火烈鸟在水草之间漫步。

再往里面开，狭窄的山路下面的湖畔，栖息着数千只火烈鸟。我来的这个季节十分凑巧，刚好赶上它们在这里停留数日。透过镜头，可以清晰地看到这里主要是小火烈鸟（Lesser Flamingo）居多，小火烈鸟比大火烈鸟（Greater Flamingo）个子要小，粉红色的翅膀，嘴是红黑相间。成年小火烈鸟身高90厘米，体重约为2公斤。它们羽毛上的粉红色，是摄取藻类食物后所产生的沉淀。

一群小火烈鸟将它们的嘴伸进水中，仿佛都可以听到它们的嘴从水里拔出来的声音。它们习惯在平静的水面，安静地进食，喜欢微型的蓝绿藻和硅藻。如果遇到

阿鲁沙国家公园，小火烈鸟在凌波飞翔

有风，它们会一群聚集围拢起来，来创造一片平静的水面。火烈鸟不仅仪态优美，连生活习惯也这样讲究。或许这些都是一脉相承的，优雅的生活必须体现到它们生活的每一个侧面。它们也鸣叫，但这么多小火烈鸟聚在一起，叫声依然不觉刺耳。

小火烈鸟在幽蓝的湖中觅食或歇息

成千上万只小火烈鸟,栖息在大莫梅拉湖上

在浅沼的对面坡地上，一群小火烈鸟将它们的头盘在翅膀间，单腿直立，这是它们在睡觉。逐渐地，一些小火烈鸟进食完毕开始起飞了。小火烈鸟起飞时的姿势十分优美，先是两只脚在水面上凌波踏步，留下一圈圈水纹，然后双腿并拢，伸直粉红色的翅膀，就腾空而起了。它们前后的同伴相互呼应，组成了一片羽翅纷飞的优美意境。而后又是静静的午后，这种静与动的交替，让人长久地伫立守望着。

再往前开，来到了大莫梅拉湖（Big Momella Lake），这个湖平均水深10米，最深处达到了31米，湖中布满了微型的藻类，大小两种火烈鸟占据着这个湖。数量之多，已无法计算，感觉至少有几十万只，整个湖面上都是那些粉红色的小亮点在闪烁着，还可以看到它们建在很远处的泥巢，在一片遥远难以接近的盐沼和泥滩上，以防止食肉动物的掠食。

阳光通透，几个湖畔呈现出不同深浅的蓝色，仿佛有着——不同的色调，而主旋律仍是粉红色的乐章，它们所舞动起来的宁静之美，让人神思遐飞。

如果说那些狮子和豹子是野性的、雄壮有力的，那么，这些火烈鸟则是柔性的、充满诗意的，这种柔美最终将非洲之美，以一种抒情的方式，悄然小结。这是中场的华彩乐章。

恩戈罗恩戈罗自然保护区

中午,向西驱车180公里,前往恩戈罗恩戈罗自然保护区(NCA, Ngorongoro Conservation Area)。该自然保护区总面积为8094平方公里,位于坦桑尼亚中北部,被称为"非洲生命的摇篮",在1979年被列入《世界自然遗产名录》,2010年被增补为"世界自然与文化双遗产"。这里曾是塞伦盖蒂国家公园的一部分。

从奥杜瓦伊峡谷(the Olduvai Gorge)发现的化石考证,在300万年前就有人类在此活动的痕迹。2000年前,姆布卢(Mbulu)部落就生活在这里,到了18世纪初,达图嘎(Datooga)部落也赶来谋生,再到19世纪初,马赛人(Maasai)把这两支部落赶了出去,独占了这块宝地。马赛人将这里称为"El-Nkoronkoro",意为"生命的礼物"(Gift of Life)。

欧洲人直到1892年才知道这片乐园,第一位抵达这里的人名叫奥斯卡·博曼(Oscar Baumann),后来,两位德国西登托普夫兄弟(Adolph and Friedrich Siedentopf)从占领东非的德国殖民者那里租赁土地,建立了农场在这里进行养殖,

恩戈罗恩戈罗自然保护区

还定期组织游猎活动，其惬意的生活一直持续到第一次世界大战爆发。

到了1921年，第一条保护条例出台，只允许在坦桑尼亚进行有限制的狩猎。1928年，除了西登托普夫农场外，整个火山口被禁止狩猎。1951年，依据国家公园条例，创建了塞伦盖蒂国家公园（SNP，Serengeti National Park），后来，由于马赛人和其他部落的问题，恩戈罗恩戈罗自然保护区分离出来。这个保护区是"塞伦盖蒂生态系统"的组成部分，西北部分与塞伦盖蒂的南部平原接壤，南部和西部是火山高地，包括著名的恩戈罗恩戈罗火山口和鲜为人知的艾派凯火山口（Empakaai Crater），东南部还临近东非大裂谷，高耸的岩壁阻止了动物迁移，也形成了这一方自足的乐园。

保护区的核心是世界闻名的恩戈罗恩戈罗火山口（Ngorongoro Crater），这是目前世界上保存最完整的火山口之一，也是世界第二大的火山口，外观呈标准的碗形，火山口南北长16公里，东西长19公里，面积260平方公里。火山口边缘海拔为2400米，火山口底部海拔约为1800米，深600多米，从地质结构上，属于火山锥陷入火山井而形成的大凹地，预计原始火山口的海拔在4500～5800米的范围内。这里有着"天然动物园"的美誉，也是"非洲七大奇观"之一，每年有超过50万的旅行者前来观赏。

开始依然是平坦的公路，行驶3个小时后，树木越来越茂密，路面也变成了土路，不久就到了保护区的大门口。我们停车稍事休息，几只狒狒从树上跳到车顶上打埋伏，一个朋友开车门拿点东西，其中的一只狒狒就钻进车里，抢起椅背后夹袋里的一袋橘子就跑，爬到不远处的树上后，熟练地解开塑料袋，拿出橘子，剥皮吃了起来。

我们到达了火山口的边缘地带。炽烈的阳光把整个火山口照得透亮，站在高处向下眺望，火山口的岩壁四周是茂密的树林，底部是一片黄绿相间的草原，还有一些小面积的湖泊映现在其中。我端起相机，尽管装上了500mm/f4的长焦距镜头，所看见的动物也十分渺小，这让人对这片火山口中的世界，产生了深深的好奇。

慵懒的午后

保护区内的营地是一家老字号，位置优越，无论是观景台上还是房间里，都可以看到火山口里的景观。

下午时分，我们出发开往火山口底部。车子沿着盘山公路迅速地下到了底部，地形开阔似草原。由于火山壁所形成的自然壁垒，围合成为野生动物的自然栖息地。

灯影流年,营地的夜晚也充满了凉意。鼓声激荡,夜空深碧

车子继续在里面转悠。远处一只猎豹(Cheetah)趴在草地上晒太阳。等了大约10分钟,这只猎豹终于直立起来,露出了它那优美的仪态。接着,可能是光晒着背部不太舒服,它还在草地上打起滚来,让肚皮也晒晒。那样子十分有趣。

猎豹与花豹相比,有着更修长的腿,更细的腰部和更小的头部,它的腰被称为"蜂腰"(Wasp Waist)。在它们的眼睛内侧,各有一条黑色的纹路,看起来像是泪痕。成年猎豹长度为1.12～1.5米,重量为35～65公斤。每年成年雌性猎豹产崽1～6只,怀孕期为90～95天。

一些蓝牛羚(Blue Wildebeest)在一条很浅的小河边喝水。山坡上,一只水牛在孤单地吃草。

气候变化对这片乐园影响颇大。我们驱车来到马加迪湖(Lake Magadi),这里原先是火山口内西南部的一个大湖泊,曾有成千上万的小火烈鸟(Lesser Flamingo),但现在由于季节不对,只剩下一潭浅水,火烈鸟也都飞走了。

黄昏的火山口里一派慵懒的气息。一对狮子刚睡好了觉，公狮跟母狮亲热了几下，就骑了上去，开始交配。时间不长，不到一分钟，公狮就下来了。路上停了几辆越野车，全部围了过来，因为这样的场景不太容易被看到。与其他保护区挤满了车辆的情况不一样，这里的游客少了许多，也安静了许多。

转了一大圈，又回到那对狮子的地方。车刚停下，只见那只雄狮又骑跨到母狮身上，臀部的肌肉有力地晃动着。这次依然时间很短就下来了。那只母狮四脚朝天地放松着，估计是爽翻了。

狮子作为生物链顶端的动物，除了瘟疫之外，并没有敌人，但就是1962～2002年的40年间，这里曾发生过4次瘟疫，给狮子的生存带来了灾难。在1993年还存有60只狮子，到了1998年只剩下了29只。2001年，又有三分之一的狮子死于蜱传疾病（Tick-borne Disease）和犬瘟热（Canine Distemper）。

与其他的国家公园和自然保护区相比，在这里更容易观察到各种动物。在这片只有车辆开来观赏、没有人类居住的野生之地，绝大部分的动物将在这个火山口内度过它们的一生，想到这里，会突然有一种异样的感觉：这方世外桃源般的乐园，囚禁了它们，也养育了它们，但最终保护和延续了它们。

由于游客在下午5点半之前必须全部离开火山口，我们的车子开始撤离。这个保护区原来有17头犀牛，后来有1头被偷猎，所以出台了这样严格的规定，这是为了更好地保护这个自然乐园。

夜晚来临，站在营地的观景台上已很有凉意。大堂里壁炉已经点燃，3位黑人鼓手开始演奏，一切都隐藏在火山口那黛蓝的山影之中，或轻盈地或沉重地。

鼓声母语。这是非洲的灵魂在歌唱，每个音符都有它存在的意义：从寂静的黑夜到洒满阳光的时段，都是鼓声无所不在散发魅力的时刻。最大的享受，就是聆听它。

这种鼓声会长久地停留在文化肌体的深处、灵魂的深处。

眺望着如此璀璨的星空，我忆起了美国作家莉莲·史密斯（Lillian Smith）的一段话——我很快意识到，没有旅途能带着一个人走得很远，除非它可以延伸到我们周围的世界，以相等的距离抵达这个世界的内心。

这必须是一种心灵的抵达。

Serengeti: From Grumeti to Seronera

3

塞伦盖蒂：
从格鲁梅蒂到塞伦勒那

深入坦桑尼亚的塞伦盖蒂大草原，狮子在碧绿的草地上，恣意任性地欢爱；身形优美的猎豹在林中自由地穿行；两百多只秃鹫在不到 20 分钟的时间内，将一只被杀死的角马噬食干净……自然是残酷的，也是壮烈的。

格鲁梅蒂：塞伦盖蒂的西部走廊

早晨9点半钟，搭乘小型飞机，开始横穿整个塞伦盖蒂的旅程。俯瞰低低的云层，在广袤的原野上投下变幻无穷的影子。首先飞到塞伦勒那（Seronera）。一辆油罐车开来，飞机开始加油。机场人员踩上梯子，先加右侧机翼，再加左侧油箱里的。塞斯纳208小型飞机将油箱设计在两个机翼中，也是一种节省空间的方法。

塞伦盖蒂国家公园位于坦桑尼亚境内，面积为15000多平方公里，拥有大约70种哺乳动物和500种鸟类。"Serengeti"这个名称来自马赛语，意为"无尽的草原"（Endless Plains）。1929年，塞伦盖蒂中央2286平方公里的部分，成为保护区；1951年，成为国家公园；1959年，修改国家公园的边界；1981年，成立塞伦盖蒂－恩戈罗恩戈罗生物圈保护区（Serengeti-Ngorongoro Biosphere Reserve），并成为世界自然遗产。

塞伦盖蒂的海拔在920～1850米左右，气温15～25℃，比较宜人，每年有两次雨季，大雨季在3～5月，小雨季在10～11月，其他的季节都比较干燥。最热的月份是9月、10月和1月，最冷的时候在7月。

午后3点多钟，当最后抵达格鲁梅蒂（Grumeti）时，我已经经历了多次起降，一路上全部是砂石跑道，颠簸不已。

走下舷梯，顿感凉爽。莫哈（Moha）迎上前来，拿起我的行李放进越野车内，他是基拉维拉塞雷纳营地（Kirawira Serena Camp）的导游。

他先在跑道旁的一间办公室，办理我

小型飞机在塞伦盖蒂草原中的塞伦勒那加油

的入园证。因为这里属于国家公园,旅客需要根据停留的时间,由导游办理入园证。每天的费用大约在 40 美元。然后,他在一个木台子上开香槟,欢迎我的到来。在我们旁边,摆放着一个卫星接收天线,外围的铁网上挂着几只非洲野牛头和羚羊头,四周一片安静,我们就在这里小歇片刻,然后开始在这片秘境上的旅程。

下午 4 点,我们开始 Game Driving,先就遇到一个大象群:成年大象在悠闲地吃树叶,两头青春期的小象相互勾起了鼻子,嬉乐起来。不远处,是一群斑马和一群水牛,那些斑马突然撒着欢儿跑了起来,几只秃鹫在树上站成剪影……塞伦盖蒂在一开始就以大群落的动物,将游人牢牢地吸引住。

我们的车子正驶在高处,下面是广袤的草原,树林疏密有致像是水墨画,点缀其间。夕阳西下,太阳从乌云中刺出暖光来。莫哈接到一个电话,然后朝我微笑下,旋即加速,将车子开得飞快。我立刻意识到应该是发现了狮子之类的猫科动物。这辆车子的避震性能还真不错,这么快的速度驶在砂石路上,居然还不觉得很颠簸。

一路疾驰大约 20 分钟,远远地看到 3 只狮子出现在黄昏碧绿的草地上。这 3 只狮子中,一只年长的雄狮面朝夕阳,另外一只较年轻的雄狮,紧挨着母狮,在沉沉地睡觉。这只母狮大约七八岁,大多数母狮从 4 岁起就开始交配,每年会有多个发情期,所以这只母狮已到"熟女"的年龄了。

过了几分钟,年轻的雄狮醒了,它似乎很累,无神地看看四周。那只年长的雄狮独自玩耍呢,先是舔舔自己的毛发,然后大打哈欠,最后还四脚朝天,可以看到它的腹部有两团不正常的肿块,感觉是患

格鲁梅蒂位于赛伦盖蒂的西部。小型机场的矮墙上放着几只非洲野牛头和羚羊头,告诫游人不要去喂养野生动物

格鲁梅蒂管理处设置了一个卫星接收天线

了什么病。在狮群中,经常有年长的狮子,与担任狮王的弟弟生活在一起,这样比独自去觅食要便利很多,尤其是在患病的情况下。

年轻雄狮休息后,缓过神来了。母狮还在睡。雄狮开始舔母狮臀部的毛发,刚开始是三心二意地舔,母狮没什么反应,然后它开始缠绵地舔,还把母狮的尾巴轻含在嘴里,这下母狮醒了,大张着嘴,叫了一声。

雄狮就慢慢靠过去,整个身体灵巧地附在母狮的背上,但毕竟雄狮的体重一般在220公斤左右,可以看到雄狮前腿和后腿的肌肉线条还是紧张的。

雄狮开始交配,动作幅度不算大,母狮也没什么反应。雄狮开始咬母狮的脖子。母狮终于大叫起来。雄狮离开了母狮。前后就1分钟的时间。

欢爱之后,母狮继续睡觉。雄狮守在旁边,静静地看着,过一会儿,它打起了哈欠。

我在车内和导游小声谈论刚才的场面。因为母狮的排卵比较困难,需要雄狮的反复刺激。一般狮子在交配季节,会持续好几天,也不进食。一天交配会有20～40次之多,但每次只有1分钟左右。

暮色中,一对狮子在任性地欢爱

站在我的帐篷平台上，眺望着广阔的塞伦盖蒂西部草原，神清气爽

尽管如此，对于雄狮来说，还是有着相当大的体能消耗，所以经常会看到雄狮在草丛边沉睡，原因即在于此。

天色渐晚，我们驱车赶回营地，沿着山路来到一个高处，安静的小道上站着几位守卫。管家带着我，来到了我的帐篷，这间帐篷离开小径有十多米的距离，隐藏在半山腰的密林间。帐篷的基础部分是砖石结构，在此基础上搭建出一顶豪华的营帐。

沿着台阶走上一个木制的平台，管家帮我拉开帐篷的拉链，里面比较宽敞，中央位置摆放着一张大床，四根床柱，红色的帷幔，外加铜质灯具，具有非洲的情调。书桌上摆放着果盘。管家给我介绍帐篷内的各种设计，包括橱柜、保险箱和各种开关，他特地指着床头栏杆上的一个红色按钮说，这是呼叫按钮。柜子门的把手，设计成一个梭镖的形状，让人遥想起丹尼斯·芬奇·哈顿（Denys Finch Hatton）和波尔·布里克森男爵（Baron Bror Blixen）那些殖民时代的探险家。

管家带我走进后面的盥洗室，棕色柚木面的面板设计典雅，双洗手盆，加上淋浴和坐厕，同样宽敞。洗手盆上，一只瓷盘中放着一个牛皮的袋子，里面放着些干花，随便一个细节都惹人喜爱。

营地的豪华帐篷内，一张大床围着红色的帷幔

走出帐篷，仔细地拉好帐篷后，发现这个营帐其实是双营帐的设计，即在一个茅草屋顶的结构下，再悬挂上一个帐篷，这样的好处是可以隔热，减少白天的热量残留在帐篷内，同时帐篷各个方向的纱窗都确保通风。

沿着小径，我们来到一个中心帐篷，里面相当宽敞，帆布营帐结构，酒廊就设立其间。地面上铺着波斯地毯，沙发都是素花印花的图案。仔细端详，发现这里有不少物品都是维多利亚时代风格的，包括一张古董书桌上摆放的老式唱机，那把真皮沙发尤其惹人喜欢：棕色的牛皮，坐垫部分上有着规律的铆钉，将牛皮镶成一块一块，有着柔软的弹性。橱柜里，放置着名贵的瓷盘。酒廊对于非洲的探险营地来说，一直是其窗口，也是宾客们休憩和交流的场所。

穿过酒廊，是一个小型的庭院，通向双帐篷特色的餐厅。我身边的两桌客人讲着法语，说着当天看到的动物，十分兴奋。我点好菜后，发现这些瓷器花色素洁，颇为高档，是 Villeroy & Boch 牌，产自德国的名瓷，外加银质的茶具，这间营地对于细节的考虑，也是落实到每一个方面。

营地的总经理乔纳森（Jonathan）走过来打招呼。他 30 多岁，比较干练。漫谈片刻后，他拿出了手机，说，我们来加 Wechat 吧。看来他真是熟悉中国的情况。他也是我此行唯一加微信的非洲朋友，以后他每次一打招呼，总是亲切地说："My brother"。

餐毕，在酒廊内喝茶小憩。然后，管家陪我回到营帐。因为整个营地是没有围栏的，动物可以自由地穿行。夜灯开关设置在室外，这是我住了这么多非洲的营地，第一次遇到的情况。

第二天清晨起来，站在平台上，眺望着广阔的塞伦盖蒂西部草原，心旷神怡。走下平台，发现还设置了一个小小的水盆，估计晚上会有动物到我这里来喝水。

来到餐厅，锃亮的地板，洁净宜人。早餐十分丰盛，摆满了一桌子；食物后面，是帐篷的纱窗，透着朦胧的绿意。帆布和高级木板巧妙组合起来，形成了质朴与奢华的有趣融合。

走出餐厅，往南侧走不远就是泳池。工作人员正在清理，碧蓝的水映衬着碧绿的林木，格鲁梅蒂之晨让人赏心悦目。整个营地酒店地势开阔，25 座帐篷就点缀在密林之中，相当私密。酒店入口处竖着一块牌子，上面标明着具体的地理位置：南纬 2°12′22″，东经 34°8′10″，海拔为 1272 米。

穿越塞伦盖蒂

早晨9点钟,莫哈已在营地门口的越野车旁等着我了。我们要向东南方向驱车大约100公里,横穿整个草原,在黄昏时分赶到塞伦盖蒂中部的塞伦勒那(Seronera)——塞伦盖蒂的中央交会点,由于居中,那里也被形象地称为"塞伦盖蒂的脐部"。

一出营地,就看到路旁一只黑背豺(Black-backed Jackal)在觅食,眼睛里流露出凶狠的光。这种豺身长约70～100厘米,一般会去吃狮子和豹子吃剩下来的猎物。不远处,一只上了年纪的雄狮孤独地卧在树下,河马浸泡在小河之中,这时我们发现了路边有几只秃鹫,紧盯着不远处的树丛。

作为"草原上的清道夫",秃鹫的出现就意味着刚刚结束的杀戮和还带着余温的猎物。随着秃鹫注视的方向,果然发现远处树林前,有一头被杀死的水牛,一只幼狮围在其身边。我们驱车慢慢地驶近,只见这头水牛庞大,一只大约一岁半的幼狮,正在使劲儿啃着水牛的臀部,它歪着脑袋,找着各种角度,用前爪来借力帮忙,忙乎了五六分钟,也没有啃下一块肉,只好无奈地站起身来,舔一舔满是血迹的嘴。看来这水牛的皮不是一般地厚啊。

我来非洲这么多次,一看这种状况就知道这头水牛是在今天一早,被两三只母狮合围而歼的。由于消耗体力过大,这几只母狮都在树丛中补觉,剩下这只幼狮自己玩,但猎物太大太硬,它也没什么办法。

格鲁梅蒂,一只雄狮虽老犹威

大象和河马在格鲁梅蒂河中戏水

我跟莫哈小声地议论着,其实狮子应该不怎么喜欢吃水牛这种皮太厚的动物,主要只有内脏可以吃,还是喜欢吃斑马这样的。我在一个保护区内曾近距离地观察到狮子猎食斑马的全过程。

休息了一会儿,幼狮继续开始啃食水牛,而100多米之外,已聚集了大批的秃鹫。这对它们来说,将是一场盛宴。

我们继续上路。小河里聚集着大约70头大象在洗澡、喝水。我们车子停在河边,四周不断有大象带着小象走过。我能明显感觉到几头大象大耳朵扇起的气流,划过我的脸颊。我快速地拍摄几张后,发现莫哈有些神色紧张,就赶紧说:"我们撤!"因为四周的大象加起来大约已超过100头,一旦它们有攻击行为,后果不堪设想。

我们的车子开进莫沙比平原(Mosabi Plains),一路疾驰拖着尘土。一群舌蝇(Tsetse Flies)飞了过来,令人讨厌。在非洲着装一般建议选择卡其色、绿色和米色,避免穿蓝色和黑色的衣服,但即使这样,舌蝇有时也是会围追人群。

前方的草地上,聚集着大约几千只角马在吃草。在它们的身后,是角马和斑马组成的迁徙大军。在我们车行20分钟的时间，这支大军绵延不断。我很幸运地遇到了这种大迁徙的场景。

从塞伦盖蒂到马赛马拉的动物大迁徙，是地球最大的陆地哺乳动物迁移活动，被称为世界"十大自然奇观"之一。由于食草动物逐草而生，这样每年的6～8月间，从南向北迁徙，在11月份再迁徙回来。

具体来说，在每年2月的两三周的时间内，大约有50万只小角马出生。随着大雨季在5月底停止，这些动物开始向西北移动，来到格鲁梅蒂河一带，然后待到6月下旬，青草基本都吃完了，就只能北上马赛马拉，这其中最严峻的关口，是必须越过布满了巨大鳄鱼的马拉河。

这些迁徙的动物在马赛马拉停留到8月底。在11月初，短雨季的雨带开始南移，塞伦盖蒂东南部的矮草平原又茂盛起来了，吸引着它们回迁，准备着在来年的2月产犊。每年从塞伦盖蒂到马赛马拉800公里的迁徙途中，大约近四分之一，也就是至少有25万只角马，会由于饥饿和被捕食而丧生。

这支大军渐渐走远了，征尘滚滚，不鸣不叫地走过去了。只有它们的脚步声，烘托着这漫长旅途的宁静。这些都是大迁徙的幸存者，它们即将孕育下一代。自然之手就这样神奇地引导着这些生灵，年复

遇见迁徙的角马群

一年，在这片草原上生生不息。这种宿命般的迁徙，常常会令人迷思和感慨。那种壮观的场面，让人难以忘怀。

那像是生命原野中的不绝之河。

继续深入丛林。一只猎豹出现在左侧。它蹑声无息地穿行在丛林中，后腿是如此结实，浑身有着极优美的线条。我们的车子悄然跟着它。它矫健的身体上的斑点非常清晰。

由于距离已十分近，可以明显地感受到这个尤物高约80厘米，那优美有力的后腿和翘臀，散发着敏捷之力，就如同遇到一个长腿美女，当离她足够近时，才会感受到她所散发出来的强大磁力。

我曾不少次近距离地观看猎豹，但像这次这样被"惊艳"到还是第一次。它那小巧的头部和相当于9倍头长的"九头身"，让人百看不厌。

这是自然的精灵。猎豹是一种大型猫科动物，它全速捕食时奔跑速度飞快，是地球上奔跑速度最快的陆地哺乳动物，据称只需三四秒钟即可达到时速约100公里的最高速度，在此速度时，猎豹的步幅长达7米。

以前曾测得112公里每小时的最快速度。新近使用太阳能全球定位系统项圈，进行300多次的精确测量后发现，猎豹狩猎时最大速度为93公里每小时，猎豹狩猎时的平均速度约为64公里每小时。

它在一棵树前站定，卧下后腿，前腿直立，摆出优美的姿态。可以清楚地看到，在它们的眼睛内侧，各有一条黑色的纹路，也就是像泪痕的纹路。它在仔细地观察四周的动静，然后它直立起来，正面对准了我们。只见它微张着嘴，目光犀利。

然后，这只猎豹继续潜行。像其他的猫科动物一样，在捕猎时，必须先潜行到离猎物足够近的地方，然后全速出击。猎豹可以全天捕猎，据观察约有40%的成功率，所以猎豹也属于成功的猎杀者了。它越走越远，直到消失在丛林之中。

望着它的背影，我突然想起一个问题：猎豹主要吃什么动物？

莫哈说"Impala and Thomson's Gazelle"，也就是黑斑羚和汤姆逊瞪羚，它只吃身材好的动物，其他的都懒得吃。

这是多么高傲的内心啊。

塞伦盖蒂"脐部"的奥秘

我们抵达塞伦勒那跑道（Seronera Airstrip）了。莫哈帮我去跑道边的办公室，续办入园证。一架小型飞机在降落。这个季节属于淡季，但也是航班不断。

我们继续上路，刚说到猎豹的美食

一只花豹趴在树上，慵懒地舔着毛发

汤姆逊瞪羚，前方左侧路旁就出现了一群。这种瞪羚长约70～107厘米，高约58～70厘米，棕黄色的背部，白色的腹部，腹侧有一道黑色的毛发，尾巴也是黑色的。这种瞪羚最有特点的行为，就是一边走一边甩动着尾巴，来驱赶苍蝇。瞪羚小心地越过土路后，在逆光中甩尾而行，煞是可爱。

来到塞伦勒那后，发现路上的车子明显多了起来，来自各个营地的车辆都载着客人，在寻找着动物。

莫哈喜欢跟着自己的感觉走，果然又灵验了。我们沿着一段比较窄的土路走了不到5分钟，他停下了车，指着右侧100米之外一棵树杈上的小黑点，问："你看那是什么？"

他端起了望远镜，我拿起了装着"大炮"的相机：一只花豹在树杈上睡觉呢。过了一会儿，它醒了，开始抬起头来。我们周围的车辆见我们停下车来，也纷纷围拢过来，一看究竟。我在专心地拍摄着，只听到旁边车辆上的一位女士小声地叫了声"Oh my god"，这一声更让周围车辆上的人，都举起了相机或望远镜。只见这只花豹将头转过来，伸出舌头，舔着身上的毛发，又慵懒地睡去了。

我们驱车前往位于塞伦勒那跑道南侧方向的塞伦盖蒂塞雷纳探险营地（Serengeti Serena Safari Lodge），路上遇到一个大象群和一个河马群，在觅食和水中嬉戏。之后，在夕阳下，抵达了这家营地。

入口处的墙面上，镶嵌着一块铜牌，标明在 1996 年 6 月，坦桑尼亚总统出席了这家营地的开业仪式。这是一间大型的营地，马赛民居风格的独栋别墅，散布在小丘之上。沿着小径，走进我的房间，半圆形的房间，非洲风格的装饰。推门出去，外面是一个宽敞的阳台，正对着夕阳下的塞伦勒那；阳台上都装饰着非洲木雕。这家营地在设计中突出体现了传统的非洲元素，有着一种拙朴之美。

随后，我们驱车来到营地下的一片草坪上，喝夕暮酒（Sundowner）。夕暮酒，指的是黄昏在非洲的草原、湖畔、河边或其他的环境优美之处，一边喝香槟、热饮或当地酒类，一边吃小食聊天的社交活动，也是 Game Driving 的一项重要内容，可以说就是在自然怀抱里的下午茶。由于非洲这些地方的地平线很低，所以需要看到太阳完全落下后，活动才能结束。在夕暮酒时，不同越野车、不同国家的人往往会聚到一起，相互交流一天的所见所闻。

管家递上毛巾，倒上香槟。旁边的桌子上已放上了小食，晚风吹拂，白色的桌布拂起，在这空旷的草地上，仿若一幅超现实的图画。

夕阳西沉。乐队在暮色中演奏着坦桑尼亚当地的民间音乐，雄浑的非洲鼓声，清脆的木琴声和一位女歌手高亢的歌声，奇妙地结合在一起，在这空旷之地上回荡着。

几曲完毕，大家被这些乐手拉起来，学着跳起了非洲的舞蹈。暮色渐浓，只有这些欢快的身影，浮现在非洲的地平线上。回望着营地，在后面的山岗上，华灯初上，映衬着深碧的天空。

营地的主建筑包括餐厅和酒廊。几个入口处都放置着高约 2 米的木雕，意态逼真。在餐厅内，享用着丰盛的自助餐。一

营地的乐队，在暮色中演奏着坦桑尼亚民间音乐

宾客们在营地的草坪上喝夕暮酒

位厨师特地过来问我,明天的Lunch Box里需要放些什么,这种细心让人感觉很贴心。

酒廊有一个高约八九米的大穹顶,气势宏大,几根高耸的柱子,更将人们的视线引导到穹顶那细微的结构上面,欣赏非洲建筑艺术的优美和柔妙。

穹顶下面,大家围坐在一起,欣赏着非洲的歌舞,直到夜深时分。

次日清晨,用完早餐,我沿着小径散步,山脊的尽头是一个大泳池,一些躺椅摆放在池边,山下是广阔无垠的草原景色。

次日早上8时许,我们出发,去探索塞伦勒那这片塞伦盖蒂"脐部"的奥秘。开阔的草原上,立着一只长颈鹿,与远处的合欢树遥相呼应。与塞伦盖蒂西部的深密不同,中部似乎更加宽广而浩大。在路旁,一只犬羚(Guenther's Dik-dik)睁着清澈明亮的大眼睛,看着我。透过镜头,我可以清楚地看到它的长睫毛,长到上下两排几乎可以连接起来了。犬羚是最小的羚羊品种,也是我最喜欢的一种羚羊,幼小而略带顽皮,惹人怜爱。

驶近一个河马池,空气中有着一股气味。有40~50只河马泡在里面,池边有几条长达2米多的鳄鱼。可以看到其中的一两只河马的身上,有划伤的痕迹,这应该是相互争斗时留下来的。它们大多将身体潜伏在水中,只露出两只眼睛,还有一只河马将嘴贴在另外一只河马的唇边,目光中流露出款款柔情,十分亲昵。

另外一只青春期的河马,从水中走到池边,它高昂着头,萌态喜人。有一只红嘴牛椋鸟(Red-billed Oxpecker)栖息在它的背上。这种鸟专门吃河马和犀牛等动物身上的死皮,两者构成了动物界奇妙的共生关系。

河马是陆地哺乳动物中,除了大象之外较重的动物。成年雄性河马长约3.3~3.7米,高1.3~1.65米,重约1.6~3.5吨,雌性河马重量为655公斤~2.3吨,怀孕期8个月,小河马刚出生时重量为55公斤。河马白天都泡在河中和水池中,可以在水下憋气2~6分钟,水中也是它们的消化和社交场所。只有到了晚上它们才回到地面,以草和树叶为主要食物。

河马的大嘴张开时,最大可以达到150°,雄性下侧的两个犬牙长达45厘米。看似呆萌的河马,作为地球上攻击性最强的动物之一,其实是在非洲伤害妇女儿童最多的猛兽,不时会有妇女在水边打水时,遭到袭击而不治身亡。据不完全统计,全非洲的河马每年杀死数十人。

河马体型巨大,看似温顺,但在受到袭击或感觉到威胁时(如游人过分靠近拍

犬羚

在河马池中聚集满了河马,这种野生动物看似温和,实则非常危险

摄或受到相机闪光灯刺激等）会主动发起进攻，其行动异常迅速，牙齿咬合力惊人，有时甚至会顶翻游船，所以请勿靠近河马，尤其是河马幼崽，更不要喂食或投掷异物，试图引起河马的注意。

河马的长相常会给人造成两个误解：第一，它跑不快，其实它跑得非常快，能轻易追赶上人；第二，它温和，其实它非常暴躁，很容易被激怒。发起脾气来，连鳄鱼都躲得远远的。

所以，游人需要对河马保持着十二万分的小心，也需注意防范其他野生动物的攻击，这其中包括狮子、猎豹和黑犀牛等攻击性较强的大型野生动物。

越过一个小山岗，前面有一只雄狮和一只母狮穿巡而过，后面有一只母狮，还有一只母狮！车子缓慢地开上小坡，看到了此行最壮观的场面之一：有大小8只狮子趴在前面的一条小河沟旁喝水。其中有一只母狮的脖子上还戴着一根项圈，估计是作为科学观察用的，以便随时能测定到它们所在的位置。

一只雄狮从草丛中出来了。它眯着眼睛，脸上有划痕，鬃毛很茂盛。它看上去是前面那只雄狮的哥哥，它们生活在一起，这也是狮群中常见的联盟关系。它先是静静地站在那里，看着几只小狮子，然后张大了嘴，发出低沉的狮吼声，露出它威风凛凛的王者风范。两只幼狮在它面前高翘着尾巴，似乎没把这位伯伯放在眼里，其中一只幼狮也歪着嘴，大叫几声，跟它的伯伯呼应着。

这个狮群慢慢地走远了。有10多辆车远距离地跟着，大家都大饱眼福，露出满意的笑容。莫哈一边发动车辆，一边告诉我，刚才一共有2只雄狮、7只母狮、9只幼狮，这也是此行看到的最大狮群了。

前方出现了一群缟獴（Banded

游人乘坐越野车追踪野生动物

一只鬃毛飞扬的雄狮吼叫着,一只幼狮也跟着大叫几声,相互呼应着

Mongoose),这种缟獴毛发呈灰色,可以明显地看出皮毛中有一条条的棕色纹路,身长33～42厘米,体重约1～2公斤,它们的食物种类繁多,包括老鼠、蛇、蜥蜴和蟾蜍等等。能吃蛇并能与蛇搏斗的本领,给这种动物带来了一些神秘的色彩。它们走路时高弓着背,使其看起来要壮硕一些。它们在与蛇搏斗时,全身的毛发更会竖立起来,以在气势上压倒对方。

中午12点,回到塞伦勒那跑道,与莫哈道别。他盖上越野车中间的顶棚,准备一路疾驰回去。他是一个善于寻找新路线的人,相当聪明,我也因为他,得以近距离地观看这么多生动的场景。

我听到他几次讲过一句话"Serengeti will not die"(塞伦盖蒂永不落幕),而欣赏野生世界的悲喜剧,不仅仅需要种类繁多的野生动物,更需要运气和善于发现的眼光。

四季的地平线

一位新的导游爱德华（Edward），开着一辆带有越野功能的小车，带我前往四季塞伦盖蒂猎游营地（Four Seasons Safari Lodge Serengeti），爱德华二十七八岁，修长，戴着一顶西部牛仔的皮帽子，很帅气。我们向北大约行驶了40公里。一路上，他对于中国整个高端旅行市场比较关注，问了我许多具体的问题。

半个多小时后，我们沿着一条林木茂盛的坡道，进入了营地的大门。喷水池中喷着水，铺了一段短短的水泥路面直抵大门。这个大门像是在城市中的感觉，十分宽大，不同的是门口站着两位马赛人作为卫士。这样豪华的设计让人惊叹，因为这可是在塞伦盖蒂的原野中。

走下车来，侍者递上毛巾和饮料。走进大厅，视野开阔，里面摆放着各种非洲的雕塑，沿着宽大的旋梯而下，墙面上挂着近百个藤编的盘子，中庭高10米，四周围着一圈非洲风格的木格子门，排列在那里，无论是从上往下看，还是从下往上张望，都有着强烈的视觉冲击力。走下楼梯，来到酒廊和餐厅。餐厅的布局也很开阔，外面广阔的原野像是一幅超宽的银幕，挂在那里。那是真实的野生世界。

回望这个主体建筑的构成，我发现它巧妙地将接待层放在了最高层，然后向下设计，这正是利用了地势，从外面的大门看，根本看不出里面有挑高这么高的中庭，同样也符合野生营地尽可能与环境融合的原则。从外面看是如此地朴素，而当人置身在里面的时候，才知道有多奢华。这是环保的奢华。

从酒廊出来，管家陪着我去房间。我再次发现了这个营地的特别之处——作为建筑中心的酒廊与各个房间之间，全部是靠离地2米的步行桥来连接的。去过非洲营地的人都知道，在那些没有围栏的营地，每天晚上客人吃完了晚餐，回到离餐厅比较远的帐篷时，都是需要专人护送的。而这座步行桥的设计，就将护送这个环节基本省略了。我边走边看这桥的细部设计，桥的下面用细木棍每隔大约20厘米扎成栅栏，有效地防止大型动物穿行进来。

来到我的409房间"地平线套房"（Horizon Suite），房间位于一座茅草屋顶建筑物的上层：中规中矩的方形结构，墙壁上挂着一个马赛人的盾牌和一幅非洲的风景照，一张大床居中摆放。浴室内有一个浴缸。走到宽敞的阳台上，更觉得惬意。一个水池就在眼前，远处的地平线一览无余。

回到酒廊，在室外的水边露台（Maji Deck Terrace）享用午餐，在斯瓦希里语中，

四季营地内,酒廊与各个房间之间,全部是靠离地 2 米的步行桥来连接的

SPA 中心内,夕阳朗照,暖风吹起帷幔

"地平线套房"内景　　在室外的水边露台享用午餐　　营地商店内陈列着马赛族风格的凉鞋

"Maji"意为"水"。这是一个吃早餐和午餐的餐厅兼酒吧,在下方设计了一方泳池,在泳池的下面是一个供动物喝水的水池,这样就形成了丰富的层次。餐厅的色调也是灰色系的,休息区的椅子采用藤编家具,充分与环境协调。

在房间阳台上眺望,一群大象过来喝水嬉戏了,在离我不到10米的水池中。这个象群有大小20多头,两头小象在水中先钩鼻子,然后就相互打起了水仗,水花四溅,嬉闹完毕,象群渐渐远去。我就戴着墨镜,倚在沙发上阅读。下午4点,沿着步行桥走到北侧的尽头,来到了SPA中心。接待大堂内,中央摆放着造型优美的玻璃器皿。夕阳朗照,一位俏丽的黑肤色的女子站在一旁,暖风吹起帷幔。这种情景让人在瞬间就舒缓下来了。

按摩师安(Ann)迎上前来。她特地让我看了案几上放着的Rungu,这是马赛武士携带的一种木制手杖(Maasai Baton),在一端有一个不规则的圆球。这物品在东非的部落文化具有特殊的象征意义。这次的按摩,她就利用两支手杖作为工具,将其放在装着热水的黏土筒中来保持温度。

她带我走进按摩室,让我将双脚放入

按摩师的手心里放上马赛的足疗膏,可以将足部的死皮去掉

午后,在离我房间不到10多米的水池中,一群大象过来喝水嬉戏

一个温热的木盆中,然后手心里放上马赛的足疗膏,按摩我的双脚。窗外就是原野,夕阳正纯。足疗膏是用一种树叶捣碎后混入精油,有些微的粗糙感,可以将足部的死皮去掉。

然后,她让我闻按摩用的猴面包树精油,说是从猴面包树的果实中提炼出来的。这次采用的 Kifaa Massage,是这间 SPA 最有特色的一种按摩方式。Kifaa 在斯瓦希里语中的意思是"工具"。

我俯身趴在按摩床上。热身之后,她开始了这次按摩的特殊部分。我感到一个火热的有点烫到接受极限的圆球,在我背部的各个筋腱处缓慢地滑动。圆球不仅把热量传递出来,而且还依照它本身的圆润度,来舒展紧绷的肌肉,缓解压力。一个圆球稍微凉了之后,再换上一个热的,就这样交替进行,将全身的主要筋腱处都按摩了一遍,相当地别致。

120分钟的按摩结束了,她唤醒我,将窗帘拉开。窗外已是彩霞满天了。

晚餐是在酒廊上层的餐厅,侍者很多,每个人见到我,都能亲切地叫出"Mr. Cheng",显得具有专业素养。坐在窗口的位置，可以看到星光闪耀的原野中，下面游泳池中的那一汪蓝色的碧水。

酒廊的各处都陈列着各具特色的非洲艺术品，而底层的发现中心（Discovery Centre）则像是一个关于非洲历史和自然的小型博物馆，同时还是一个摄影展厅，里面陈列着一位常年在塞伦盖蒂工作的摄影师的作品。

该发现中心与塞伦盖蒂的多个研究项目进行合作。在这里，客人可以提交他们拍摄到的猎豹照片，以帮助塞伦盖蒂猎豹监测项目（The Serengeti Cheetah Project）。因为每一只猎豹，都有自己独特的斑点图案，研究人员可以依据客人的照片，来识别各只猎豹在塞伦盖蒂的行动轨迹。宾客还可以提供素材，帮助完善塞伦盖蒂狮子项目（The Serengeti Lion Project），在塞伦

坐在水边露台，可以清晰地看到整个建筑的层次感

盖蒂已设立了 200 多个远程相机的拍摄点，可以实时观测狮子和其他动物的活动情况，并在网站上进行观看。

回到房间，夜床已开好。被子上放着一张折页的卡片，上面印着海明威的《非洲的青山》(Green Hills of Africa) 中的片段。

夕阳西下，倚靠着锃亮的越野车休憩片刻，静听四周的清脆鸟鸣

营地内的发现中心是一座关于非洲历史和自然的小型博物馆

这部作品写于1935年，记录了海明威和妻子在东非的游猎经历。而今，80多年过去了，非洲的青山已发生了急遽的变化，只是希望这种变化能缓慢一些再缓慢一些，让更多的原生态风貌，可以更长久地保存下去。

次日早餐过后，爱德华已在门口等候。我们驱车向北，发现这片区域有不少花岗岩和片麻岩构成的小山丘（Kopjes），一些小岩羚（Steenbok）站在上面。这些小山丘是火山活动的结果，一些羚羊之所以喜欢立在小丘之上，是因为在上面可以清晰地看到，周围有无狮子和豹子等凶猛动物的存在。其他如斑马这样的动物，也喜欢靠近这些小山丘，因为若有羚羊站在上面，则说明这个地带是安全的。

我们深入到北侧一片草原。地上有一只被杀死的角马，整个内脏都露了出来，非常新鲜，应该就是在1小时内被干掉的，杀死它的狮子或豹子没吃多少就走了。再仔细一看，这只角马张着嘴，牙齿比较疏松，应该是一只年长的角马，它的嘴下有一丛须毛，也像是一把老胡子。

天空中已有不少的秃鹫在盘旋了。爱德华说，我们的车子后退一点，会有大批的秃鹫降落。果然，过了不到几分钟，首先数只鲁氏粗毛秃鹫（Rüppell's Griffon Vulture）准确地落在了角马的身上，这种秃鹫有灰色的毛发，脖子的根部有一圈白色绒毛。很快又有30多只秃鹫围拢过来，蚕食着角马的内脏。

随后，一些网面秃鹫（Lapper-faced Vulture）也飞来了，它们黑身红颈，看上去十分狰狞，加入了围剿的大军。接着，更多的鲁氏粗毛秃鹫飞来，它们展翼的宽度达到2.5米，翅膀内侧有3条白线，像是一架架轰炸机一样落地了。白头秃鹫（Whited-head Vulture）也来了，总共聚集了200多只，最后已看不到角马了，只有层层叠叠的秃鹫。

不远处，一只黑背豺也发现了这里。它站在一旁观察，最后估计是被这秃鹫大军的阵势吓倒了，也没敢靠拢，一溜烟儿地跑了。

这边一片秃鹫边吃边发出叫声，那边还有大批的秃鹫在赶来，这样宏大的场面难得一见。秃鹫进食也各有角度，除了大部队在吃内脏之外，一只秃鹫自己另辟第二战场，将嘴伸进了角马的嘴里，叼食角马的舌头，也算是吃出了水平。

20多分钟后，蚕食完毕。秃鹫站在四周歇息。枯黄的草地上干净一片，也看不到血迹。如果不是这只角马的皮囊干瘪地卧在那里的话，这一切仿佛都没有发生过。

塞伦盖蒂有着超过500种鸟类，包括34种猛禽，其中有6种秃鹫。这些被称为"草原的清道夫"的秃鹫，迅速地清理掉一个又一个被狮豹吃剩下的猎物，在打扫战场方面，可以说是功不可没。

这片原始草原上，大型动物在不断捕食，激烈而直观，还带有几分血腥，却给人另一种非凡的审美体验。每天，都可能会直面野生动物的生与死、欢与悲、固守

一些小岩羚喜欢站在小山丘上面

与迁徙、独居或结盟,而在这里,我听到最难忘的还是那句"塞伦盖蒂永不落幕"。

中午时分,回到营地午餐后,继续Game Driving,我们从营地的正面经过,发现整个营地设计隐秘,灰黑色的建筑外观和茅草屋顶的结构,与环境和谐一体。

前面的道路上卧着两只雄狮,离营地不到100米。爱德华说,它们7岁,是一对兄弟,都是单身汉,有时会在营地四周出没。尽管外表已基本长成了样子,但毕竟还年轻,所以还无法去驾驭几只母狮子,来组成一个狮群。它们打着哈欠,慢慢起身走远。

下午时分,光线越来越暖。远山空蒙,道路上聚集了越来越多的车辆,尘土飞扬,高大的合欢树组成了优美的图案。

我们将车停下来,坐在车头。就在这夕阳光线中,那些动物也都披上了一层暖光,渐渐远去。只有这宁静的时分,凝固下来。

面对纯朴自然,幻想和内心独白不断。在这片野性的土地上,更多的时候,则可以看到斑马肩上阳光的金色耀斑,或是犬羚那珍珠般的眼睛,直至远方的银色鸟鸣。那是内心的远眺。

在我的眸光之外,自由的生灵和远处的地平线同在。塞伦盖蒂那些清亮的眼睛,它们在记忆深处,凝视着我。凝望着它们

黄昏时分,塞伦盖蒂的塞伦勒那,各种游猎的车辆云集

的眼睛,我看到了动物的光华。许多时候,尊重动物的野性,保持自己的人性,同时,并不过分标榜神性,这或许就是归顺自然之道。

这样塞伦盖蒂就不仅仅是一个地名,而且是一段段温暖的回忆。那些动物灵动的身影,总会在某一个时间点,与光结盟,直抵心底,构成了眸光中的永恒诗篇。

晚上8点,来到营地的野外围栏(Boma)内,享用非洲风格的晚宴。野外围栏是营地或探险者用竹子、荆棘和砖块等材料搭成的保护装置,一般高度在2～3米,可以保护在夜间不受动物的袭击,而这家营地的野外围栏是固定搭建的基本封闭的建筑结构,中央燃着篝火。

这家营地的总经理马丁(Martin)陪着我,他是英国人,曾在伦敦四季酒店工作多年,后来又到了马尔代夫四季酒店,再转到这里来工作,属于经验老到的职业经理人。由于这家营地的环境和人员都比较特殊,管理无疑是非常具有难度的,但我所感受到的这一切,都无愧于这家营地的口碑,由此也可以看出,马丁付出了多少心力。我跟他谈高端旅行的趋势,谈到许多白领都看过《唐顿庄园》(Downton Abbey),他有点惊讶,惊讶于一个东方的都市在文化上跟得那么紧,紧贴着这浩荡的潮流。在谈到非洲探险旅行方兴未艾时,

在营地的野外围栏内享用非洲风格的晚宴

他说,人们来到这里,其实就是为了寻找野性灵魂的回归,点燃或治愈自己。

篝火熊熊,营地的马赛守卫列队而入。他们迈着矫健的步伐,不断地跳跃着、呐喊着,那不断跃动红色或蓝色的身影,成为塞伦盖蒂记忆的一部分。

翌日清晨,我们继续游猎。大片的汤姆逊瞪羚在草丛中,而在不远处的一处河道边,一只母狮与10匹斑马,相隔30多米对峙着。这些斑马想走近河边去喝水,但这只母狮就守在对面的河岸上,只要斑马一靠近,它立刻就会扑过去。

斑马显然十分口渴,它们警惕地保持队形,慢慢地移动,但没走几步就停下来了,显然贸然过去喝水,危险太大了。尽管狮子只有一只,它只可能集中精力来抓捕其中的一匹小斑马,但这还是会让这个斑马家族蒙受损失。这些斑马在原地打着转转,最后还是撤离了。这像是塞伦盖蒂

动物们的告别演出。

爱德华说,这些斑马还是聪明的。如果是一些角马,肯定想都不想就上去喝水而被狮子捕杀。动物间智能的差异还是相当大的。

上午10点钟,回到塞伦勒那跑道。这天跑道边聚集了不少旅行者,小型飞机起起落落,比较繁忙。我搭乘的10点35分的飞机起飞了,塞伦盖蒂又在机翼下,展示它那壮阔之美。

几只斑马围成有趣的一圈

Chapter 2
The Whispers of the Nature and the History

自由大地，
聆听自然与历史的低吟

向北，抵达肯尼亚。

从内罗毕出发，首先沿着东南方向行驶，深入西察沃、安博塞利，然后纵穿来到梅鲁、桑布鲁、里瓦和奥佩杰塔等国家公园和保护区，在这片野性土地上走了一个巨大的三角形。

Tsavo West National Park and Amboseli National Park: The Man-Eaters and the Savannahs

1

西察沃和安博塞利：
"食人狮子"和那辽阔的原野

西察沃国家公园辽阔的原野构成了一处秘境，至今仍较少受到游客打扰。

2007年，我第一次踏上非洲大地时，就听到了"食人狮子"的惊人传说，1898年，两只无鬃毛的狮子吞噬了35名在此修建铁路的工人。

而象群和5895米高的乞力马扎罗山，是安博塞利国家公园的标志，也是野生动物巡游中百看不厌的场景。

重返内罗毕

下午 4 时许,抵达内罗毕肯雅塔机场。过海关时,人不算多,由于从 2015 年夏天起,施行电子签证的办法,过关的速度比前些年明显提高了很多。出口处,酒店的接待人员已举着牌子在等候着。走到外面的马路,天下着大雨,一辆奔驰车迎接我的到来。

肯雅塔机场距离内罗毕市中心大约有 18 公里。由于近几年来曾多次发生恐怖分子的袭击事件,在肯雅塔机场塔楼上,持枪的士兵在时刻警戒着。

内罗毕坐落于非洲中部海拔 1600 多米的东非高原上,面积 696 平方公里,目前人口为 330 多万,是东部非洲的金融中心和交通枢纽,也是非洲大湖区中的第二大都市,仅次于达累斯萨拉姆。

肯尼亚肯雅塔机场的塔楼上,一名士兵持枪警戒着

内罗毕一座建筑物的顶层平台上,一个孩子跳跃似飞

内罗毕这个名称,来源于马赛语"Enkare Nairobi",意思为"冷水"。内罗毕于 1899 年由英属东非建立,当时作为乌干达铁路的一个站点,此后迅速崛起,这里曾是一个殖民地的咖啡、茶叶和剑麻产业的中心。

穿行在这座城市里,街道不算整齐,三三两两的黑人站在马路边兜售小商品,非洲秃鹳(Marabou Stork)在路旁的垃圾堆里寻找着腐肉……这一切都让人感受到强烈的非洲气息。

车子在杂乱的马路上穿行，半个多小时后，终于停在一座典雅的花园前，让人眼睛一亮，这就是我下榻的酒店。进入酒店前，门岗用一把特制的长臂镜子，伸到车子底下，环绕着检查了一圈，以确保车辆底盘上，没有被粘上危险品或爆炸物。

走进大堂，精致的布置，里面摆放着从东非各地收集而来的器具，俨然是一个微型的博物馆。

办理完入住手续，登上电梯，发现每一层楼都有保安在巡视，管理严格。我的房间，面积不算很大，但里面摆设很精致。打开窗户，空气清新，外面是中央公园的苍翠树林，远处是一些现代化的高楼。如果不是树顶上立着一只非洲秃鹳，人们根本无法立刻分辨出这是在非洲。

从房间里出来，沿着每一层楼，细细地欣赏那些非洲的文物。从贝宁16世纪时的国王铜像，到尼日利亚用巨大葫芦制成的器皿，那上面雕刻的图案相当古朴生动。从丁卡人（Dinka，居住在苏丹南部的黑种部族人）使用过的串珠和象牙饰物，到一座2米多高的犀鸟（Calao）雕塑，这是叫塞努福（Senoufo）的族人在神秘的林中空地精心做成的，用于年轻人的成人典礼之上。

塞努福人居住在撒哈拉以南科特迪瓦北部，马里南部和布基纳法索西南部地区，讲古尔语（Gur）。人口超过300万。这种金黄色的雕塑也是权威的象征，代表着部落先祖的灵魂。这种雕塑的原型来自犀鸟（Hornbill），犀鸟经常被认为是"信使鸟"。

酒店里陈列着的这些文物，让人在瞬间神游了东西非洲，这些物品本身也像是信使，传递着那个古老、安静而蜷缩的非洲之魂。它们被释放出来的瞬间是强大无比的。

信步在庭院中。傍晚时分，华灯初上，各种造型的灯光把园中的植物映照得很美观。走到尽头，是Maisha健身中心。在斯瓦希里语中，Maisha的意思是"生活"。平衡生活的追求，正贯穿在这家酒店从餐饮到娱乐的各个层面，精美而典雅。

驶往西察沃

早晨8点半钟，一辆四驱越野车等在酒店门口，准备带我前往西察沃国家公园（Tsavo West National Park）。司机维克多（Victor）是一位40多岁的中年黑人。我与他聊起这些年我在非洲的见闻，他问起我此次最想看到什么动物，我说"Cheetah"（猎豹）。

我们从内罗毕沿 A109 公路向东,朝着蒙巴萨的方向行驶。路上有许多大型货车往来。蒙巴萨是一个重要的口岸,苏丹、乌干达、卢旺达等内陆国家也都倚靠这条主干道运送货物。

下午近 3 点钟,抵达西察沃国家公园。在姆蒂托安代大门（Mtito Andai Gate）前有一面 3 米多宽的矮墙,上面写着这个国家公园的基本信息——西察沃国家公园占地 9065 平方公里,温度为 20～36℃,海拔为 600～1800 米,建于 1948 年,上面还有一行字"Ancient land of Lions and Lava"（狮子与熔岩的古老之地）。不远处的 A109 公路,将整个察沃分为东察沃和西察沃两个部分,两个部分加起来的总面积,达到 20812 平方公里,在整个非洲的国家公园中,都属于比较大的。

等待司机办理入园手续的时候,我刚端起相机,朝向我身后 10 米的一位女孩以及她怀里抱着的一个 1 岁多的婴儿,那女孩就羞涩地低下头去。这正好契合了我最初对这个国家公园的印象,这个至今还没有特别多游客的地方,一切都还保持着原始的纯朴。中午时分进入园区十分炎热,沿途没有太多动物,只有一只长颈鹿站在路旁的树丛中,伸长了舌头,萌态喜人。

行驶了大约一刻钟,就来到了古拉坤尼塞雷纳游猎营地（Kilaguni Serena Safari Lodge）,在斯瓦希里语中,"Kilaguni"意为"小犀牛"。入口处竖立着一块木牌,上面显示着这里的坐标和高度——南纬 2°41′,东经 37°49′,海拔为 2750 英尺（约为 838 米）。这家营地共有 56 个房间,是整个察沃保护区最早的一家营地。营地位于坎巴方言区（Kamba Dialect）。坎巴是讲班图语的肯尼亚人,坎巴人分为 25 个分散的父系氏族。近年来,坎巴人聚居的地区由于过度拥挤和水土流失,其中不少人被迫迁到内罗毕寻找工作,长期以来,坎巴人一直被誉为富有经商头脑。

跟随着侍者,沿着小径,来到一栋马赛民居风格的建筑前。走进二楼的房间,非洲风格的装饰。推门出去,外面是一个宽敞的阳台,正对着山丘下的原野。阳台

西察沃营地内大堂的设计,充分体现出质朴的特色

上装饰着非洲木雕。

走出房间，沿着一条小径就来到了餐厅兼酒廊。我去餐厅吃迟到的午餐。餐厅足有 6 米多高，两米多长的非洲挂毯从原木横梁上垂挂下来，金属框架的吊灯上装饰着大象图案，旁边一块岩石上是用一根粗壮的树干雕刻的酒架，陈列着当地的特色红酒。从这里可以眺望绵长的凯乌鲁山脉（Chyulu），希塔尼熔岩（Shetani）下的溪流在不远处汇成一个水池。

离我座位不远处的一块岩石上趴着一条红头蜥蜴，长约 35 厘米，红色的头，深蓝色的身体，眼睛晶亮，三角形的脸部还做出各种可爱的表情。这条蜥蜴是雄性，它们的身体在温暖的午后呈现为红色和蓝色，早晚凉爽时会变成深棕色，雌性红头蜥蜴的身体则始终是深浅不一的棕色。繁殖季节，雄性红头蜥蜴身上的色彩会特别鲜艳，还会做类似俯卧撑的动作来吸引雌性。

不远处就是一方水池。水池边有两只雄性黑斑羚（Impala）相互睥睨着，僵持了好一会儿，其中一只发起攻击，另外一只边走边退，企图以身后的灌木丛作为掩护。进攻者用双角顶过去，灌木丛中传来四角碰撞的清脆声响，随后退让者转身逃跑，留下一缕尘烟。

就在我吃下几片沙拉的瞬间，这片野性大地上又演完了一场"争霸战"。黑斑羚的情欲世界尤其极端，雄性要么打败其他的竞争者，独享 40～50 只雌性，要就与其他众多兄弟一起，成为无聊的单身汉。

午后游猎

下午 4 点，乘坐越野车观赏野生动物，这是非洲自然保护区的例行节目。我们首先遇到的是一些头盔珍珠鸡，50 多厘米长，灰黑色的羽毛上点缀着小白点，头顶有一个暗黄色的骨节，看上去就像戴了个头盔。这种珍珠鸡喜欢健行，一天能走十几公里，通常以各种种子、水果、蜗牛和蜥蜴为食。它们的寿命也比较长，一般可在野外生存 12 年。

向西南行驶了 12 多公里，来到了姆济马温泉（Mzima Springs）。将车停在停车场，一位身穿迷彩服，手持半自动步枪的向导已迎候上来。我们沿着小路，徒步游览。

保护区附近的凯乌鲁山脉主要由火山灰和熔岩形成，整个山体如同一块巨大的海绵，瀑布产生的水流在地表流动，形成清澈的小溪，汇成几处温泉，姆济马温泉是其中最大的一个。温泉周围可以看到一些奇特的树木，比如 20 多米高的

"发烧树"（Fever Tree，学名为 *Vachellia Xanthophloea*），早年间传说它会使人染上疟疾而发烧，后来才发现疟疾其实是由蚊子传播的，与这种树没什么关系，将它的树根捣碎后服用，还能治疗胃疼、预防疟疾。

几千年前，非洲的一些部落就开始用这种树的树皮作为占卜工具，将树皮和其他草药一起酿成汁液，让人在睡前服下，同时问一个问题，据说这种汁液会诱发人在梦中说出答案。英国作家约瑟夫·鲁德亚德·吉卜林（Joseph Rudyard Kipling，1865—1936）在儿童文学作品《大象的孩子》（*The Elephant's Child*）中，曾多次提到这种"发烧树"。

走到温泉边，向导让我们看在岩石上的一条幼年的尼罗巨蜥（Nile Monitor Lizard），它长约半米，灰棕色的身体上有圆形的绿黄色图案。成年尼罗巨蜥长约 120～180 厘米，最大的达到 2.44 米。这种动物在尼罗河流域属于第二大的爬虫，分布在整个非洲中部和南部地区，善于登山和快速运动，食物包括鱼类、蜗牛、青蛙、鳄鱼蛋、比较小的蛇类和鸟类等。

往里面走，温泉的水十分平静，幽蓝色的水面倒映着白云，岸边有一些棕榈树，这种树叫野枣棕榈树（Wild Date Palm，学名叫 *Phoenix Reclinata*），它带来了一些热带地区的气息，用这种树的树叶可酿成棕榈酒，树的纤维可以用来做地毯、短裙和扫帚。根中含有单宁，可用于制造棕色染料。

不远处是一种叫酒椰棕榈树（Raphia Ruffia）的植物，红色的树干高约 10 米，不仅样子美观，还有着广泛的用途，当地人从树枝中提取一种蜡，用来擦鞋，树叶中可以提取一种纤维，用来编织绳子、篮子、帽子、餐桌垫等。也正是因为"有用"，这种棕榈树在其他地区很快就灭绝了，如今只在保护区内还能看到。

从岸边走上了一座木桥，就到了一座四周全是玻璃的观赏亭。这座亭子建于 1969 年，在当时算是相当前卫的设计了。走下几级台阶，透过玻璃窗，可以看到鲍鱼、鳝鱼在周围游动，最难得的是，可以从水下的角度来观察河马的憨态，此时就正有一只在水中慢慢走动。

在温泉边漫游，水中有一条长约 4 米的鳄鱼游过，一群河马聚集在远处，除了偶尔一只河马张大了嘴，弄出一点水声之外，四周清幽一片。旱季时，这里也是大象、水牛、狮子、斑马等各种动物的饮水处。2009 年，附近发生旱灾，四周的草地沙漠化，数以千计的动物聚集在姆济马温泉，与河马抢夺这一水源，有不少河马饿死，数量从 2003 年的 70 多只锐减到 5

两匹亲昵着的斑马,有着水墨画般的效果

只,这些年才逐步恢复。由此可见环境对于野生动物的巨大影响。

这座温泉对于蒙巴萨及沿线城镇的用水也起到巨大作用,早在1966年就建成了输送管道,与其他3座温泉一起,每天为当地居民提供大约2000万升淡水。

接下来的行程中,我还遇到了长角羚、角马和鸵鸟……夕阳西下,远草空蒙,宛若水墨,树丛中有一群斑马正在觅食,其中一匹将头靠近另一匹浑圆的臀部,构成一幅微妙的图画。

西察沃目前尚未受到太多游客的干扰,有丰富多样的野生动物,同时也是户外运动的好去处,有一些不错的攀岩地,坚固的片麻岩壁上没有植被,裂缝和石头角落比比皆是,除非在阴凉处,一般不需要挂钩。晴朗的日子里,登高而望,可以看到大象在下面的平原上漫游,鹰和秃鹫在峭壁上升暖气流中盘旋,远处是乞力马扎罗山的影子。300米高的大象头悬崖（Kichwa Tembo）东侧，当年吸引了第一批探险者。比较新的路线，位于大象岩（Elephant Rocks）的象牙塔（Ivory Tower），属于难度较大的灌木攀岩地。

食人狮子和恩爱的岩羚

回到营地。我在酒廊内喝着饮料。商务中心四周的墙面上挂满了黑白照片，其中一张是一只笼子里的狮子。这就引出了察沃的"食人狮子"的故事。

19世纪末，英国殖民者开始修筑从肯尼亚到乌干达的铁路。1898年3月，中校约翰·亨利·帕特森（John Henry Patterson）负责察沃河一座铁路桥的修建工程，晚上，两只没有鬃毛的雄狮不断偷袭工人的营地，将工人从帐篷中叼出来吃掉，一连9个月，工地先后采用了严格实行宵禁、设置篝火和荆棘篱笆等办法，但都没有效果，狮子还是会跳过篱笆发动袭击，后来胆子越来越大，甚至袭击了警官查尔斯·拉耶尔（Charles Ryall）乘坐的车厢。数百名工人逃离了工地，桥梁的建设也停止了。

帕特森设下陷阱，尝试了几次伏击，终于在1898年12月9日，他用一支大口径步枪击中了一只狮子的后腿，但它还是逃脱了，后来它反过来跟踪帕特森，帕特森用另一支威力强大的来复枪，子弹穿过狮子的肩膀，击中了它的心脏毙命。经过测量，这只狮子从鼻子到尾巴尖的长度为9英尺8英寸（约2.94米），要8个人才能将它的尸体扛起来。

第二只狮子在20天后也被击毙，其间人们追击了9次，先后使用了3种不同的来复枪，它被打中3枪后，还在跟踪帕特森并试图逃离，最后被帕特森击中胸部和头部，临死前还咬着倒伏的树枝，想要扑向帕特森。

随后，工人们陆续返回工地，1899年2月，铁路桥建成。那两只狮子的皮，被帕特森作为地毯使用了25年，1924年以5000美元的价格被出售给芝加哥自然历史博物馆，精心修复后，与原始头骨一起展出。

也许有人会问，帕特森追击狮子用的是什么枪？

当时英国士官普遍使用的是 BSA 李－速运动来复枪（BSA Lee-Speed Sporting Rifle），还有法夸尔森来复枪（Farquharson Rifle），此外帕特森还有一支马蒂尼·亨利来复枪（Martini-Henry Rifle）。

当年狮子为何不断攻击人类？

据分析，1898年，察沃河地区牛瘟病暴发，使得狮子的猎物骤减，迫使它们寻找其他食物来源。另外，当时前往桑给

"食人狮子"的故事让我在一个多世纪以后,仍有一种血腥感,仿佛还能看到那狮子利齿的寒光

巴尔的奴隶商队经常从那一带经过,病死的奴隶往往就被抛入河中,一些狮子于是开始觅食病死之人。

察沃的"食人狮子",是有历史记载的吃人最多的狮子。这也表明,人类并不总是处于食物链的顶端。

被狮子杀死的人的确切数字一直不太清楚,传闻也有着多种版本。后来博物馆采用同位素测定分析了狮子的骨胶原蛋白和毛发角蛋白,比照一般的狮子标本,再对照20世纪初土著人的遗骸,最终估算出,当年这两只狮子大约杀死了35个人。

一个多世纪之后,这个血腥的故事仍然有着特别的吸引力,狮子利齿的寒光仿佛还在人们心头闪耀。当年的"食人狮子",就是在目前西察沃境内作的案,这也让我对这个保护区始终充满了神往。

另一张图片则展现了1898年1月,第一列火车驶出蒙巴萨的情景。该铁路线将这个海港收纳进来,使得原来需要2～3个星期才能完成的路程,缩短到不足24个小时。

察沃以前一直是马赛牧民和维塔(Watha)猎人的家园。1948年被确定为国家公园。土著人口迁往保护区之外。1963年肯尼亚独立后,狩猎在察沃被禁止，这里最终成为野生动物的一处幽境，无垠的荒野和丰富的野生动物资源吸引着世界各地的旅人，包括我在内。

120多年后，由中国援建的从蒙巴萨到内罗毕的标准轨距铁路（蒙内铁路）穿越这里，人与野生动物正在谋求和谐共生。

夜色深碧。我坐在栏杆边的位置上，享用晚餐。星光灿烂。

次日早晨6点钟，我即起床来到酒廊，喝了一杯热饮后，驱车开始Game Driving。一轮红日升起，高处岩石上，有几只岩羚（Klipspringer），张着晶亮的大眼睛。它们身体皮毛上有着细细的白色斑点，被戏称为"盐和胡椒"。这种岩羚身长约为75～90厘米，高约50～55厘米，雄性重量为10公斤，雌性略重，为13公斤，交配季节是从9月到来年1月，孕期为214天。每次产一崽。正常寿命一般为10～12年。

这种岩羚在非洲分布广泛，从好望角的灌木丛，到埃塞俄比亚的高原，甚至在海拔4500米的高处，都可以看到它们在峭壁间灵活穿越。岩羚的毛发是中空的，有助于调节温度，以适应从干燥到潮湿的环境。

雄性岩羚长着10厘米的双角，东非

岩羚

的雌性岩羚也是长角的。作为草食动物，岩羚觅食岩石地形中的多肉植物，并从中获得水分，这样它们几乎不需要专门喝水。它们会用粪便来标明各自的领地，或者将眶前腺分泌物涂在树枝上来划分空间。

我看见有两只岩羚靠在一起，其中一只将嘴轻轻贴上另一只左边的脸颊，另一只微微闭上眼，沉浸在这种温情之中。岩羚也是一夫一妻制，一对伴侣总是腻在一起，其中一只进食时，另一只就负责瞭望敌情，它们最危险的敌人是老鹰和花豹，还有人类。

据说，人类捕杀岩羚的行为正在增多。几年前，我的飞机刚降落在一个自然保护区，坐上接我的越野车，一个摆摊子的当地人，拿着一串小羚羊角做成的项链摆到我的面前，说是Dik-dik（犬羚）的角，我当时就很气愤，但还是以比较温和的语气甩给他一句话——"Dik-dik是我最喜欢的一种羚羊"。

而现在这种岩羚就像是犬羚的放大版，这两种羚羊的眼神都很清澈，还有一丝顽皮，让人一见难忘。

跨过山丘，前方的谷地有一方水池，一群斑马在低头安静地饮水。过了一会儿，几匹斑马突然伸开前蹄，跑回岸边。原来50多米的后方，有一头个子并不高的幼年非洲大水牛（African Buffalo）在靠近。非洲大水牛是一种非常健壮的野生动物，身长2.4～3.4米，身高1.4～1.7米，体重500～900公斤，雄性通常大于雌性。非洲大水牛被世界自然保护联盟（IUCN）视为"近危"（Near Threatened）动物，目前在非洲约有40万头成年水牛。

非洲大水牛牛角两端之间的距离超过一米。这种牛角很奇特，在底部形成一个连续的骨盾（Bone Shield），非常坚固，便于非洲大水牛防御，尤其是利于雄性大水牛进行确定交配权的争霸战。这块骨盾有时连一些步枪子弹都无法射透。

非洲水牛并不是亚洲家牛的祖先。在自然界，除了狮子之外几乎没有天敌。非洲大水牛脾气暴躁，是一种非常危险的动物，也被戏称为"寡妇制造者"（Widowmaker）。据不完全统计，它们在非洲每年平均杀死和击伤200多人。

这些斑马小心谨慎，见水牛没有动静，又纷纷回到水池边，饮了一会儿，它们又都突然跑动起来，激起高高的浑浊水花。原来在另一面，那只水牛正在慢慢地走过来，但其实没什么气势，不知道这群斑马怎么见了水牛，会如此害怕？

回到营地吃早餐，看到有大约20匹斑马向附近那个水池靠拢，其中一匹慢慢走到水池旁，左右打量了一番，才把头伸到水中，小口地喝着水。过了一会儿，第

二十多匹斑马小心翼翼地在水池边喝水,随时提防着非洲大水牛等脾气恶劣的野生动物

二匹才走过来,然后是第三匹、第四匹……这片安静的红色原野其实危机四伏,为了生存,斑马们随时都要准备着躲避和退让,喝个水也如此小心翼翼。和传说中的"食人狮子"相比,察沃的动物更多是谨慎或者说害羞的,这种巨大的反差,也是大自然的迷人之处。

早晨8点钟,我们驱车出发,从丘鲁出口离开察沃,前往安博塞利。刚出这个出口,一条土路穿过1000多米宽的广袤原野,在几棵巨大的枯树下站着几个马赛人,服饰极为鲜艳,在壮阔的背景中形成极大的视觉冲击,让人感受到生命的活力与欢愉。

我们的越野车一路疾驰。我没让司机停车,只是静静地看着他们,有很多瞬间是无法用相机拍摄下来的,但会长久地留存在心间。

安博塞利,跳舞的精灵

两个多小时后,抵达安博塞利国家公园的基马纳入口(Kimana Gate)。大门口有一块牌子,上面列举了公园的规定,其中包括车速不能超过40公里每小时；保持安静；不要乱扔垃圾和喂食给野生动物等等。

在主干道旁，不时能看到一些当地人开的礼品店，陈列着用雪花石膏（Alabaster Stone）和皂石（Soapstone）制成的盘子，直径30～35厘米，上面绘有非洲动植物的图案，目前开价大约50美元，4年前我在内罗毕市场买的一个盘子，直径35厘米，有暗红色的细纹，十分美观，价格只要20美元。

雪花石膏的莫氏硬度指数（Mohs Hardness Scale）为1.5～2，比较柔软，它易于精细雕刻，经常被作为教会的内部装饰，如楼梯和走廊栏杆，由于这种石头易于在水中溶解，所以较少用于户外的建筑装饰。

这些店内还出售木雕，其中一些用的是乌木（Ebony），中等尺寸的木雕开价一般在80～100美元。乌木属于名贵树种，木质细腻、比重大，手感与一般的木头明显不一样。在其他的一些国家，乌木十分稀有，因而价格昂贵，是受严格保护的树种，出售乌木原木会被认为是非法的，最重的处罚有可能被处以有期徒刑。一些号称是乌木制品的东西，需要仔细甄别。

安博塞利国家公园（Amboseli National Park），原名马赛安博塞利保护区

安博塞利国家公园入口处，挂着一些马赛人使用的盾牌

（Maasai Amboseli Game Reserve），地处肯尼亚－坦桑尼亚边境8000平方公里生态系统中的一个重要位置。它位于内罗毕东南方向240公里处，是继马赛马拉国家保护区之后，较受欢迎的一个国家公园。

1883年，探险者约瑟夫·汤普森（Joseph Thompson），听说马赛安博塞利地区是"Empusel"（马赛语，意为"咸碱和尘土飞扬的地方"），就于1885年来到了此地，看到众多奇异的野生动物，惊讶地问当地土著："在这样干旱的不毛之地，怎么能繁衍这么多动物呢？"这种对比今天依然存在。

1906年，安博塞利是预留给马赛人的"南方保护区"，1948年成为自然保护区，为了保护当地独特的生态系统，1974年成立了国家公园，1991年成为联

合国教科文组织"人与生物圈"计划的保护区。

远处出现了一团高约20米的尘埃旋风（Dust Devil），黄色的细小物质组成一个直径大约在3～5米的气团，舞动着，不断地盘旋上升。我在非洲的自然保护区内，是第一次看到这种奇特的现象，我开始以为是什么小飞虫组成的气团，后来一问司机，才知道这原来是由尘埃构成的。这种尘埃旋转的速度大约为70公里每小时，这种现象也被称为旋风沙柱或龙卷风，但没有在影视片中看到的那么强劲和凶险，速度也要慢得多，更像是轻柔曼舞，所以也被称为"跳舞的精灵"或"跳舞的恶魔"。

这种尘埃旋风的出现，与气候及地质结构有很大关系，一般需要如下条件：一马平川的地形，尘土比较容易被吸上去；晴天，地表吸热，加热空气；风小或无风，地面温度与大气温度相差大。安博塞利的土壤由火山喷发形成，比较松散，呈粉末状，同时，湿地之外的土地逐年沙漠化，更容易形成旋风。

形成这种现象的原因在于，当一股热空气靠近地面的时候，在一定的条件下，形成热空气柱，裹挟着尘土，开始旋转，然后迅速上升时，垂直拉伸，使旋转效应加剧。同时，其他热空气在这个热空气柱的底部形成新的旋涡，空气持续上升，进一步加剧纺纱效果，像是一个漏斗状的烟囱，这样尘埃旋风就完全形成了。最后，当热空气上升到一定高度时变凉，失去浮力，停止上升。

在世界各地的不少原野中都能看到尘埃旋风，小的有半米宽、几米高，大型的有十几米宽、1000多米高，通常不会造成什么伤害，只是人在附近的话容易引起咳嗽。美国西南部的土著纳瓦霍人（Navajo）称之为"Chindi"（人死后变成的灵魂），认为如果气团向顺时针方向旋转代表吉祥，反之则会有厄运。而肯尼亚的基库尤人（Kikuyu）则认为这是"女人的恶魔"。

我们继续驱车向前，不久又看到一个直径5米多、高约100米的尘埃旋风，强烈地舞动着，时速估计有100公里，持续了20多分钟，仍然没有停下来的意思。根据测算，尘埃旋风每秒钟可以从每平方米的地面吸起1克灰尘，像这样高约100米的，30分钟即可裹挟约15吨重的灰尘。这草原上的自然之舞如此恣意，也是令人惊叹。

荒原上的温情

一个身穿红色背心的牧羊人，赶着

一个身穿红色背心的牧羊人赶着羊群经过。由于附近区域缺水,安博塞利公园允许牧民带牲畜来这里饮水

100多只羊,从我们前方斜穿而过。

安博塞利周边处于低降雨区,年平均降水只有350毫米,而国家公园内有两个沼泽,包括一个干涸的更新世时期(Pleistocene,258.8万年前~1.17万年前的地质时代)的湖泊,还有一片半干旱的植被,所以公园允许牧民带牲畜来这里饮水,也算是旅游业与畜牧业结合相得益彰。

这些丰富的水源地,使得安博塞利成为观赏野生动物的一个佳处,这里栖息着大约400种鸟类,包括鹈鹕(Pelican)、翠鸟(Kingfisher)、秧鸡(Crake)、锤头鹳(Hammerkop)和47种猛禽,在不远处,一群秃鹫围在干涸的原野上,密密的,也看不清具体在吃什么猎物,其中有几只秃鹫,张开宽约2米的翅膀,在相互争斗,扇起一阵阵的灰尘,原野的野性的一面体现无疑。

前方是一大片的湿地。大象在1米多深的水中,慢悠悠地吃着水草,一派祥和。一些河马,将大半个身子,都浸在水中,有一些鹭鸟,在它们身上站着。

继续行驶,一只壮硕的马赛鸵鸟——黑色与黄色的羽毛相间——在信然漫步。一些非洲大水牛站在不远处觅食,其中一头刚吃饱了,高昂着头,神情严肃地望着这边。我可以清晰地看到它眼睛上长长的睫毛,似乎被水打湿了,粘在一起。非洲大水牛是公认的野生动物里脾气很"臭"的一种,所以司机都不敢将车开得离它们太近。一旦它们发起怒来,其力量足以掀翻我们的越野车。

行驶半个多小时后,抵达安博塞利

一只灰冕鹤在草丛中觅食

塞雷纳游猎营地（Amboseli Serena Safari Lodge），这里的坐标是南纬2°40′，东经37°16′，海拔为1120米。这家营地一共有92个房间，是安博塞利国家公园内规模最大的一家营地，开业于1973年6月，也是历史悠久的营地了。

一座茅草屋顶的建筑前面有一方池塘，绿意葱茏。大堂内，悬挂着木质的雕塑品，形状模仿非洲一种叫香肠树的果实。竖起的根根木柱子，让人仿佛置身于非洲的丛林。墙面上画着大象、蛇和水牛的黑色线条画，显得随意而轻松。穿过大堂，外面的栏杆上立着一只小狒狒。一位侍者带我穿过甬道，来到我的房间，这是仿马赛民居风格而建的木屋，房间内，床很宽大，其他的盥洗设备一应俱全。

中午在餐厅内用完自助餐后，就在大堂后的酒吧区域休憩。阳光在林间洒落，坐在椅子上，看着一些羚羊大约在100米开外的草地上食草，两旁的乔木高耸。我与几位马赛人随意聊着天，这样的午后如此安好。

下午4点钟，开始Game Driving，放眼望去，辽阔的湿地中，一些大象泡在里

营地里摆放着一只木雕狮子，造型逼真。旁边的易拉宝上，介绍了狮子的数量在过去的30年间，已锐减了70%

营地的四周生长着葱郁的植被

宾客们在餐厅里等待着晚餐

面,吃着鲜嫩的水草。一头大象吃完了心满意足地趴在水面上,一只白鹭立在它的背上,用它的嘴,整理着翅膀下的羽毛。

继续寻找动物。前方的树丛中,几只狮子在睡觉,其中一只雄狮将它的一只脚爪伸到半空中,隔了一会儿,左侧的那只母狮,睡眼惺忪地抬起头来,这只雄狮将脚放下来,可以看到它硕大的器官。显然,它们刚交配累了。在右边,还有另一只母狮醒了。

左边的母狮立起它的上半身,眼睛里冷冷的,似也没有满足感,等了一会儿之后,它终于有气力了,张大着嘴,吼叫了几声,把它凶狠的本性体现了出来。那只雄狮也醒来了,蹑声地钻进树丛中,那两只母狮随即迅速地跟了上去。又一轮的交配开始了。

离开这几只狮子,一只长颈鹿正优雅地漫步而来。然后,我们朝"观景之丘"驶去。在国家公园内,按规定游客一般是不能下车的,安博塞利的"观景之丘"(Noomotio Observation Hill)是为数不多的例外,游客可以下车,沿小径爬到200米高的亭子处欣赏落日。当地人说,"Noomotio"的意思是"可以保存水源的山谷",经证实,这座小山丘是在更新世时期由乞力马扎罗火山喷发出的砂石组成的,所以也被称为"上帝的礼物"。

游人在亭子里一边喝着饮料,一边欣赏着落日。夕阳西下,霞光透过一片乌云,在空旷的草原上形成一条光带。朝南望去,乞力马扎罗山在厚厚的云层之中若隐若现。它的右侧是坦桑尼亚的梅鲁山。我坐在一截树桩上,静静地等候着太阳降落到更低的位置上。

除了风声,四周一片寂静。忽然,广

袤的荒原中出现了两头大象,应该是象妈妈带着幼象,从右侧的荒原斜穿而过,它们的步伐很快,在脚后激起一些尘土。那头小象还很幼小,它的高度刚齐到妈妈的肚子。妈妈走多快,它就努力地走多快。有一小段路,它被妈妈甩开了一段距离,但最终还是赶了上去。走了10多分钟,前方有一条土路,一头稍大的幼象从远处会合过来,它们这一家子终于聚在一起。

刚才这对母子,是此刻这片荒原上能够看到的唯一的生灵,虽然大象是安博塞利最常见的动物,但此刻它们在夕阳的光影下呈现出的那种孤独之美,让我几乎落泪。和人类相比,大象的身躯是庞大的,置身于荒原中却显得如此渺小,但这渺小的生命又让寂静的荒原瞬间有了活力和温情。

山丘上所有游人的目光,都被这一幕吸引住了。夕阳下沉,刺破了乌云。暖光乍现,给心中的感动再添一份暖意。

这幕情景,此后在我的脑海里不断地回放:在观景之丘和乞力马扎罗山之间,大象母子在苍茫的光线中,急着赶路的样子。血色荒原之上,大象妈妈和它的两个孩子应该是刚刚经历了一次短暂的离别,这头小象亦步亦趋地跟随,那种紧密相依的力量,被我们温情的目光,一再放大,放大到足以感动我们自己。

荒原上,小象亦步亦趋地跟随着大象妈妈,此情此景凝聚成我非洲记忆中的动人画面

夕阳下的原野和远处的乞力马扎罗山峰

残阳如血,染红了乞力马扎罗山峰前的云朵。

安博塞利的夜与昼

回到营地,已是晚上7点多钟了。在酒廊内休息片刻,穿过游泳池,来到营地西侧尽头的一块空地,享用丛林晚餐(Bush Barbeque Dinner)。这片空地位于树丛中央,篝火燃起,上方拉着一块巨大的纱网,外侧用铁丝的围栏圈起来,以防止夜间有动物闯入。餐桌上烛光闪闪,头盘我选的是蔬菜汤,主菜点的是羊排。我还点了一款红酒,为防止小飞虫落入酒杯,酒杯上盖上了一个纸质的盖子。我记得有一次晚间在另一家营地,点了一杯橙汁,刚喝了一口,放在茶几上放了一会儿,再端起来时,发现有点不对劲儿,凑近烛光一看,一只飞蛾已淹没在橙汁中了。

羊排端上了。长长的两条,每条足有四十多厘米长,相当鲜嫩,这是我近来吃过的最美味的羊排之一。品尝的间隙,我抬头看着树丛上方的夜空,群星闪耀。

一队马赛人哼唱着马赛歌谣,列队而入。他们站在空地上,依次不断地腾跃起来,红色的披毯,幻化成一团团火苗。跳跃完毕，他们围着每一张餐桌，依次送上祝福。那些马赛女子晃动着项圈，色泽斑斓，像是一圈圈小宇宙的轨道。那是马赛人的色彩世界。

次日清晨6点多钟，我们开始晨间Game Driving，远处的乞力马扎罗山还是一条蒙蒙的山影，大片的角马、黑斑羚在食草，更有一群大象，在吃它们的早餐。炫目的阳光斜刺过来，让人睁不开眼睛。

安博塞利以大象众多而闻名，尤其是在5895米高的乞力马扎罗山峰的映衬下，更加显得壮观。在马赛语中，这座非洲最高峰被称为"Ol Doinyo Oibor"（意为"白色山峰"）。乞力马扎罗山形成于100万年的火山喷发，属于非常年轻的山脉，每年340毫米的降水量，滋养了这片原野。

从乞力马扎罗山脉发源的涓涓溪流，经过多孔的岩石和地下暗道，形成了温泉和湿地，成为人与动物共同的休养生息之地。随着人类活动的频繁，在山坡上砍伐森林已越来越多。从1912年到2011年间，科学家发现山峰顶上85%的雪都融化了，预计在2040年，山顶的大部分冰雪将会消失。源自乞力马扎罗的降水和溪流曾经滋养了无数生命，当"赤道雪山"失去了头顶的一抹白色，不知会给这片土地带来什么样的影响。

继续搜寻。在前方的湿地中，几匹斑马在水中穿行，幽蓝的水，黄绿相间的草地，更显得斑马条纹的雅致。驶过一片湿地，太阳和它的反光，就映衬在这片滩涂之上。

前面的水泽中，有一只非洲琵鹭（African Spoonbill），这种全身白色羽毛，有点像白鹭的长腿涉禽，身长大约90厘米，有着长约40厘米的嘴，前端很像一把汤勺，在浅水中觅食时，半张着嘴，边走边捞食着鱼类和昆虫，它的长腿和尖脚趾，使它能够在不同的水深下轻松地行走。

左侧的原野中，一群白鹭和秃鹫飞过，下方一辆越野车，行驶在地势较低之处，只露出半截车身。右侧的碧水之中，一只白色的鹈鹕独享宁静，背后是浅蓝色的乞力马扎罗山。一头大象昂首阔步，在下面两只秀气的灰冕鹤（Gray Crowned Crane，又名为灰冠鹤），更显示出大象体积的巨大。

晚间享用丛林晚餐

这种灰冕鹤长约 1 米，体重为 3.5 公斤，翼展为 2 米，身上的羽毛分为灰色、白色与黄色三个部分，有着艳丽的头冠，像是盛开的黄色花蕊。这种动物不迁徙。在一年中的任何季节，都会通过跳舞、鞠躬和跳跃的动作来求偶，它的红色喉囊也会膨胀开来，发出鸣叫。雌雄灰冕鹤在一起翩翩起舞时，旁边一些幼小的鹤也会加入。这种灰冕鹤是杂食动物，吃谷物、昆虫、青蛙和小型鱼类。它们白天全天都在觅食，夜晚在树上睡觉。

灰冕鹤还是乌干达的国鸟，出现在其国旗上。由于其栖息地受到过度放牧和农药污染的威胁，在全球的数量估计在 5.8 万～7.7 万只，2012 年被列入世界自然保护联盟（IUCN）的濒危物种名录。

中午回到营地用餐。下午 4 点钟，继续游猎。湿地中，大象依然慢慢地吃着草，一群白鹭飞来飞去。一些越野车在原野上激起阵阵尘土。三四只鸵鸟在奔跑。直到太阳西沉，一群斑马列队而来，它们的脚下溅起阵阵水花。夕阳刺破乌云，金光流泻。

继续寻觅。天空中飘起一些大雨点。远处一块平整之处上，卧着七八只狮子，本来都在沉睡，雨点一来，它们都惊醒了，其中一只直起了身子，雨更大了，更多的狮子直起身子来，警觉地望着这边。

乌云挤压过去，夕阳以更强劲的势头，喷射出暖光。驶近乞力马扎罗山，在霞光的辉映下，山峰一派庄严。今天运气不错，只有极少的几片云，缭绕在山峰下。远远望去，一团火一样的彩云，悬浮在山顶之上，原野上有一只角马，一些鸟鸣传来，更烘托出四周的寂静。夜晚慢慢降临了。

偶遇猎豹

第三天清晨 7 点钟不到，我们要离开安博塞利，继续新的旅程。本来是要沿着道路，前往艾莱麦突大门（Elemito Gate），然后驶往爱玛里（Emali）。远远地看到狭窄的土路上，一头体格巨大的公象在合欢树下，慢悠悠地吃着树叶。

距离这头象大约 60 米的地方，一辆轿车被堵在那里，感觉已有一些时间了。维克多慢慢地开过去，毕竟我们是越野车，体积大。大约开到离大象 40 米的地方，大象依然慢悠悠地吃着树叶，间或停下来看看我们，但没有一点要离开的样子。我们的车子不得不停下来，因为这头大象个头大，也相当地危险。它两侧的象牙都断了一截，这是与其他公象搏斗后留下的痕迹。

成年非洲象的大脑平均重量超过 5 公斤，是陆地动物中最大的。大象拥有复杂的大脑皮层，共有 3000 亿个神经元，几乎与人脑的一样多。大象能表现出高等生物才会有的复杂情绪化行为，包括模仿、利他、悲伤和同情。古希腊哲学家亚里士多德曾经说过，大象超过其他所有动物的智慧和心灵。就像我们面前的这头大象就很聪明，它看上去很清楚自己堵住了我们的去路，可偏偏就偏着不肯让开。

司机维克多将车启动，沿着小路走了很长的一段，在一个稍微宽一点的路面，将车掉了个头，然后倒着开向大象，慢慢地开着，还不时地故意让引擎发出轰鸣声，但这头大象依然一点反应也没有。在离大象 20 米的地方，我们的车子停住了。

土路的两侧都是湿地。我们的车子根本无法通过。等待了片刻，我们只好改道，开往另一个米西那尼大门（Mishinane Gate），就在即将驶出大门之际，3 只猎豹出现在了离土路 20 米的丛林中！其中一只雌猎豹姿态优美地立定，用琥珀色的眼睛打量着我们。猎豹习惯夜间行动，白天它的瞳孔会像相机镜头的光圈一样收缩得很小。这只猎豹有着典型的"锥子脸"，后腿肌肉非常结实，豹尾骄傲有力地翘起。旁边还有两只雄猎豹，个头略小，其中一只嘴里叼着一块肉。它们没有过多停留，很快就敏捷地朝丛林深处走去。

在车上，我与维克多聊起这整个的过程，觉得有点不可思议。想起来，我这一路上最想看到的就是猎豹，而它们也是最难遇见的野生动物之一，一直都没能看到。居然是被大象挡了路，我们不得不改道，就在即将离开这座国家公园时，终于看到了猎豹，而且还是 3 只。这大象仿佛是上苍派来的使者，在引导着我们方向。

这，也许就是天意。上天是最伟大的艺术家。

North by Northeast: The Sundowner on the Pride Rock of *the Lion King*

2 / 东北偏北:
在《狮子王》中的悬崖上喝下午茶

从内罗毕向北直飞自然保护区。深入到一般旅人较少抵达的梅鲁、桑布鲁和里瓦等国家公园和自然保护区,来接近这片原始的土地和生灵,让人体验到生命的苏醒和觉悟。

从沼泽到山岗,这样的舒心旅程,带着非洲的风,对我的灵魂耳语,一直都可以听到。

飞往梅鲁国家公园

回到内罗毕，前往威尔逊机场（Wilson Airport）。这是一个小型飞机的专用机场，供肯尼亚国内支线航班和包机之用。我们从这里飞往梅鲁国家公园（Meru National Park）。

上午10点半钟，飞机平稳地起飞了，向东北方向飞行。机翼下是开阔的草原，大约飞行40分钟后，在飞行方向的左侧，瞥见宏伟的肯尼亚山（Mt. Kenya）。这是非洲的第二高峰，北部山脉横跨赤道，是肯尼亚高地的主要景观。

10分钟之后，飞机经过350多公里的飞行，抵临梅鲁小机场（Airstrip）的跑道上空，这时发现两只长颈鹿正拦在跑道的开始处，飞机超低空飞行后，又迅速地拉起，沿着梅鲁国家公园的上空盘旋了一大圈，可以清晰地看到，一群群斑马在悠闲地吃草。再次飞临跑道上空，那两只淘气的长颈鹿已经走开，于是顺利地降落。走下飞机，一股热风迎面吹来，让人在瞬间感受到秋季依然温暖的原野气息。回头四顾，长颈鹿、大水牛、斑马就在跑道旁的树丛中觅食。

梅鲁小机场，如同我飞抵过的许多其他的非洲小机场一样，体现了简单环保的特色——只有一条简易的跑道、一只风向球，这里还有一座小型飞机的机库（其他有的小机场连机库也不是都有的），还有就是迎接我们的敞篷吉普车，所有的这一切都在最大程度地避免打扰纯净的自然。在机库上，挂着一块牌子，表明这里的位置是北纬0°9.689′，东经38°11.676′。海拔高度在2000英尺（约609米）。

我们的越野车行驶在这片开阔的土地上。我很早就知道这座国家公园，870平方公里的范围，它的知名不仅是因为其动物和植被，更是因为一只母狮艾尔莎（Elsa）的传奇故事。梅鲁国家公园，是游人造访较少的国家公园，正因为这样，这里依然保持着没被破坏的原始风貌，也被称为"具有地理多样性的公园"，里面丛林密布、小河蜿蜒，还包括大量的沼泽地、风吹拂动的大片草原。

沿途一群长颈鹿在欢快地吃着草，还有几匹斑马在旁边。在一棵树前，一只卧地的长颈鹿旁边，两匹浑身滚着黄泥的斑马，其中一只在用下颌，亲热地抚摸另一只的脊背，形成孤单与亲热的有趣对比。

我们开往一家营地。由于雨季刚过，道路变得泥泞不堪。车窗玻璃上被甩满了泥点，我们的身上也布满了从天窗飞进来的泥点，弄得很有突击队员的效果。经过一次又一次的小心避让，我们的车子最终还是卡在淤泥中，动弹不得。后面的那辆车牵出钢索，也无法将我们的车拉出来。僵持了一段时间后，司机助理拿出大砍刀，踩着齐膝盖深的淤泥，在路旁的丛林中，砍出一条小路，我们车上的人，通过这条小路得以会合到后面的一辆车上，先行撤离。

车子继续在泥泞的路上前行，终于到了梅鲁国家公园中的犀牛庇护所（The Rhino Sanctuary）外的大门，两道高高的电网，预示着这是一个受到严格保护的区域，因为这里面的 29 头黑犀牛和 49 头白犀牛，是偷猎分子的攻击重点。

经过 10 多分钟的行驶，来到了掩映在丛林中的营地，一尊巨大的犀牛铁艺雕塑，放在入口处。营地的经理已带着管家在门口迎候我们，热情地送上毛巾和饮料，带我们走进会客空间。这是用当地植物搭建起来的半敞开式的棚子，里面摆放着非洲风格的沙发和座椅，这些椅子用当地动物的皮毛包裹起来，充满了一种原始的味道，墙上还挂着一尊犀牛的雕塑头像。在旁边的一个空间，则陈列着一些手工饰品。坐在沙发上，满目都是翠绿的景色。林木高耸，一条湍急的小河从营地旁穿过，一个游泳池就设立在河畔的低地上。

休息片刻后，管家带我前往我的帐篷，他介绍说，这里一共有 8 个帐篷，散落在密林中间，这家营地的帐篷采用当地的硬木和淡褐色的帆布，在小河河岸的平地上搭建而成。

沿着林中小道，走进我的 2 号帐篷，没有固定的门，出入口处是拉链结构，里面各种设施一应俱全，一张大床、沙发、桌子，盥洗室里有抽水马桶。

走出帐篷，沿着木制走廊，走到了我的禅意（Zen）空间。这是该营地最大的特色，即在每个帐篷的外面，连接着一个单独的禅意空间，空间内摆放着两张宽大的沙发，还有一块地毯，让人可以在里面冥想、阅读或只是简单地放松。这样特别的设计，意在能让客人在自然的环境中，尽可能舒适地享受而不被打扰，将自己的世俗生活与精神生活分割在相距 10 米的两个空间里。

吃过午餐后，在我的帐篷里小寐。下午 4 点半，我们分乘两辆越野车，开始 Game Driving，我这次希望能更多地看到这家避难所中保护的犀牛。

我们的越野车颠簸在泥泞无比的小路上。前面出现了一群狒狒在慢悠悠地列队而过，中间的一只狒狒王气场十足，很是霸气。

路边围栏里，两头白犀牛在草地上觅食。一只黄嘴白鹭（Yellow-billed Egret）

一头白犀牛的头部特写。区分黑犀牛和白犀牛并非根据肤色,这两种犀牛都是灰黑色的,黑犀牛的头部较小,上唇尖,以吃树叶为主,而白犀牛的鼻子下部尤其是嘴巴,是呈方形的,就像是一把铲子,便于铲起地上的草

停留在犀牛的脊背上,然后又飞来一只,犀牛在安静地吃草,时而抬起头,看看我们,那眼神那嘴角,有着一股倔强劲儿。远处的绿树空蒙,灰黑色的犀牛,白色的鹭鸟,构成了一幅恬淡的风情画。

在寻找野生动物的时候,有时也是小有惊险的。在一片开阔的草地上,我们车的左侧前面,一头孤单的非洲公象在路边吃草。

我来非洲许多次,对它们还是比较熟悉的。非洲象(African Elephant)是非洲大陆上最大的动物,成年公象身长7.5米,高2.5～3.3米,重量约为5～6吨,其中象牙的重量约为45～60公斤。有记录显示的最大象牙重130公斤,长达3.4米。大多数的大象交配和小象出生都在雨季,母象怀孕期为22个月,是哺乳动物中怀孕时间最长的。

大象实行群体生活,大约9～11只母象与它们的小象,组成一个基本单元,如果家庭成员继续增多,会分成2～3个家庭,但彼此仍时常保持联系。家庭中的小公象在12岁时进入发情期,会离开家庭,与其他公象搭伴或独自漫游。长到25岁,公象开始繁殖。大象是一夫多妻制,但35岁以上的公象,才有机会独占着可交配的母象。也就是说,它们的孤单青春相当漫长。

由于现在正值动物的发情期,这样一头落单的公象可能会有麻烦。果不其然,它在前面走上公路,对我们扇着两个巨大的耳朵,冲着我们就来了,我们的车子只好慢慢地后退,然后它走回了草地。在我们的车子离它10米的距离时,它还试图冲上路面来拦截我们。司机果断地一踩油门,车子冲了过去。这头大象不满地发出一声哼哼声,然后退到了路边,两只前脚在泥地上刨着坑,长鼻子吸起泥土,对着后面的一辆车严阵以待了。

面对这一情景,后面车的司机开始还开亮大灯,试图警示,但后来一看这个样子,只好等待。因为在这里,车子是不能离开公路行驶的,如果像我们一样强行在公路通过,这头大象很有可能冲过来,将车子彻底掀翻。即使能够在公路旁的草地通过,由于土地泥泞,万一再陷入里面,后果也将很严重。

我们的车子在前面,他们的车子在后面,中间是一头因情欲不满而伺机发泄的非洲公象。时间一分分地过去了,10多分钟后,这头大象终于嚎叫一声,开始撤离了,但从它的步态来看,仍然是肚子里有气的样子,只见它将两只象牙插进一棵小树的两侧,头一歪,就把这棵小树"咔"地折断了。

入夜,管家在我帐篷外的平台上放上

一盏马灯。透过帐篷的纱窗,可以看到马灯照耀下的树林,呈现出深黛色的层次。我就躺在这样的一片树影前,酣然入梦。

经过两天的体验,第三天早晨,我们离开了这家营地。这家隐居在 80 英亩的私家林地里的营地,比较简朴,带着潮湿的鲜活的气息,十分宁静。

离开保护区的大门,一位保护区的警察在全副武装地执勤。我问他手中步枪的型号,他举起来给我看,说:"MK11。"

我一查资料,发现这款半自动狙击步枪非常有特色,采用 7.62mm 口径枪弹,有着较高的射击精度,有效射程为 1300 米,适合在地形复杂的山地和视野极度狭小的丛林内使用。之所以要配备这样精良的武器,也说明了保护这些犀牛是重中之重,同时偷猎事件频繁发生,对付那些盗猎者是多么艰巨的任务!

电影《生而自由》故事中的狮子,曾生活在这里

我们驱车前往艾尔莎营地(Elsa's Kopje)。

在路上,我看到了两只犬羚,清澈明亮的大眼睛,静静地看着我,仿佛可以触摸到其柔软的心灵。犬羚是最小的羚羊品种,也是我最喜欢的一种羚羊。它们身长 60 ~ 75 厘米,重量约为 3.5 ~ 7.2 公斤,身上覆盖着短小的灰棕色体毛,圆圆的眼睛,雄性有两根 8 厘米的角,雌性则没有。

它们喜欢在干燥多刺的灌木林里活动,雄性每年生育两次,每胎生一只,怀孕期为 6 个月。成年犬羚实行一夫一妻制的生活,被称为野生动物界的"模范夫妻",平时也是一起行动,雄羚时刻提防着靠近雌羚的其他雄羚。犬羚有一种粪便仪式,家庭中的每个成员要往一个肥堆上拉屎拉尿,以此来划分自己的领地,维系家庭成员的关系。当发现有掠食者闯入时,它们会发出尖利的鼻息声。

那只雄羚睁着大眼睛,静静地看着我。我发现,犬羚的鼻子较长。它在看我的时候,鼻子还在往左右和上方撇动,那样子淘气可爱。

来到了穆格瓦戈(Mughwango)小山上的艾尔莎营地。沿着山坡的小径前行,推门而入,里面完全是自然风貌的设计,屋顶用茅草编织,面朝着山下,三面都是敞开式的,中央是一张大床,宽大的蚊帐悬垂下来。

走过一座吊桥,进入更高的一处房舍。这套房舍更加富有自然特色,将一根粗大的树枝和几块大石头,直接作为建筑素材使用,使之成为房屋内装饰的一部分,包括洗手间,也是直接面对着碧绿的树林,

犬羚有着十分可爱的表情

让人可以在自然的怀抱中，恣意撒野。

我坐在阳台上，眺望着山下广阔的碧林，忆起了与这个营地有关的往事。这个营地的名字"Elsa's Kopje"中的"Elsa"，来源于一只狮子的名字——艾尔莎（Elsa），"Kopje"的意思是"小山丘"（Little Hill）。

而艾尔莎可能是世界上最为著名的一只狮子了。它的抚养人，就是乔伊·亚当森（Joy Adamson）女士。1935年，她嫁给了犹太商人维克多·冯·卡拉威尔（Viktor von Klarwill），成为富家太太。1937年夏，为了躲避"二战"前纳粹排挤犹太人的噩运，维克多让乔伊先行从维也纳出发，前往肯尼亚探路。不料在从开罗到蒙巴萨的轮船上，乔伊与一位植物学家彼得·巴里（Peter Bally）一见钟情，等到后来维克多赶来后，乔伊不惜与维克多离婚，在1938年嫁给了彼得。

乔伊随着彼得深入东非的丛林，迷恋上这里神奇的自然，在肯尼亚的北部边境，她遇见了乔治·亚当森（George Adamson），乔治是当地的禁猎监督官，一个出生于印度的英国人，被称为"Baba ya Simba"（斯瓦希里语，意为"狮子之

木屋面对着广袤的原野

酒廊里的陈设，有怀旧的气息。那是一个有点久远的狩猎时代

房舍屋顶用茅草编织，三面敞开式的设计

一些房舍直接建在岩石上，四周常有一些顽皮的丛林蹄兔（Bush Hyrax）出没

父"）。乔治的身上兼具着隐士与冒险家的双重气质，这深深地吸引住了乔伊。她只过了一周的时间就爱上了乔治，这样乔伊又与彼得离婚，在1943年嫁给了乔治。

1956年，在北部边境地区的丛林中，乔治和另一位狩猎向导，遇到一只母狮的袭击，被迫开枪自卫击毙了母狮，乔治后来意识到，这只母狮应该是为了保护幼崽才会有此举动的，于是在出事地点附近，他发现了那只母狮遗留下的三只刚出生的幼崽并把它们带回了家，他将三只幼狮分别取名为"Big One""Lustica"和"Elsa"，对其实行人工喂养。

6个月之后，他们发现同时喂养三只幼狮工作量繁重，就只好把其中较强壮的两只送给鹿特丹动物园，最弱小的一只"Elsa"就留养在家中。他们觉得让它重归自然会比放入动物园里更佳，为此，他们花费了许多时间训练它捕食和独自生存的技能。

两年后，艾尔莎长大成为一只大狮子了。他们决定让艾尔莎重返大自然。亚当森夫妇也回到英国的家中。一年之后，他们重新回到这里，希望能再次见到艾尔莎。

果然，他们与艾尔莎重逢了！艾尔莎还带来了三只小狮子，来看望他们。这让他们喜出望外。艾尔莎临别时，还把三只小狮子留在这里。因为在艾尔莎的心目中，这里就是小狮子的"姥姥"家。艾尔莎也因此成为第一只被成功放回自然的狮子，并在放归后成功地产下幼狮仍能与人类保持联系。

乔伊·亚当森女士根据这个故事，在1960年出版了《生而自由》(Born Free)，连续13周位居《纽约时报》最佳图书榜单的首位，引起了广泛的反响，该书此后一共发行了500万册。1966年，同名电影上映，由杰姆斯·赫尔（James Hill）导演，弗吉妮亚·麦肯娜（Virginia McKenna）饰演乔伊·亚当森，比尔·特拉弗斯（Bill Travers）饰演乔治·亚当森。这部影片包括片中由约翰·巴里（John Barry）作曲的电影音乐，曾斩获了多个奖项，感动过无数的人。1961年1月，6岁的艾尔莎因被蜱虫叮咬，发烧不止，头枕在乔治的大腿上，不幸而亡。

它就被葬在营地附近的塔纳河畔（Tana River），那天由于道路泥泞，我们很遗憾地无法去探访。艾尔莎死后，由于它的三个孩子变得惹人讨厌，猎杀当地农户的家畜，乔伊怕农户可能杀死它们，就把它们运到了坦桑尼亚的边境，后来它们在塞伦盖蒂有了自己的新家。后来，乔伊出版了《生活自由》(Living Free)，内容就是这三个"外孙"（雄崽 Jespah、Gopa和雌崽 Little Elsa）的成长趣事，经过两年，又把它们放归山林，写了第三本书《永远自由》(Forever Free)。

乔伊·亚当森与乔治·亚当森从1970年起分居，但每年仍在一起度过圣诞节。他们各自致力于野生动物的保护，但最终的结局却都令人惋惜。1980年1月3日，那是乔伊·亚当森在她差17天就满70岁大寿的日子，她的遗体在附近的夏巴国家公园（Shaba National Reserve，位于桑布鲁国家公园的东侧）被发现，最初的消息说她是被狮子咬死的，后来警方发现她的伤口太尖利且没怎么出血，从而判断此非动物所为，经查明她是被她曾雇用过的一个劳工杀害的。这个凶手叫保罗·纳克瓦雷·艾卡（Paul Nakware Ekai），他在法庭上因为被认定犯罪时年龄尚幼而逃过了死刑。

9年之后，在1989年8月20日，83岁高龄的乔治·亚当森，在位于肯尼亚山东侧的库雷国家公园（Kora National Park，其西北部与梅鲁国家公园接壤），像往常一样喝着午餐前的杜松子酒，这时他发现远处有一阵骚动，就前去探明情况——一位女游客被索马里偷猎者劫持，在试图去解救时他不幸被杀害,同时他的两位助理也遭枪击身亡。这恰恰证明了乔伊生前说过的一句话:"可怕的不是动物,而是人!"

世道如此。人心险于山川。

我站起身来,眺望着这片绿意盎然的大地,回味着"生而自由"的深邃含义。那种因自由而拥有的勇气和骄傲。这正是纯净自然给人的不绝启示。

河畔营地:遇见 100 多头大象

午后时分,从梅鲁国家公园,乘坐小型飞机,向西北偏北方向飞行,前往桑布鲁。机翼下出现碧绿的草原、林地和一座死火山,公路蜿蜒在大地之上。这两地之间,如果在地面坐车,需要 4~5 个小时,而飞行只需要 40 多分钟就到了。

飞机降落在桑布鲁机场,走下舷梯,两位马赛男子迎接上来,递上毛巾和饮料。休息片刻后,两辆越野车起程,开往桑布鲁国家保护区(Samburu National Reserve)。该保护区面积约为 296 平方公里,南面主要是草地,西北部为丘陵,由三个相对独立而又毗邻的保护区组成,即桑布鲁(Samburu)、水牛泉(Buffalo Springs National Reserve)和沙巴(Shaba National Reserve)。这里除了非洲五大动物之外,还有桑布鲁"五特动物"(Special Five),这是指长角羚、长颈羚、网纹长颈鹿、细纹斑马和索马里鸵鸟。

车子行驶在燥热的保护区里,这里与梅鲁不同的感觉是以沙石地为主,比较干燥,阳光下有一种热辣辣之感。

近处,一只长角羚(Oryx)走过。它的身上主要为茶灰色,鼻梁、眼睛、前颈部下方、前腿的膝盖上方和侧腹上,都有黑色的条纹,像是上帝随意涂抹的创作。有一对长为 1~1.2 米的直角。该种动物是体型较大的也是最像牛的羚羊之一,成年长角羚体长 1.5~1.7 米,重量为 116~209 公斤,被列入世界自然保护联盟(IUCN)的濒危物种名录。

远处的草地上,一群葛氏瞪羚(Grant's Gazelle)在用直角相斗,这是它们玩耍的一种方式。羚角的长度约为 50~80 厘米。整个瞪羚体长约为 95~166 厘米,体重约为 38~81 公斤,背部正中为灰茶色,

马赛青年帮我们从小型飞机上搬下行李

游览保护区需要乘坐特制的越野车。在桑布鲁的道路旁,各种动物对此见怪不怪,毫不介意地擦身而过

腹部为白色,臀部到尾巴根部呈白色T字形。

旁边一只长颈羚(Gerenuk),踮起脚,吃着高处的树叶;树丛中,一些网纹长颈鹿(Reticulated Giraffe)在悠闲地漫步觅食,这个品种是桑布鲁等地所特有的长颈鹿品种,也是个子最高的动物,雄性网纹长颈鹿身高达到5.7米。

远处走过两只索马里鸵鸟(Somali Ostrich)。透过长焦镜头,可以看到地面蒸发的热气和它们的蓝色脖子。成年索马里鸵鸟高度为1.75～2.75米,重量为90～156公斤。鸵鸟是现存最大、最高和最重的鸟类,也是跑得最快的鸟类,可以用50公里的时速跑上半个小时,短时间的最高时速可达70公里,步幅可达到3.5米。

以前,索马里鸵鸟一直被认为是普通鸵鸟(Common Ostrich,也称作 Masai Ostrich,即马赛鸵鸟)的亚种。2014年的研究发现,早在1.13亿年至7280万年前的白垩纪(Cretaceous Period),这个物种即与其他的鸵鸟分离出来,东非大裂谷为索马里鸵鸟与普通鸵鸟提供了物理上的隔绝,使得它们在基因上保持了独特性。雄性鸵鸟的羽毛主要是黑色,但翅膀和尾巴有些白色的羽毛,雌性鸵鸟的羽毛则主要是棕色的。鸵鸟蛋平均约150毫米长,

长颈鹿曼妙的步态

直径 125 毫米，约 1.35 公斤，是世界上最大的鸟蛋。

近年来，由于偷猎或被车辆误撞致死等原因，这个物种的数量明显减少，鸵鸟肉被食用，鸵鸟皮被制成高端的皮具，鸵鸟蛋被用作装饰品。栖息地丧失和生态环境的退化，也对它们构成进一步的威胁。目前各有关方面还没有采取保护行动。

细细品味，动物世界在不少时候是优雅的世界。一群细纹斑马（Grevy's Zebra）在树丛中觅食。细纹斑马是斑马家族中最大的品种，成年斑马体长 2.5～2.75 米，高 1.4～1.6 米，重约为 350～450 公斤。它们细脖子上有着长鬃毛，浑身披着非常细密的黑白纹路，有一条黑色的线从头部一直延伸到尾部，腹部为白色。这种斑马交配和生产一般都在雨季，母斑马需要怀上 13 个月后才生出小驹。

这些细纹斑马主要生活在桑布鲁国家公园。我在非洲拍摄过不少普通的斑马，在照片上比较一下，才会发现细纹斑马的纹路是多么细密，如在普通斑马的臀部，从上到下一般只有 7 条黑色纹路，而细纹斑马的臀部，有多达 15～16 条的纹路，加上整个臀部的内侧是纯白色的，这样更显得这些纹路的精美。看着这些细纹斑马那些优雅的线条在草地上慢慢流动着，上

桑布鲁国家保护区，一群细纹斑马在树丛中觅食。细纹斑马是斑马家族中最大的品种

帝在设计这种斑马时，一定是花足了力气，精雕细刻的。

在桑布鲁国家保护区的南侧，一间营地掩映在高大挺拔的姜果棕榈树（Doum Palms）下面，一条大约 70～100 米宽的艾瓦索·恩伊罗河（Ewaso Nyiro River）静静地流过，一群大象就在河对面的树丛

下觅食。

这条河发源于肯尼亚山的西麓，首先向北流去，然后拐向东南方向，流入索马里，河流流域的面积为15000平方公里。"Ewaso Nyiro"的名称，在当地语言中的意思是"the River of Brown or Muddy Water"（棕色泥浆之水），但粗看起来并不显得浑浊。四季有水，河里生活着许多鳄鱼。

在干燥的肯尼亚北部，水源就意味着生命。这条河哺育了大量的野生动物，创造了一片片绿洲，桑布鲁就是其惠泽的一个部分。

在营地的酒廊里，导游宣布了注意事项：这个营地是没有围栏的，在晚间各种动物包括大象可以自由穿行，大家从各自的帐篷里要出来的话，需要先用手电晃几下，这样会有专人过来护送。房间里有一把哨子，如遇到紧急情况或突然生病，都可以吹响哨子，夜间巡逻者会前来救助的。

这家营地一共有12顶帐篷。沿着木板台阶，走进我的4号帐篷。在前面的平台上，有一个直径约为2米的圆形浴缸。拉开拉链，进入到帐篷内，里面摆放着两张大床，整个装饰是非洲田园风格的，包括棕色的床罩上有一个金色图案的圆形装饰物，完全像是从当地人的家里收集来的，让人有一种温暖的感觉。

下午3点多钟，我们的越野车刚开出营地不久，就看到远处的艾瓦索·恩伊罗河面上，十多头大象正在涉水而过，整个队伍中成年象与幼年象交替分布，体现出大象家族一直以来严密的组织性，如此以确保渡河的顺利。河面不算很深，基本上切到小象的肚皮下面。水面上波光粼粼，衬托出大象家族生活的悠然自得。

那天下午，惊喜不断。我们的越野车在到处搜寻动物时，对面过来一辆车，两位司机交换了下信息，我们的车迅速加速，开往一棵大约高15米的树下。周围已经围着五六辆车子，大家的眼睛都在往树上看。树上枝繁叶茂，开始什么也看不到，但当我们的车子停到一个合适的位置之后，透过茂密的树枝，看到一只花豹藏在后面，还露出了一只晶亮的眼睛。

这只花豹躲在树上一动也不动。我们围观了片刻，只好撤离。在回去的路上，一只母狮张着嘴，轻若无声地在我们的面前走过，我在非洲见过不少狮子，但见这样一只孤单而显得有些落寞的母狮，还是第一次。

回到营地的酒廊，这里布置着不少色彩鲜明的狩猎主题的油画，柔和的马灯灯光，勾勒出这家营地的温暖。

早晨，我们在酒廊下面的树林中，享

一群大象在艾瓦索·恩伊罗河旁喝水

用早餐。河对面的山岗,一群大象走下来,它们也开始吃起早餐。

马赛人村落的流行元素

第二天下午,我们前往桑布鲁国家保护区外的一个马赛人的村落参观。我曾多次参观马赛人的村落。

马赛族是居住在肯尼亚中部、南部以及坦桑尼亚北部的半游牧民族,属于尼罗族(Nilotic)的一支。他们是最为著名的当地土著,有着独特的风俗和衣着风格。目前总人口约为84.1万人。

马赛人起源于图尔卡纳湖(Lake Turkana)以北的尼罗河下游山谷,15世纪左右开始向南迁移,从现在的肯尼亚北部一直到坦桑尼亚中部,到了19世纪中期达到了最大的规模,覆盖了从马尔萨比特山到多多马的几乎所有大裂谷的土地。那时的马赛人以养牛为生,使用长矛和盾牌,令敌人最为害怕是一种叫奥林卡(Orinka)的棍棒,可以准确地投掷出近100米的距离。

1883～1902年的马赛部落不幸出现牛瘟和天花。大约90%的牛和一半的野生动物死于牛瘟。这一时期恰逢干旱,更加加剧了灾情。据估计,大约有三分之二的马赛人在此期间死亡。

从1904年开始,英国殖民者为了建立牧场而驱逐马赛人,马赛人的土地减少了60%,到了20世纪40年代,由于建立野生动物保护区和国家公园,马赛人更是从梅鲁山和乞力马扎罗山之间的肥沃土地上流离失所。

历史匆匆远去。现在这群穿着鲜艳马赛服饰的男子,在村寨口表演跳跃。这种仪式源于他们的古老传统,因为他们过去都以打猎为生,这样跳跃起来,可以看到更远的动物。

然后是男女混合的表演,女子将自己颈间的首饰甩动起来,整齐的步伐和呐喊,让人感觉非洲的热血在流动着。这些手工编织的珠串,其中不同颜色的珠子有着不

男女混合的表演,女子将自己颈间的首饰甩动起来,整齐的步伐和呐喊,让人感觉非洲的热血在流动着

桑布鲁国家保护区外的一个马赛人村落,这群穿着鲜艳马赛服饰的男子表演跳跃

同的含义:白色代表"和平",蓝色代表"水",而红色代表"血"和"勇敢"。在欧洲殖民者来到之前,马赛人制作珠链时,大多采用当地的原材料,如白色珠子使用贝壳和象牙,黑色和蓝色珠子采用黏土或牛角,红色珠子则使用种子或黄铜,到了19世纪末,大量的色彩鲜艳的欧洲玻璃珠被销到非洲东南部,马赛人用这些新材料取代了自然材料,并开始使用更精细的配色方案。

马赛男子身上则裹着典型的红色、蓝色和紫色相间的格子披巾(Shúkà),颇为

几位马赛男子在地面上表演钻木取火的技巧,他们佩戴的手镯十分艳丽

一堆篝火已经燃起。我们在河畔喝夕暮酒

俊美。其中几位男子在地面上表演钻木取火的技巧。双手拿着一根尖头的细木棍,在另一根细木棍上,快速用力地来回搓动,然后放入一些小木屑,再一使劲儿,很快就开始冒烟了。再引燃一些干草,一堆火很快就烧起来了。我也上去试试,搓动一会儿,才发现这其中的技巧还蛮深的,必须不断地向下用力,才会点燃那些木屑。

我们要赶在日落之前,继续 Game Driving。车子一阵疾驰,然后停了下来,因为在远处100米的草丛中,发现了一只猎豹。可以分辨出它的斑点,但它没有直起身来。我们就在那里安静地守候。夕阳西下,远处的红色云霞正在渐渐消失,一片蓝色的天空烘托出傍晚的宁静。

等了10分钟,这只猎豹终于直立起来,露出了它那优美的仪态。

越野车开到河边,一堆篝火已经燃起。我们就在河畔喝夕暮酒。

几位管家递上毛巾和饮料,其中一种是本地的甘蔗酒(Kenya Cane),这酒有着40度的酒精,是从甘蔗里面提炼出来的。他给我掺进一些芒果汁,喝上一口,很带劲儿。

山岗木屋的日常

结束了两天在河畔营地的活动后,次日上午,我们离开这个营地,驱车前往里瓦野生动物保护区(Lewa Wildlife Conservancy)。这是私人保护区中的"明星样板",一些国家的名流都去实地考察过,其中包括英国的威廉王子和凯特王妃。

从2000年起,保护区设立了年度马拉松比赛(Lewa Marathon),被称为"一生要参与的十大跑步比赛之一",由此获得不少捐款,同时为保护区注入了活力。比赛全程在土路上进行,由于当地平均海拔1700米,离赤道不到100公里,途中还会遇到许多野生动物(有专门的保护区警察和直升机负责保护选手的安全),即使对富有经验的马拉松选手来说也是一个严峻的考验。

这项赛事的基本理念是"跑入荒原,拯救野生动物",强调为了拯救珍贵的野生动物,必须立即采取行动,不能袖手旁观。赛事设立之初影响很小,2000年只有180名跑者参加,募集了5万美元。到了2015年,这项赛事已成为当地知名的体育和社交活动,吸引了全球各大品牌赞助商,参赛者超过1200名,筹集到64万美元。截至目前,这一赛事已筹措到的款项超过500万美元。

每到马拉松赛季,一队队选手奔跑在里瓦野生动物保护区的原野之间,充满激情,在他们跃动的身影之后是一座座高耸的山峦,其中最高的就是肯尼亚山。

一路上,感觉地势在不断地升高,一共经过了4道保护区的大门之后,我们来到了山岗上的布雷纳营地(Borana Lodge),这座营地坐落于肯尼亚山北麓、桑曼瓜山谷(Samangua Valley)边缘,距离赤道仅二十多公里,海拔1800米,占地140平方公里,植被茂盛。

该营地有8座独栋的木屋别墅(Cottage),依山坡而建,用当地的茅草、枯树和石材作为建筑材料,整栋房子仿佛是自然生长在岩石之上。远处,肯尼亚山峰上隐约的白色积雪与北部山麓的绿色丛林形成鲜明对照。

管家带我走进3号房间,里面相当宽敞,有两张大床、一个大壁炉,卫生间有浴缸,梳妆台也是用当地木材做的。站在阳台上,可以看到环绕的群山,绿色的山谷下有一个水塘,茂盛的树枝伸到阳台边,开满了花,一只奇异的马里基花蜜鸟(Mariqua Sunbird)正用它长长的弯嘴吮吸花汁。

木屋与环境巧妙地融合在一起,每间都有不同的景致,彼此之间保持着相当的

清晨，管家已将茶点放在院落的茶几上

营地的晨景，环境舒爽

一只奇异的马里基花蜜鸟，用它长长的弯嘴在花丛中吮吸花汁。在肯尼亚，大约有 450 种鸟类

璀璨星光下的木屋别墅

距离，比较私密，让人有机会感受非洲的野性和那种孤单之美。

下午，我们照例坐上越野车，开始 Game Driving。四周是起伏的群山，云朵很低，慢慢移动着，在山间留下斑驳的影子。如果说梅鲁是泥泞的，桑布鲁是干燥的，那么在这里，就是高地上的寻猎之旅，有着高远舒畅之感。

山坡上，一头水牛在孤单地吃草。另一面坡地上，有一只汤姆逊瞪羚（Thomson's Gazelle）走过。这种羚羊的侧腹部有黑色的横条纹，蹦跳的样子很是优美。还有一只狷羚（Hartebeest），这种大型羚羊长度为 1.75～2.45 米，重量为 129～228 公斤，身体的颜色为深褐色，从肩部到头部几乎为直角的线条，加上其木讷的神情，使我每次看到狷羚，总有一种它们是从一个古老山洞里的岩画上走下来的感觉，仿佛是远古时代的奇异动物。

远处 300 米之外的地方，有一些大象在树林中走动。在近处的草丛中，几个漂亮的皇冠田夫鸟（Crowned Lapwing）在张嘴叫着。这种鸟的羽毛颜色时尚，从腿部往上是白色和黑灰渐变色，在黑色的头部有一圈白色，这样头顶上就像是戴着一顶帽子。

在国家公园内，按规定观赏野生动物时人必须待在车上，不能离开。这里是私人营地，在确认没有危险动物接近的情况下可以下车。夕阳正发出最后的光芒，我们在草地上发现一只巨大的大象头骨，向导将它举起来，故意做出吓人的样子。这陆地上最庞大的动物，死后也是归于这片广袤的土地。

天色渐暗，我们在一个树丛旁停下，不到 3 米远的地方趴着一只母狮，带着两只小狮子，光线已经相当地暗了，我将相机的感光度调到可以使用的最高挡位，才勉强可以将它的神态拍摄下来。在母狮的眼中，居然可以看出一丝幽怨的意味。暮色渐重，它站起身来，在一个小水塘边张望……

晚上，客人们聚集到营地的酒廊，巨大的壁炉让人顿生暖意，墙上挂着当地艺术家的油画作品，旁边摆放着雕塑作品。

母狮

酒廊墙面上,挂着当地艺术家的油画作品,旁边还摆放着一些雕塑作品

酒廊旁的餐厅里有一张巨大的紫檀木餐桌,我们围坐着,与营地的女经理聊天。她来自新西兰基督城旁边的一个村庄,来这里是她第一次出国,没想到一待就是6年。也许,这就是非洲的魅力。

这家营地的所有食材均来自附近村寨,那些热情的管家也是,营地还自行发电,以避免长距离布线给景观与环境造成破坏。这种"环境友好型"的私人营地,让各方面都受益匪浅。

回到房间。钻进被子,发现里面放了一只热水袋。壁炉中的木材静静燃烧,浮动的火光映在墙壁上,效果奇妙。

第二天上午,我们几个人骑马去看动物(Safaris on Horseback)。我在非洲的不少国家都骑过马,很喜欢从马背上的角度来感受非洲原野的壮阔。这天分配给我的是一匹产自索马里的白马,14个月大。我的马紧跟着向导的马匹,一路向前。

我们起程走上缓坡,与长颈鹿、斑马等动物不断接近。两只牧羊犬跑前跑后,随时准备发现其他危险的野生动物。这时,向导发现了远处的几头大水牛,立即紧张地掉转头,我也紧跟其后。我在非洲许多次,深知大水牛的臭脾气,如果它们冲出来,后果不堪设想。

一个多小时后,我们涉过一条小河,来到一个繁花盛开的院落,主人托尼·戴耶尔(Tony Dyer)老先生和太太罗丝(Rose)已在门口迎候。我们在这里享用茶点,茶杯上有狩猎的图案,拿起茶托一

14个月大产自索马里的白驹,有着修长的睫毛

草丛中,一只翠鸟和只露出一只眼睛的非洲大水牛,构成了一幅颇有意味的画面

看,是英国著名品牌薇吉伍德于1997年推出的狩猎系列茶具,倒是很符合这里的环境。

托尼先生从小就在这里生活,如今已有84年。聊到动物保护的话题,他的脸色沉重起来。他说,前不久,附近的一个保护区里有四头犀牛被杀,据说犀牛角被卖了几十万美元。没有买卖,就没有杀戮。屡禁不止的犀牛被杀事件,说明保护这些濒危动物真的是任重而道远。

远远地,望见肯尼亚山。它高5199米,是非洲第二高峰。这是一座古老的死火山,凭借崎岖的冰川山顶和森林覆盖的斜坡,成为东非最令人印象深刻的景观之一,也为非洲高山地区植物生态的演变提供了生态和生物学过程的范例。1993年,"肯尼亚山国家公园/天然林"(Mount Kenya National Park / Natural Forest)被列入《世

在托尼老先生的家中享用下午茶，采用的是薇吉伍德 1997 年的狩猎系列茶具，十分符合这里的环境

界自然遗产名录》。

里瓦野生动物保护区中，包括山麓景区地势从低到高的生物多样性、位于半干旱的热带稀树草原和山地生态系统之间的生态过渡带，还包括非洲象传统的迁移路线，位于从肯尼亚山到索马里/马赛生态区的地段，非洲大象每年旱季沿此路线觅食迁徙，在里瓦野生动物保护区内形成一条 9.8 公里宽的"大象走廊"（Elephant Corridor），连接起两大重要的国家级保护区。

我们随后来到位于布雷纳营地南部的尼嘎瑞·尼德瑞林区（Ngare Ndare Forest），这片森林占地 53 平方公里，有红雪松（Red Cedar）等珍贵树种，2013 年，作为"肯尼亚山国家公园/天然林"的一部分，里瓦野生动物保护区和尼嘎瑞·尼德瑞森林保护区被增补进《世界自然遗产名录》。

我们登上离地 15 米高的步行索道，

托尼家的蓝色窗户外，绿意盎然

开始自然漫步（Nature Walks），可以在接近树顶的高度鸟瞰林地，辨认各种奇异的树种。这其中有不少的树种具有药用功效，让人再次赞叹大自然的神奇。

下午是徒步探险（Walking Safaris）时间。专业导游带了一支来复枪，装有两发子弹，他说，如果遇到紧急情况，所有的人要尽可能地站在他的身后。

雨季刚过，山野中的茅草疯长，没过了大腿。我们走到水塘边，发现不少大象的脚印和粪便。大象身躯庞大，脚部有类似气垫的结构,可以减轻身体的压力,但随着年龄的增长,这种气垫环会逐渐损坏,所以,从脚印可以大致判断出大象的年龄。从粪便中也可以看出大象的身体状况,另外,大象的粪便中有40%没有消化的草,旱季时,如果找不到其他草料,一些食草动物也会吃大象的粪便。

在山坡上,有一个很高的白蚁堆。凑近一看,许多白蚁从洞口附近,忙碌着跑来跑去。向导介绍说,白蚁对雨季敏感,在大雨来临前,它们会用土将洞口盖上。

沿着山路边走边看,很快就日薄西山。前方的悬崖边有一块巨大的岩石,电影《狮子王》中小狮子辛巴战胜邪恶叔叔而后登基的"荣耀石"(Pride Rock,也称为国王崖),就是以此为蓝本绘制出来的。营地的管家已经在这里摆好饮料和小食品,我们随即开始喝夕暮酒。

我忆起法国作家帕特里克·莫迪亚诺(Patrick Modiano,1945—)在其小说《地平线》(*L'Horizon*,2010)中的一段话——"地平线,这美妙的逃逸线,呈淡蓝色。在我们20岁时,这发亮的线条在我们面前展现出未来的种种许诺和希望。到了

两只小象在钩鼻嬉戏

这块巨大的岩石,是动画影片《狮子王》(*The Lion King*)中,辛巴(Simba)战胜邪恶的叔叔"刀疤"而登基的"国王崖"的原型。我们在这里喝夕阳酒

60岁，地平线是那遥远而又幸福的过去，是失去的时间，但你会不断地在头脑里摆弄它，如同在玩拼图游戏。"2014年，他成为第15位获得诺贝尔文学奖的法国人，瑞典文学院在颁奖词中，称赞他"唤起了对最不可捉摸的人类命运的记忆，并显露了被占领时期的生存世界"。

夜幕降临。越野车驶进一片草地，四周已点燃火堆，中央摆放着餐桌。我一看就知道，主人为我们安排了星光夜宴（Starlit Dinner），也就是在这野外的灿烂星光下，享用美味的晚餐。

我们先围坐在篝火四周，品尝着用杯子盛着的南瓜汤，十分香甜可口，也使浑身暖和起来了。篝火噼噼啪啪地燃烧着，火光映红了每个人兴奋的脸。

正餐开始了，大家自助选用烤玉米、猪肉里脊和芝士球。桌子上烛光摇曳，一只追光的小飞蛾，整个的身体包括翅膀，都被浸在烛油之中。以这样一种方式来结束生命，似乎也很美丽。

我昂起相机镜头，对着明亮的星空，还有不远处的那些火堆。这些火堆是为了防止大型动物靠近的。因为它们都惧怕火焰。

而这样的火，仿佛是灵感，点燃了我的内心。我年复一年地来到非洲，其实是在寻找一种深入心魄的感动的力量。

野性的自然永在，而温情的心灵永存。

每天的 Game Driving,都要看到晚霞散尽,方才结束

Ol Pejeta Conservancy:
The Stories of Sudan

3 / 奥佩杰塔：犀牛苏丹的故事

那是在 2015 年的秋季。

我去看望苏丹——世界上最后一头雄性北方白犀牛。

烛光点点，我曾聆听着最后的北方白犀牛苏丹的故事，那像是最后点亮的一团火焰，闪烁在这片野性的草原之中。我曾写道，"那是比阳光更静的火焰。只有时间能击垮它们"。

永远的犀牛苏丹

下午 3 点多钟,越野车驶近奥佩杰塔自然保护区(Ol Pejeta Conservancy),蓝天澄澈。

保护区的容盖大门(Rongai Gate)入口处贴着一张巨大的海报,标题写着"你能成为一名犀牛卫士吗?"下面标明任务:保护世界仅存的 7 头北方白犀牛中的 4 头。

站在保护区入口,可以远眺肯尼亚山

奥佩杰塔自然保护区的入口处墙面上,张贴着一张招聘犀牛卫士的海报。目前,全球仅存 2 头北方白犀牛

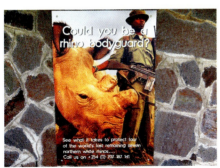

的山麓。殖民地时代,野生动物被认为没有什么价值,1949 ~ 1980 年,这片土地是一个牧场,主要用来养牛。后来,养牛越来越无利可图,加上其他地区野生动物种群的下降,保护野生动物成为趋势,1988 年,96 平方公里的甜水野生动物保护区(Sweetwaters Game Reserve)被开辟出来,主要作为濒危的黑犀牛保护区,野生动物的数量开始稳步增加。2004 年,牧场被英国一个环境保护组织收购,甜水野生动物保护区最终扩展为占地 360 平方公里的奥佩杰塔自然保护区,收入主要来自野生动物旅游。

奥佩杰塔保护区是东非最大的黑犀牛保护区,也是肯尼亚唯一能看到黑猩猩的地方,有着大量的珍稀濒危物种。

保护区内有一个围着电网的特殊区域,饲养员带我走上一个木板平台,将手里的一根长甘蔗在木桩子上摔打了几下,断成 20 多厘米长的几截,冲里面叫着:"Sudan! Sudan!"

卧在不远处的一头犀牛立刻起立,走了过来。饲养员蹲下,将一截甘蔗递过去,犀牛很快将嘴凑过来啃,我也试着将一根甘蔗靠近它嘴边,它似乎有些害羞,就是不肯吃。

这头名叫苏丹(Sudan)的犀牛,就是世界上最后一头雄性北方白犀牛(The

Northern White Rhino，拉丁语名称为 *Ceratotherium simum cottoni*）。北方白犀牛的寿命通常是 30～40 岁。苏丹 1973 年 11 月 19 日出生在非洲东北部苏丹共和国（现在的南苏丹）一个叫尚贝（Shambe）的地方，被捕获后运到捷克的德乌·克拉洛夫动物园（Dvůr Králové Zoo），向公众展示。那个动物园既囚禁了它，又养育了它，目前在这里也是一样。

苏丹的出生地，当时被地区的冲突撕裂着。这些北方白犀牛集中在饱受战争困扰的国家，其中包括苏丹、刚果和中非共和国。当战斗爆发时，犀牛也成了牺牲品，犀牛角被冲突双方换成金钱或直接用来交换武器。当时也幸亏捷克共和国的这家动物园将苏丹迁移出去，在接下来的几十年里，武装冲突和偷猎激增，北方白犀牛深受其害。到了 2003 年，据统计北方白犀牛只剩下 20 头了，全部集中在刚果的加兰巴国家公园（Garamba National Park）内，当地政府又阻止对它们进行安全转移，结果在几年内，这些北方白犀牛全部被猎杀了。

北方白犀牛是五个犀牛物种中的一个，最近的研究表明，北方白犀牛与一般的白犀牛是两个完全不同的物种，而不是白犀牛的一个亚种，这两个物种已经分开了至少 100 万年。

苏丹是世界上最后一头雄性北方白犀牛。它生前很喜欢吃甘蔗

由于20世纪80年代初～90年代初的偷猎，北方白犀牛目前在野外已经灭绝。2009年12月，奥佩杰塔自然保护区开展"最后的生存机会"（Last Chance To Survive）育种计划，苏丹和另外三头北方白犀牛从捷克的动物园来到这里，当地的气候和丰美的草原可以营造一个更加温暖自然的栖息地，为它们的繁衍创造条件。2011年，世界自然保护联盟对该物种做出评估：极度濒危。

苏丹有两个女儿，大女儿纳比雷（Nabiré）生于1983年，2015年7月在德乌动物园去世，死因是子宫囊肿破裂，它生前长期受到子宫囊肿的困扰，以至不能自然繁殖；小女儿纳金（Najin）生于1989年，2009年随苏丹一起到了肯尼亚，之后生了法图（Fatu），苏丹升级做了外祖父。

2009年和苏丹同行的还有一头名叫苏尼（Suni）的雄性犀牛，与纳金同父异母。2012年4～5月，苏尼和纳金交配了两次，保护区的工作人员开始每周监测纳金的身体，犀牛的怀孕期长达16～18个月，2014年1月，最终确认纳金没有怀孕。

2010年5月，苏丹搬到这片700英亩（约2.8平方公里）的半野生区域中，里面原有几只南方雌性白犀牛。2014年10月，34岁的苏尼死亡，只剩下苏丹和它的女儿、外孙女生活在一起。

2014年12月14日，美国加州圣地亚哥动物园（San Diego Zoo）一头叫安格里费（Angalifu）的雄性北方白犀牛离世，苏丹成为全球最后一头雄性北方白犀牛。

圣地亚哥动物园的另一头雌性北方白犀牛诺拉（Nola）死于2015年11月25日。于是，全球原有的7头北方白犀牛，就只剩下苏丹一家三口了。

可惜的是，苏丹的育种尝试没有获得成功。保护区也曾试图让北方白犀牛与一般种类的白犀牛交配，以保留其血脉，也没能成功。

2015年2月，自然保护区筹集守卫犀牛的资金，迪拜的两位富商发起全球范围的倡议活动，希望有更多的人关注这些最后的北方白犀牛，并建议采用类似试管婴儿的生殖技术，让这一物种得以延续。

北方白犀牛所在的2.8平方公里土地是保护区的重中之重，武装警卫一天24小时轮流执勤，保护设施包括感应器、碉楼、电网、轻型飞机、无人机和14只荷兰马莲莱（Malinois）警犬，总之能想到的办法全都用上了，目的很明确，就是要保护它们免遭偷猎。14平方公里的犀牛核心区也配备了巡逻队，整个保护区则统一设立了围栏，每7公里配备一名看护员。

偷猎，加上栖息地的丧失与枯竭，使

得白犀牛趋于"弱势",黑犀牛趋于"濒危"。犀牛角在亚洲被许多人认为极具药用价值,在也门被用作传统匕首的手柄,价格极为昂贵,据说每只角可以获利6万～10万美元。暴利,使得偷猎者能够拥有极为先进的装备,包括自动武器、消音器和夜视仪,这也让奥佩杰塔自然保护区的维护成本激增,目前每平方公里达1.73万美元。

望着苏丹一家三口,特别是苏丹乖顺的面容,我几乎落泪。如果这一物种最终消亡,悔恨不已的将是人类自己。

但这一天已然到来了。

2017年年底,苏丹的右腿感染。尽管它的病情在随后的几个月里有所改善,但又再次感染。2018年3月,它开始接受重症监护,病情严重恶化并患上了并发症,奥佩杰塔自然保护区最终决定在2018年3月19日,对苏丹施行安乐死。

该保护区在随后的声明中说:"我们在奥佩杰塔对苏丹的离世皆深感悲痛。它是一只令人惊异的犀牛,也是它这个种族的大使,它在全球范围内为提高人们对犀牛所面临困境的认识,包括关注因不可持续的人类活动而面临灭绝的数千个物种,将被人们所铭记。总有一天,它的去世,将有望被视为世界范围内的自然资源保护者的开创性时刻。"

而捷克的德乌动物园在得知苏丹的死讯后,表示"它的死是人类无视自然的残酷象征","但我们不应该放弃。我们必须利用细胞技术保护濒危物种"。奥佩杰塔保护区正在尝试一项生殖干预措施,采用以前保存下来的苏丹的精液,对纳金和法图的卵子进行体外受精,并将由此产生的胚囊植入合适的南方白犀牛体内,即采用代孕的方式,来避免这一种群的彻底灭绝。

莫拉尼的悲情故事和忧郁的黑猩猩

这里建立了一间小型的展厅,里面陈列着长颈鹿、河马、犀牛、各种羚羊的头骨和皮毛。在一个玻璃柜中,放置着各种动物的粪便标本,其中斑鬣狗的是白色的,因为它能直接啃食动物的骨头。通过动物粪便,不仅可以了解到,动物的食物结构和各自的健康状态,而且还可以跟踪到它们的地理位置。

在展板上,讲述了一头黑犀牛莫拉尼(Morani)的故事。1974年,它出生在安博塞利国家公园,在它只有6个月大的时候,它的妈妈被偷猎者杀死,它被送到内罗毕的动物守护所,取名为Morani,在马赛语中,意为"年轻勇士"。

当它能自我觅食时,又被送回安博塞利。由于里面有一只雄性犀牛,怕自己的

黑猩猩庇护所的小型展厅内,陈列着各种羚羊的头骨和犄角,参观者可以触摸,以增加对这些野生动物的切身感受

位置会被动摇,就不断地袭击莫拉尼,这样莫拉尼就只好寄居在一个营地酒店附近,时间长了,营地觉得费用高昂,就只好把它又送回了内罗毕的动物守护所。

后来,当里瓦的犀牛保护所成立时,它又被送了过去,它在那里遇见了一头雌犀牛夏芭(Shaba),坠入了爱河,但不料此事惹怒了里面的一头公犀牛,两只犀牛角斗,莫拉尼不幸受伤,最后不得不被阉割了。然后,它第三次被送到了内罗毕。

1989年,它被这里接纳了,终于过上了平静的生活。看着展板上它的照片,令人唏嘘不已,在这个野性世界,自由而残酷,或许只有在这样的庇护所里,才能减少一些争斗吧。

中午时分,回到营地享用午餐。午后漫步在草地上,众多的帐篷呈一条弧线,对着前方的水池和远处的肯尼亚山。绿树下面,有些长椅,坐在上面,望着壕沟对面的一群羚羊在食草,静谧极了。

进入到保护区深处,黑猩猩庇护所(Chimpanzee Sanctuary)到了,这是由著名的黑猩猩保护专家珍妮·古道尔的保护协会联合保护区一同建立的。我这是第二次来到这里。

这里的黑猩猩都是从塞内加尔到西非海岸,穿过非洲中部的森林地带,一直到乌干达等国家领养过来的。1993年,布隆迪发生内战,致使其黑猩猩救援中心关闭,三只黑猩猩孤儿被带到这里,于是成立了这家庇护所。此后,在1995年增加了9只,到了1996年,又添加了另外10只,

黑猩猩庇护所里的一只黑猩猩高昂起头，它的眼神里流露出一丝忧郁

目前黑猩猩的总数已达到43只。这里面有不少是身体有疾病、受虐待的或者是孤儿黑猩猩。在这里，它们重新开始了安定的生活。这座保护所将提供给它们终身的庇护，让它们慢慢调养，享受自己的余生。

一位黑人管理员陪同着我。隔着高高的围栏，那些黑猩猩在里面很自由地活动着。作为灵长类的动物，黑猩猩是与人类最接近的。雄性成年的黑猩猩体重在50公斤左右，直立起来达1.5米。围栏上有向内收缩呈弧形的电网。他介绍说，这些黑猩猩非常聪明，且力气很大，如不采用这样的防护设施，它们很容易逃跑。记得上次来时，我们中的一位朋友隔着围栏，递去一袋零食，那只黑猩猩，很灵巧地撕开塑料袋，娴熟地吃了起来。而现在已不太容许去喂食。

隔着围栏，我的镜头对准了其中一位最帅的黑猩猩，它是从布隆迪引进来的，高眉骨，蓝灰的眼睛，嘴边一圈白色的细毛，在这堆猩猩里很有明星范儿。

在围栏边有一座观察台，登着楼梯而上，可以看到整个保护所的布局，林木茂密，深处被艾瓦索·恩伊罗河隔开，两个不同的黑猩猩群体分而居之。一只黑猩猩蹲在草地上，在帮另一只捉虱子。它仔细地撩起另一只的毛发，认真地梳理着。这也是它们的社交方式。管理员呼唤着其中一只的名字，它马上抬起头来，眼睛看着这边，眼神中竟有一些忧郁。

管理员带我走进一间小型的展厅，里面以各种图片和实物展现黑猩猩这个高度濒危物种的各种概貌和特征。黑猩猩又名为"Pan Troglodytes"，其中"Pan"是古代希腊神话的木神，"Troglodytes"意为"洞穴居住者"，在200多年前刚命名它们时，或许以为它们属于一种洞穴人。它们的食物以果实、树叶、蜂蜜和一些昆虫（尤其喜欢吃白蚁）为主。群居，一个族群最多可以达到90多只。雌性怀孕期为7个半月，每次产一崽。在野外的寿命平均为35～45年。

作为灵长类的动物，黑猩猩对颜色的判断已与人类接近，这样便于它们找出成熟的红色果实；整个视觉是3D立体的，这样在树枝间跳跃时，能准确地估算出距离，减少失误；有着丰富的面部表情，已能解决一些相对复杂的问题并有自我意识，它们甚至可以辨认出镜子中的自己！

这家庇护所也是泛非避难所联盟（Pan African Sanctuary Alliance，简称PASA）的会员，这个联盟目前在12个非洲国家拥有18家庇护所，照顾着八百多只黑猩猩。

生机勃勃的原野和黑犀牛

离开黑猩猩庇护所。在前方的原野上，有一些白犀牛（White Rhinoceros）。其中有一头幼年的雄性白犀牛，头上的角还刚刚露出一个小尖尖，它的"小丁丁"荡在胯下，像是嵌在里面的一颗小螺丝。它围在妈妈身边，将嘴放在沙土上面，伸出舌头在慢慢舔着。这是在觅食土地中的盐分。

据犀牛保护组织统计，在20世纪

一头幼年的雄性白犀牛学着妈妈的样子，准备伸出舌头慢慢舔食沙土中的盐分

初,野生白犀牛的数量仅剩下50～100只。目前已从濒临灭绝的状态下恢复过来,在世界自然保护联盟(IUCN)濒危物种红色名录中的状态是"近危"(Near Threatened)。现在全球白犀牛的总数估计在17212～18915头之间,其中绝大多数生活在南非。由于白犀牛角是珍贵药材,偷猎白犀牛的事件时有发生。

远方山岗上,一只雌性网纹长颈鹿正漫步在天际线。挺拔、优雅,有着饱满圆润的前腹。它前面两条腿迈步时,带来前腹肌肉的牵动,煞是好看。这种网纹长颈鹿,其生育高峰是在每年的12月～第二年2月,以及8月到9月,怀孕期为7个月,每次产下一只小长颈鹿。我在后面的旅途中,看到了另外两种长颈鹿。

几只大羚羊(Giant Eland)在远处食草。这种大羚羊,也被称为德比勋爵大羚羊(Lord Derby Eland),躯干上有白色条纹,身高约为1.5～1.75米,身长2.2～2.9米,体重440～900公斤,是最大品种的羚羊,觅食青草和树叶,通常形成15～25只组成的群落,在草地和树林中到处漫游,比较警觉,奔跑最高速度可达70公里每小时,已被列入世界自然保护联盟(IUCN)的保护名单。

在草丛边,两只黑背豺正蹲伏在那里,其中一只张大了嘴,露出一条长约30多厘米的舌头,很窄,像是一根领带,牙齿尖利,一看就是草原上的狠角色。然后它

清晨,一只长颈鹿漫步在碧林之间

黄昏，两只黑背豺隐现在丛林前后

翘起尾巴，伸起了懒腰。

　　暮色降临，抵达甜水塞雷纳帐篷营地（Sweetwaters Serena Camp），远远望去，一座灯火敞亮的建筑物掩映在小径的尽头。这是营地的酒廊和餐厅的所在地。一位侍者领着我走在小径上，走到1号帐篷，帐篷的外侧摆放着椅子和茶几，是一方休闲区。侍者蹲下身来，帮我拉开帐篷的拉链，探身而入，里面有一张1.8米宽的床、沙发和书桌。里间是卫生间，淋浴间和抽水马桶一应俱全。我在非洲一直都比较喜欢住这种帐篷，有一种真正贴近野性自然之感。这家营地帆布设计的氛围和内饰的豪华，组成了一个迷人的混搭。

　　我坐在帐篷外的休闲区，离我不到30米的地方有一条壕沟，壕沟外20米的地方是一方水塘，这边有一盏灯照射着，可以看到两头犀牛在水塘边喝水，还有几只羚羊。秋虫长鸣，更衬托这里的宁静。

　　晚餐的时间到了。沿着小径走到酒廊和餐厅。酒廊挑高的空间，壁炉和原木的雕塑，将自然闲情与豪华雅致迷人地混合起来，这家营地建造于上个世纪70年代，这座主建筑原本是牧场主的住所，而现在则受到荒野游猎爱好者的推崇。

　　餐厅里面已坐满了人。丰盛的晚餐之后，沿着壕沟旁的草坪漫步，发现在壕沟中设置了电网，这样确保了这些野生动物不会穿行而来，也减少了卫士的工作量。我走回到我的帐篷前，水塘前走过来两头大象，它们在夜色中留下浅淡的影子。

　　次日清晨6时许，继续开始Game

营地内酒廊挑高的空间,壁炉和原木的雕塑,将自然闲情与豪华雅致混搭起来

Driving。曙色之中,几头大象在漫步,身后是迷蒙的树影。羚羊亮着大眼睛,在食草。

四只疣猪卧在草丛中,两颗露出的牙齿,表情滑稽。还有两只疣猪在嘴对嘴,用獠牙相互轻触玩耍着。

晨间薄雾缭绕,鹤鸟低翔,驶过一片水塘,一头犀牛在山岗之上,远处是层层的山影。一只雄性黑斑羚在追逐着一只雌羚羊,胯下它的器官挺直了。

这只雌黑斑羚在前面慢慢地走着,雄黑斑羚紧跟在后面。雄羚羊抓住机会靠近,刚骑跨上去还没有两秒钟,雌羚羊就躬身挣脱了。走了几步,雄羚羊骑上,还没完全接触到,雌羚羊又不配合了,它似乎无心交合,只是在享受被追逐的快乐。

两只疣猪在玩耍

一只雄性黑斑羚在追逐着一只雌羚。一只处于首领位置的雄黑斑羚，往往拥有着二十多只甚至五十多只雌羚羊

就这样，被追逐者与追逐者，在这片原野上越走越远，感觉到最后，雄黑斑羚也没能得手。

不远处，一只灰冠鹤在独自玩耍。它不时地张开翅膀，羽毛由白色、咖色、黑色等四种不同颜色组成，看上去美观、和谐。它在独享精彩。

沿着一条泥泞的小路，朝纵深开去。树林越来越密，一只长颈鹿漫游其间，它的高大与挺拔，更烘托出这片树林的浓密。草地上几头白犀牛在吃草，它们宽大扁平的嘴看起来像一把铲子。其中有两头犀牛，吃完了草，开始相互用角轻轻地顶着对方，玩起了争斗的游戏，另外一头犀牛在一旁观战。刚开始两头犀牛相互顶着对方的嘴部，然后就逐步深入，探入了对方的脖子下方，轻轻碰触。旁边的两头白犀牛看着看着，也相互争斗起来了，作为它们的佐餐运动。

一只鸵鸟走在我们前方。顺着那个方向，看到一头黑犀牛（Black Rhinoceros），站在远处的树林中，它有着尖尖的嘴，头上的两只角也更为尖利，像天线一样笔直地竖立着。黑犀牛直盯盯地看着我们。

我们朝着黑犀牛慢慢地驶去，离它60米的地方，司机就停住车了。因为黑

一只灰冠鹤不时地张开翅膀,漫步在原野上

犀牛比白犀牛的脾气要坏许多,类似于大水牛,是相当危险的动物。它开始移动,可以看到它整个身体的侧面,十分强壮。由于它的嘴是尖的,这样,脸部就变小了,看上去也比白犀牛要英俊不少。这里拥有非洲东部最大的黑犀牛保护区,在2013年黑犀牛的数量就达到了100头,但平时因为它们喜欢在树林中活动,所以还是很难看到,这也是我此行唯一看到的一头黑犀牛。

黑犀牛是珍稀的动物品种。在世界自然保护联盟(IUCN)濒危物种的红色名录中,黑犀牛属于"极危"(Critically Endangered)状态。大规模偷猎使得黑犀牛的数量从1970年的约7万头下降到1995年的2410头,也就是说在这25年间,总数急剧下降了约96%。此后,由于非洲各地的持续努力,目前黑犀牛的数量据估计已增加了5366～5627头,但平时依然难觅其踪影。

黑犀牛和白犀牛,是怎么区分的?

这两种犀牛的区别并非是根据肤色,因为这两种犀牛的肤色都是灰黑色,是因为黑犀牛的头部较小,上唇尖,以吃树叶为主，而白犀牛的鼻子下部尤其是嘴巴，是呈方形的，这样就像是一把铲子，便于铲起地上的青草。

在这个保护区中，将犀牛限制在一个相对固定的区域，采用的办法很简单，就是设立了特制的"游戏走廊"，里面设置了50厘米高的障碍物，这个高度对于大象、羚羊和食肉动物来说没有任何问题，它们都可以轻松跳跃或跨越，只有犀牛腿短步幅小，迈不过这个坎儿，从而限制犀牛的活动范围，防止它们进入到更广阔的地域，而被盗猎者偷猎。

殖民地风格的大宅和山顶上的狩猎俱乐部

下午3点钟，驱车前往奥佩杰塔大宅（Ol Pejeta House），沿着一条两边绿树披挂的甬道，走进这座典型乡村风格的红瓦屋顶大宅。首先走进前厅，硬木地板，木格子窗棂，棕红色调，有着两层楼的高度，一座楼梯通向上方，午后的阳光投射过来，照在白色的沙发上。这座大宅先声夺人，一下子把人带到殖民地时代。

往右拐，走进主客厅。厚实的灰色地毯，木梁支撑的拱形屋顶，撑起一个偌大的空间，墙面上挂着狩猎风格的巨幅绘画，靠近窗口摆放着一架古旧的立式钢琴。推门而出，外面是一方休闲区，木质框架的

一只黑犀牛站在远处的树林中，它有着尖尖的嘴，头上的两只角也更为尖利。黑犀牛比白犀牛的脾气要坏许多，连当地司机也十分惧怕，不敢开车离得太近

这是一座殖民地时代风格的红瓦屋顶大宅。前厅内，一座楼梯通向上方，午后的阳光投射过来

布艺沙发，很饱满地向上拱起。庭院里面，有小径、繁花和一个椭圆形的泳池。

回到客厅。穿过一个橘黄色调的次客厅，靠墙摆放着一张宽半米、长约2米的案几，整个案几的表面，贴着10厘米见方的玳瑁薄片。我以前只见过做成眼镜框架的玳瑁，如此大范围地使用玳瑁来做案几的装饰品，这还是第一次。

来到主套房。一张3.5米见方的皇家大床，在前面以两根二十多厘米宽的原木方柱，撑起了帷幔，更加让这张床显得隐秘，有一种纯粹的优雅。再往里面走，是卫生间，宽敞的衣柜和一张宽大的座椅，一张同样宽大的长方形浴缸，上面的四条边框，用棕红色的木板包裹着，给人以温暖之感。

走进餐厅。红棕色调的餐桌，白色的墙面和屋顶，屋顶上挂着一个小船造型的装饰品，长约2米，以树枝扎成。登上二楼，上面是面积稍小的套房。站在阳台上，凝望着下面的宽大院落，遥想这里以前的主人，富翁阿德南·卡舍休戈（Adnan Khashoggi）在上世纪80年代于这个私家豪宅内曾何等逍遥自在。

离开大宅。在不远处的绿荫丛中，一只母狮卧在那里仰天长啸，再伸起懒腰，似乎给这样惬意的午后，提供一个安宁的注解。

看尽犀牛、德比勋爵大羚羊和黑斑羚在原野上进食。羚羊和德比勋爵大羚羊站在一起时，才会发觉这两个物种在身高上的巨大差异，黑斑羚只有德比勋爵大羚羊的三分之一高。还有几只黑斑羚在那里以角斗为乐。

暮色渐浓。三只母狮在土路上漫步，我们的车子在它们的前面慢慢地开着。幽蓝的天色，其中一只狮子爬上小山坡，伫立在冷清的暮色之中。它的眼神中略带倦色。这是有些饥饿的苍茫时刻。

晚上8点半钟，开始夜间游猎（Night Game Driving），由于夜间游猎需要专用的灯具，加上危险性增加了，也只有屈指可数的几个营地提供此项服务。

三辆车开着大灯，向三个不同的方向寻猎。这也是为了增加发现猛兽的机会。

原野寂静。绿荫丛中,一只母狮卧在那里,仰天长啸

两只雄性黑斑羚在角斗

我独享一辆越野车，司机是马赛姑娘维维安（Vivienne），她已在此工作5年时间了，还有一位小伙子负责打灯。一路穿行，看到了在夜间活动的蹄兔、羚羊、斑马和斑鬣狗。一只岩蹄兔（Rock Hyrax）在丛林间觅食，它们身长在30~70厘米之间，经常被误解为啮齿类动物，但实际在分类上，与大象、海牛更接近一些。

在前面的土堆旁，有一只食蚁兽（Aardvark）在活动。这种动物身长约1米，有着尖长的耳朵和嘴部，靠挖洞来觅食白蚁和蚂蚁，且只在夜间出动，所以看到的机会非常小。然后，我们开过一条比较宽的土路，惊起了一群鸟。维维安解释说，由于白天的暴晒，路面会比较温暖，鸟儿喜欢趴在上面栖身。

我们开到了一个池塘边，传来美妙的蛙声。她把车灯关掉，我抬起头，凝望着满天的星光，静听蛙声一片。

旅途中经常会有一种很空灵的东西，让人放松而舒畅，会感知更多的激情、静默和内心不息的声音。这是诗意之夜，秘境的回响。

前面有一头白犀牛在吃草。这时车载电台响了起来。维维安与对方明确方位之后，加大油门，疾驰而去。10多分钟后，驶入一片草丛中，那里卧着一公一母两只狮子，它们之间隔着5米的距离。这只雄狮大约6~7岁，睡眼惺忪，前身撑了起来。我们将灯光往高处打，以免影响到它的休息。它似乎还不太累，仰头配合地做出了一系列生动表情，然后倒头沉沉而睡了。

归途中，经过了犀牛保护所的围栏，有一头犀牛就在靠近栅栏的位置，我轻轻地说了声："Good Night, Rhinos!"（晚安，犀牛！）

我让司机慢慢驶过，真的不想去打扰它们。这些黑猩猩和北方白犀牛的故事，足以构成这片野性土地上的自由传奇，让我一遍又一遍地怀想。

次日上午，结束了在甜水的拍摄，沿着一条山间公路，驶进一家狩猎俱乐部。山坡上面一座建筑优雅地掩映其间，这是好莱坞影星威廉·霍尔顿（William Holden，1918—1981）等名流于1959年修建的。大门口设立着一块赤道标示牌，表明赤道从这里穿过，东经37.7°，海拔高度2135米。

在庭院里，有一条1米多宽的灰色步道，这就是赤道。在离赤道各两米的地方，等距离地分别放置着一只演示用的水盆。为了说明赤道的神奇，身穿红色袍子的土著汉子给我们进行了演示。

首先在北半球一侧，往一个特制的盆子里灌上水，在水面上撒上点花瓣，让水

一对母子从保护区外的原野上走过。贫瘠的土地上，绿色的植被焕发出生机

顺着出水口往下流动，可以清晰地看到水是按顺时针的方向流动的；而后，我们跨过赤道，来到了南半球，在另一只水盆里放进水和花瓣，开始的水流方向不太明显，当水只剩一半时，就可以看到水是按照逆时针的方向流动的。

然后，举行"马赛赤道仪式"，两位马赛人拿着手杖，扶着客人，在马赛音乐的伴奏下，迈着夸张的步子，走过赤道，领取了赤道证书。

山坡上，有些人在这个高海拔的高尔夫球场挥杆，还有些人策马前往周围的野生动物保护区探险。涉过一条小河，羚羊和斑马就在不远处吃着草。

Chapter 3
The Weeping Savannahs

草原哭泣，
情未动而风云起

搭乘直升机从博格利亚湖飞抵马赛马拉，再前往马赛马拉北侧的私人保护区，每天的 Game Driving，都要看到晚霞散尽，方才结束。

辉艳冷激，余光回响。我寻觅到如此多的故事和场景，几乎让人眼角潮润。这片如此深厚的莽原，时常化为一种广袤的澄澈，竟轻盈得如薄羽在肩。

Lake Elmenteita,
Flying by the Helicopter

1 / 艾尔蒙蒂塔湖畔和直升机上的飞越

小居湖畔，林中有微光。侧耳谛听，飘然跫音，在远方高岗之上。扬手是春，落手是秋。在这样的湖畔，最容易忘记的是，时间。

继续旅程，飞往博格利亚湖区（Lake Bogoria）。途中飞越东非大裂谷，那条地球上的泪痕，我曾在空中俯瞰过无数次，初次见到时就觉得比想象中的更加宽阔，接着直升机从博格利亚湖一直飞到马赛马拉。

历史与动物王国的交汇处

晨光熹微。我帐篷外的马灯还在亮着，前方池塘边已有一些鸟类在喝水。一轮朝阳，从肯尼亚山的山顶上露出来。

中午时分，我们抵达索桑布保护区（Soysambu Conservancy）。该保护区成立于 2007 年，位于大裂谷中部，赤道以南 30 英里处，面积为 194 平方公里，平均海拔为 1950 米，地处纳库鲁-奈瓦沙（Nakuru-Naivasha）野生动物走廊上。这个保护区的西侧，距离纳库鲁湖国家公园（Lake Nakuru National Park）12 公里。

索桑布保护区是一个传统的野生动物保护区，其中的艾尔蒙蒂塔湖是肯尼亚最后一个鹈鹕（Pelican）繁殖之地。这里大约有 90 只罗斯柴尔德长颈鹿，占这一濒危物种数量的 10%。在马赛语中，"Soysambu" 的意思是 "Striated Rock"，可以翻译成 "条纹岩石" 或 "擦痕"，"Sambu" 也是指牛的一种颜色。

附近有海拉克斯山史前遗址（Hyrax Hill Prehistoric Site）和卡日安杜西考古遗址（Kariandusi Archaeological Site），1928 年由路易斯·里奇（Louis Leakey）发现。这个考古遗址是首次发现的东非旧石器时代下的遗址之一，其历史可追溯到 70 万～ 100 万年前。

走进塞雷纳艾尔蒙蒂塔湖营地（Lake Elmenteita Serena Camp），首先迈入前台区域，帐篷结构的设计，高耸平整的帐篷顶下，挂着一盏吊灯，地面上镶拼着光滑的柚木地板，铺设着地毯。

穿过这个营帐，是一条走廊，两旁的水池中，栽种着 2 米多高的水生植物。走进酒廊，上个世纪 20 年代殖民地时期的装饰风格，素雅颜色的长沙发旁，放着巨大的棕色木箱子，靠墙面的橱柜是仿古典英式的，里面摆放着老式的电话机、烛台和铜盘。往里走，是酒吧区，案几上分别放着老式的打字机和天平秤。墙面上挂着十多幅老照片，这是从德拉米尔主教（Lord Delamere）家族的相册中挑选出来的。整个构造采用的是折中主义风格，这些都是早期的英国旅行者所钟情的风格。

再往前，就走到了餐厅。侍者把我带到户外的位置，这里正对着艾尔蒙蒂塔湖。湖面掩映在绿树之后，十分静谧。

艾尔蒙蒂塔湖位于东非大裂谷的东翼，湖名 "Elmenteita" 来自马赛语 "Muteita"，意为 "灰尘"，原因是这里比较干燥，尤其是在每年 1 ～ 3 月间。在东非大裂谷的湖泊群中，这座湖位于奈瓦夏湖和纳库鲁湖之间。在湖的南端是 "Kekopey" 温泉，其中有珍稀的罗非鱼

艾尔蒙蒂塔湖营地的内饰和外景

（Tilapia）。芦苇丛附近有不少夜鹭（Night Heron）和鹈鹕。

整个湖随着每年季节的变化，面积在19～22平方公里之间波动。这家营地得天独厚的地理位置，被称为"悠长历史与野生动物王国的交汇处"，我旁边的桌子，是一位肯尼亚的中年男人，带着一位年轻的女子在用餐。由于这里离内罗毕只有2个半小时的车程，这样当地的不少富豪，喜欢选择这里小憩数日。

在2011年，这座湖作为肯尼亚大裂谷湖区（The Kenya Lake System of the Great Rift Valley）的一部分，与其他两个湖泊，被列入《世界自然遗产名录》，理由是"该湖区包括相互联系的博格利亚湖、纳库鲁湖和艾尔蒙蒂塔湖，占地总面积32034公顷（320.34平方公里）。这里拥有全球13个受威胁的鸟类物种，保持着世界上最高的鸟类多样性，是小火烈鸟最重要的觅食地，也是大白鹈鹕（Great White Pelican）的主要筑巢繁殖地。大型哺乳动物种群中，包括黑犀牛、罗斯柴尔德长颈鹿（Rothschild's Giraffe）、捻角羚、狮子、猎豹和野狗，具有重要的生态研究价值"。

有些科学家认为艾尔蒙蒂塔湖、奈瓦夏湖和纳库鲁湖，在大约9000年前，是整个一个叫作甘布利亚（Gamblian）的大湖。由于火山喷发伴随着东非大裂谷的产生，堰塞而成。

1200万年前，大裂谷的出现，形成了一系列的内陆湖泊，该地区的岩石大多是火山岩，而土壤是脆弱的，造成了其高度多孔性和高度易受侵蚀性，由于水位的急剧波动，湖泊的生态平衡也随之改变。藻类、鱼类和火烈鸟，都只能在非常特殊的条件下生存，这意味着水位的任何变化，对整个生物圈的影响都很大。原先在艾尔蒙蒂塔湖有超过100万只火烈鸟，但现在仅剩下极小的一部分。

从附近的考古遗址发现，遥远的祖先就生活在这个区域。这个地区颇受当地土著居民的欢迎，在石器时代，许多人被埋葬在该地区——他们的尸体被涂上赭色，戴上珠饰品，绑成一个弯腰驼背的姿势，被埋在一个个浅冢之中。

后来，马赛人在此游牧和征战。欧洲探险者也被这里的野性世界所吸引，开始穿越非洲。当地的土著部落有伏击过往商队的习惯，而早期的探险家们，也使用弹簧来弹射装满水的瓶子，进行回击。1905年，此地被德拉米尔主教占领，成为英属东非的一部分。

遥想曾有不少的名流在这里停留。温斯顿·丘吉尔（Winston Churchill，1874—1965），1908年曾在湖边野餐，品尝着香味扑鼻的烧烤野猪。英国作家伊夫林·沃（Evelyn Waugh，1903—1966）在20世纪30年代也曾到访，他的小说《梦断白庄》(*Brideshead Revisited*)很有名，2008年被拍成了电影《故园风雨后》。

肯尼亚的首任总统乔莫·肯雅塔(Jomo Kenyatta)，1978年去世前不久，还在此举办过有300个舞者参加的派对，影片《古墓丽影》(*Tomb Raider*)第三部曾在湖畔取景。画家西蒙·库布斯（Simon Combes）在6岁时，就随父母从英国搬迁到这里的农场，后来他参军，退伍后在内罗毕成为一名画家，以野生动物为主要题材，最后他又回到了湖畔生活。

餐后，侍者带着我沿着小径，走到我的5号帐篷。开门而入，首先是宽大的门厅，光滑的柚木地板。房间里，内置着书桌、案几和食品柜。拐进卧房，床头贴着巨幅的黑白泛黄的历史照片，一张大床、躺椅和书桌，隔着一层薄薄的纱帘就是外面的绿树。走进卫生间，也比较宽敞，双洗脸盆的设计。整个营帐内显得宽敞而有格调。

在帐篷内,远远地就听到了一片火烈鸟的叫声。沿着小径,走到尽头,是营地的1号火烈鸟景观帐篷,可以站在阳台上观赏。我沿着碎石间的小路,走到营地的围栏处,那片小火烈鸟离我有100多米的距离,天有点阴,只有它们持续的叫声,让人感受到勃勃生机。艾尔蒙蒂塔湖是咸水湖泊,盐水条件导致其主要浮游植物迅速繁殖,湖中的节旋藻(Spirulina)是小火烈鸟主要的食物来源。

下午4点钟,开始 Game Driving,看过了一片大水牛和羚羊,驶向湖的北岸,水中有几百只小火烈鸟在水中漫步觅食,湖面上留下了它们的倒影。火烈鸟分为小火烈鸟和大火烈鸟两种。大火烈鸟身高在1.45米,重量约在4公斤。

在一处浅滩上,一群小火烈鸟将它们的头盘在翅膀间,单腿直立,这是它们在睡觉。浅蓝色的湖面,映照着对岸蒙蒙的远山,宛如一幅水彩画。湖水有着不同深浅的蓝色,小火烈鸟的不同姿态,就映衬在深蓝浅蓝中,精美如诗。艾尔蒙蒂塔湖的湖水通常很浅,小于1米深,形成天然的盐碱滩涂。

在梅雷罗尼(Mereroni)河口边,有一群大白鹈鹕,其中有两只未成年的鹈鹕,在用嘴清理着羽毛。成年大白鹈鹕的羽毛

一群非洲大水牛横卧在草地上。它们是脾气十分暴烈的野生动物

梅雷罗尼河口边,聚集着一群大白鹈鹕。这里是肯尼亚最重要的鹈鹕繁育中心

是白中带浅红色的,而未成年的是淡灰色的。这里是肯尼亚最重要的鹈鹕繁育中心。它们通常捕食湖中的罗非鱼,这种罗非鱼吸引着许多以鱼类为食的鸟类。

离开湖畔,沿着林中的路,遇见了几只犬羚。

早在1906年,德拉米尔主教家族在此开辟了牧场。我们经过了这家牧场,围栏里满是壮硕无比的奶牛,当地向导说每头的价格在10万肯尼亚先令,约合1000美元。这在当地属于极品奶牛了。

傍晚时分,回到营地。在餐厅享用晚餐,然后回到我的营帐,安然入眠。耳边还是那些小火烈鸟的声音。

纳库鲁湖的"白袜少女"

次日早晨7点多钟,我们驱车出发,前往纳库鲁湖国家公园(Lake Nakuru National Park)。从营地到纳库鲁湖国家公园的恩德里特入口(Nderit Gate),大约是27公里的距离。

该国家公园面积为188平方公里,专门为保护禽鸟,成立于1961年,曾以火烈鸟闻名于世,被誉为"观鸟天堂"。因为该湖的碱性成分和藻类构成丰富的食粮,引来无数火烈鸟,最高峰时曾经达到220万只之多,占世界火烈鸟总数的三分之二,但此后由于人类过分频繁的观赏活动,影响了这些火烈鸟的生活,所以其大规模地向北迁徙到博格利亚湖。

在上个世纪90年代初，该湖的水位大幅下降，此后基本恢复。在2013年，湖水猛涨，超过了警戒水位，导致剩下的一些火烈鸟也迁移到别处。

从大门进入没有多久，就在树上看到了几只黑长尾猴（Vervet Monkey），这种猴子黑脸，浅灰色加浅褐色的毛发，身长45～60厘米左右。科学实验表明，它们除了有非常有趣的行为外，还有着类似人类的特点，如也会患高血压、焦虑症以及对酒精的依赖。

慢慢地，驶近了纳库鲁湖。这是一个

纳库鲁湖国家公园，一些枯树被湖水淹没到了主干，组成一幅超现实的画面

纳库鲁湖国家公园，一些小火烈鸟在水面上凌波踏步后，腾空而起

海拔在 1754 米左右的碱水湖。一些枯树被湖水淹没到了主干，水鸟立在枝头，一幅超现实的画面。现在，在湖岸边和枯树后面，只有数千只的小火烈鸟。这是一个寂静的早晨。

我们沿着湖边慢慢地开着，地上泥泞。前方 30 米的地方，一辆小面包车陷在泥地里，我们开过去，还没靠近，自己的车子也陷入了一个水坑，但毕竟是 4×4 的越野车，三下两下就开了出来。随后，换个方向，再去靠近那面包车，拉上钢索，所有的人一起去推那面包车，开始根本无效，最终折腾了半个多小时，才把那辆车拉出泥坑。

我沿着湖畔漫步。泥泞的地面，使得

我无法离湖太近。远处的一些小火烈鸟起起落落。绕了很大一个圈，才算离一棵枯树和几十只小火烈鸟稍近一些，但依然需要用400mm的镜头才能拍下整个场面。湖面上弥漫着淡淡的晨雾，这些小火烈鸟漫步在枯树林中的浅滩，这些树影依次淡去，宛如仙境。一些小火烈鸟在水面上凌波踏步，留下一丛丛水花，然后双腿并拢，伸直粉红色的翅膀，就腾空而起了。

离开湖边，继续漫游。一只黑鹭（Black Heron）张开了巨大的翅膀，这种黑鹭高约42～66厘米，它们有一个有趣的狩猎方法，称为篷盖喂养（Canopy Feeding），它站在水中，像伞一样的翅膀创造出阴影，一些小鱼就会游过去，避在阴凉处，不想就成为黑鹭的腹中餐。

驶到一个高处。下车眺望着空蒙的纳库鲁湖。高地的深处，一条马卡里亚（Makalia）瀑布飞流而下，这条瀑布的高度有100多米。这样丰沛的水量，使得整个湖面不断上升。湖面上有一层薄雾，两排淹没在水中的枯树，就像两排修长的睫毛，在这一湖的蓝波之中。

继续寻找。路边有一只文书鸟（Secretary Bird），又被称为蛇鹫。前半身的羽毛是白色的，后半身是黑色的，眼眶部分是红色的，头部后面的白色羽毛根根直立着，给人一种怒发冲冠之感。由于这种羽冠形似羽毛笔，所以被命名为"文书鸟"。它的高度一般在90～135厘米，长110～150厘米，翼展宽度在190～220厘米。

这是非洲特有的陆地猛禽，捕食野兔、猫鼬、蜥蜴和蛇类。据称，它们在捕捉蛇时，会抓着蛇飞行到高空，然后将蛇摔死后直接吞下。这种文书鸟由于其引人注目的外观和对付蛇类的能力，被非洲人称为"魔鬼之马"（Devil's Horse）。其骁勇的形象，出现在苏丹和南非的国徽图案中，还被多个国家制成邮票。其在近期数量的快速下降，被世界自然保护联盟（IUCN）评定为"易危"种群。

前方，一匹斑马在路上慢悠悠地走着，轻轻甩着它的尾巴，走到一棵枯树下，安宁地食草。它那浑圆的臀部和腹部，洋溢着一种心满意足的安定感。旷野空蒙，远山浅淡。

几只灰冕鹤在踱步。头顶上那些黄色的须须被风吹着，煞是好看。然后，迎风起舞，在远草中觅食。

树林中，有几只罗斯柴尔德长颈鹿在吃树叶。这种长颈鹿身上的图案与网纹长颈鹿相似，特别之处在于其四根小腿上，只有很浅的斑点，接近于白色，就像是穿了双白袜子一样。这种罗斯柴尔德长颈鹿属于濒危物种，1977年从肯尼亚西部迁移了一些过来。长颈鹿头顶上的角，最开始时是软骨，后来才慢慢地与头骨融合在一起，这些角有助于调节它们体内的温度。

一只幼年的雌性罗斯柴尔德长颈鹿，在安静地缓慢地移动着，它的身体看上去这样洁净，头顶的两只角和颈后的鬃毛看上去还是柔嫩的，阳光照着，它的长睫毛刚好在光亮处，浓密的一排，还有那晶亮的眸子。它弯下细幼的脖子，用嘴慢慢地凑近树枝，含进几片树叶，细嚼慢咽，安静极了，偶尔抬起头来，看看我这边，完全是"我只想安静地做个美少女"之感。它就是穿着白袜子的美少女。

护卫式自然徒步

回到营地，细雨霏霏，滴落在前台走廊边的水池中，水纹波动，水生植物和整个草坪显得更加苍翠欲滴。在户外的餐饮区，享用着午餐。在这宁静的湖畔。

下午3点钟，来到厨房，跟着厨师托马斯（Thomas），上一节厨艺观摩课。我曾在蒙特利尔和迪拜，上过厨艺课，都是需要自己实际操作的。我戴上厨师帽，洗净双手之后，首先他示范做巧克力慕斯，材料是100克的巧克力片，两勺鲜奶油（Wipping Cream）和1茶匙砂糖状的凝胶（Gelatin）。先将巧克力片放入平底锅内加水融化、搅拌，再用鲜奶油融化凝胶，这个过程中需要比较小心的是，需要用小火慢慢地融化，不能将凝胶煮开了。最后将巧克力慕斯放入冰箱内，冷藏至少一个小时。

然后，开始做一种叫乌伽黎（Ugali）的玉米糊配料，将深底锅中放入水，放少许盐，水开后，将适量的玉米粉放入，不断地搅拌。然后，将火温调到中档，用木勺继续搅拌大约10分钟，直到整个的玉米糊变得相当黏稠后，就可以移开灶台，慢慢让它冷却了，然后将这种乌伽黎放入圆底的深碗内。厨师继续烹炒牛肉和蔬菜，炒好之后，将那圆底深碗倒扣过来，乌伽黎就变为一个半圆形的形状了，然后用刀上下左右各划一刀，就一分为四，放入盘子内。我取用了一些，相当美味，这种玉米糊，有一种复合的口感，微咸，同时有玉米粒的颗粒感，在口腔中美妙地滑动。由于这种颗粒感，会产生出细微刺激的摩擦感。

品尝完牛肉配乌伽黎。休息了片刻，巧克力慕斯也做好了，每个玻璃杯中放着草莓切片，一下子把整个甜品的颜色提亮了。一尝，味道不错。从我这个喜欢做饭的人来说，觉得巧克力慕斯的做法比较容易。做这种甜点的配料有很多种选择，有的还会加入鸡蛋黄和朗姆酒，以追求更美

我们在持枪卫士的陪同下，从营地开始自然徒步

妙的口感。

下午4点钟，我和几位来自意大利的宾客，开始护卫式自然徒步（Escorted Nature Walk），我们从营地开始徒步观赏，两名卫士肩背 Heckler & Koch G3A4 自动步枪，分别走在队伍的前后，以确保我们的安全。向导首先领着我们走到一个木板台子前，上面放着两具头骨，让我们猜。我一看，其中一个是长颈鹿的，另一个是德比勋爵大羚羊的，这属于体格最大的羚羊。

沿着营地的壕沟行进，这壕沟的中间竖着电网。我们从一座木桥上穿过，就到了营地的外围。几步就走到湖边，云层很厚，傍晚的湖水反射着幽蓝的色彩，湖对岸有两道山峦，就像是两条蓝影，漫延开来。沿着湖岸向前走，慢慢地就接近那一片小火烈鸟了。

最后的霞光映现在湖中，一只黄嘴鹳在镜面一般的湖面上，将喙伸到水中觅食。这种鹳身高在 90～110 厘米，从高空下降潜入水中时，身体会从一边翻转到另一边，表现出高超的空中特技。它们在水中觅食时，主要寻找长度不超过 10 厘米的小鱼，依靠触觉来探测猎物，一旦接触到小鱼，就迅速合上下颚，抬起头将整个小鱼吞下。经测算，这整个的反应速度只有 25 毫秒。这真是动物界的"闪电战"。

回到营地，已是灯火闪亮。晚餐时，我主菜点的是罗非鱼，这种产自艾尔蒙蒂塔湖的鱼，比较珍稀，配上了 Meunière Sauce，这种酱料是以褐色黄油、切碎的香菜和柠檬制成的，浇在鱼上，清香自然，鱼质十分鲜嫩。

那些令人震撼的火烈鸟

抵达博格利亚湖边的一家营地。上次是搭乘小型包机从内罗毕直飞来的，还记得飞机飞临东非大裂谷（Great Rift Valley）上空的情景。

裂谷内布满着极为茂盛的树林，像是织成了宽厚的绿毯，深厚而不见其底。东非大裂谷，北起于黎巴嫩的贝卡谷地（Beqaa Valley），南抵于莫桑比克中部，全长 6400 多公里，在太空中也清晰可见，被称为"地球的一条泪痕"。

经过1个小时的飞行,飞机到达博格利亚湖区上空时,飞行员转弯降落,将飞机来了个大倾斜,惊起无数的小火烈鸟腾空而起,晃动的地平线更为加剧了这种动感。只见一片红色,在绿色的湖面上,一些火烈鸟在湖面上灵巧地踩水而过,它们似乎有轻功,身体走很远了,身后的水面上还留着点点水痕,仿佛是一串串美妙的珠链。

随后,飞机就直接降落在湖边的沙土上,激起了沙尘滚滚,一群黑人孩子还有一些妇女,迎着我们的飞机就跑了过来,两股力量像是两股激流,汇集到了一起。飞机的舱门刚一打开,那些孩子就涌到舷梯旁,迎接我们的到来。

这仿如电影中的画面啊。他们属于肯尼亚的一支少数民族——伊杜诺斯(Endorois),博格利亚湖区是他们的传统家园。我们拿出了预先准备好的圆珠笔、直尺等小礼物,无数的手臂伸过来,但并不混乱,拿到了礼物的孩子纷纷说着:"Thank you",让人感受到他们的礼貌和一丝羞怯。

飞机在沙地的尽头掉转了头,开始加速,只滑行了一小段距离就腾空而起。这里也是行程中非常简陋的降落地点了,连最简易的跑道和风向球都没有,但依然降落平稳,从这足可见这款小型飞机广泛的适应性。

见到一位妇女怀里抱着孩子,随行的一位朋友拿出一张100美元的钞票送给她,她有点茫然地接过去,不知道是什么

我们的绿色包机,飞到博格利亚湖区返航,激起了沙尘滚滚

博格利亚湖区的小火烈鸟至今尚具有较大的规模,令人震撼。因为较少受到人类干扰,所以这里还保存着相当的种群数量

东西,我赶紧告诉她这是钱,她这才反应过来,木讷地致谢。估计她从没见过和使用过大面额的美钞。现场人越来越多,聚集了200多人,估计村子里一半的人都出来了。

离开这些淳朴的村民,驱车沿着湖区游览,慢慢地接近了一片红色的海洋。博格利亚湖大约长34公里,宽3.5公里,水深约10米,湖中的小火烈鸟目前还具有相当大的规模。

我们几个人静静地接近那片海洋。天有点阴,透过长焦镜头更加增添了一层薄薄的朦胧意境。湖畔很安静,小火烈鸟和水中的倒影相映成趣,仿佛可以听到它们的嘴从水里拔出来的声音。不时地有小火烈鸟腾空而起,一片展翅的声响随风而来,而后又是静静的午后,这种静与动的交替,让人流连忘返。

而这次,午膳之后,两架直升机已停泊在营地外的空地上。我的这段飞行与其他的朋友在一起,预订了两架直升机,将在博格利亚湖和纳库鲁湖的上空过,然后

飞往马赛马拉的营地。每架租用4小时，扣除从内罗毕到博格利亚湖，以及从马赛马拉飞回内罗毕的1小时40分钟，实际飞行游览的时间是2小时20分钟。

我乘坐的这架直升机黑色涂装，很酷，另一架是彩色涂装，比较炫，两架飞机在色彩上形成了对比。飞行员在我们落座后，简单地介绍了机内的设施。这是欧洲直升机公司制造的E130B4型直升机，前排能坐2个，后排坐4个，座位宽敞。在飞行过程中，每人需戴上博士（Bose）耳机，以便相互间的通话。

直升机盘旋而起，从空中看博格里亚湖有着不一样的视觉，整个湖的周边都布满了火烈鸟，像是红色的镶边。然后飞行10多分钟，穿过丘陵地带，来到纳库鲁湖的上空，从空中看上去，湖边只有稀少的一些火烈鸟。

两架直升机一路向南，飞过湖区、谷地和山岗，飞向马赛马拉的营地。它们像是两个相互追逐的小伙伴，经常一前一后、一高一低地相互引领，两个多小时的空中旅途一点也不枯燥。中途直升机在艾尔蒙蒂塔湖畔的一个小岛停留，可以让我们休憩片刻。

下午4点多钟，飞临马赛马拉的上空。很低的云层，随意地涂抹着大地颜色的深浅。飞到马拉河（Mara River）的上空，可以清晰地看到河里浮现的河马。我们抵达了马赛马拉国家保护区（Maasai Mara National Reserve）的核心区，轻松地开始了在这片保护区里的探险生活。

Maasai Mara: The Cheetah that Went to
Serengeti in Search of Love

2 / 生死马赛马拉:
那只前往塞伦盖蒂寻找爱情的猎豹

一只优美的猎豹,就因为在一只雄狮准备进食时,无意中离得稍微近了一些,不幸被这只雄狮咬死了。

这样的惨剧,让我的向导以马利在事情发生两年多后,依然为那一幕情景扼腕叹息。我们无法干涉它们的生死。那个野生的世界,有着自己的词汇、语法和句子。

穿行马拉三角地，猎豹的惨剧

我的向导兼司机以马利（Emmanuel）迎上前来。他是一个高个儿的黑人帅小伙。我已经很多次来到这里，对此已非常熟悉，尽管如此，我此次还是有一些惊喜的发现。

马赛马拉国家保护区，总面积为1510平方公里，是马拉－塞伦盖蒂生态系统（Mara-Serengeti Ecosystem）的北侧部分，南侧部分即是塞伦盖蒂国家公园。这个生态系统总面积为25000平方公里。海拔高度为1500～2180米，平均温度为12～30℃。其中的"Mara"来源于斯瓦希里语Maa，意为"斑点"，指的是云影低回，散落在树木、灌木丛和草原上的光线效果。我喜欢这个名称，那些在我远眺中出现的斑点，走近了观看，每一处都有着明朗的气息。如同很久之前，聚居于此的马赛原住民，望着这片辽阔的原野，轻轻所说出的一声——"Maa"，时光荏苒，那些美妙的光影，每天都以不同的姿态上演着。

这片土地上以马赛狮子而闻名。每年七八月间，大批的角马、斑马和汤姆逊瞪羚，从塞伦盖蒂一路向北迁徙，与狮子、豹子和斑鬣狗不断厮杀着，去寻找新的草场，最后跨过布满5米长巨型鳄鱼的马拉河，方能完成这次生命的洄渡，然后在11月，迁回塞伦盖蒂，年复一年。在动物数量较多的一年，迁徙的队伍中大约包括130万只角马、50万只汤姆逊瞪羚和20万匹斑马。来回的距离在2900公里左右。

这种被称为"动物大迁徙"的自然奇观，始终还有一些谜团留给人们，如这些角马和斑马，每年渡过马拉河渡口的数量是相对固定的，这些生命的渡口，一定如基因一般，牢牢地记忆在它们的血脉之中。

我们驱车开始了在马拉三角地（Mara Triangle）的游猎。马拉三角地的面积为510平方公里，位于马赛马拉国家保护区的西南部，与该保护区的其他区域以马拉河为分界线。这块三角地的西侧边界是锡里亚悬崖（Siria Escarpment），从悬崖到马拉河之间的草原，就是马拉三角地，各种动物稠密分布，被认为是观赏的较佳区域，尤其是观察狮子和猎豹。这里像是热闹马赛马拉的安静一隅，也是核心保护区。

一群斑马在山坡上吃草，还有几只羚羊蹦蹦跳跳，点缀其中。我只拍摄了几分钟，越野车上的步话机急促地响了起来。以马利拿起话筒，与对方用斯瓦希里语说了几句，就直踩油门，加速前进。我们头顶上大片的乌云席卷而来，我知道，暴风骤雨欲来，会把一些猛兽从休憩地赶起来，逼着它们挪窝，而这时，正是我们观赏的大好机会。

越野车疾速行驶了5分钟。在右侧的草原上，一只公猎豹在快速地行走。这是我此行看到的第五只猎豹。它优美的身形，翘起的豹尾，还有它偶尔伸出的舌头，都让人久看不厌。它爬到一个小白蚁堆上，前腿撑起，在上面张望片刻。然后起身，慢慢隐没在草丛之中。猎豹，经常被视为一种害羞的动物，惯常于夜间活动，白天能看到的时间也往往只有这样的几分钟，转瞬即逝。

"它会去哪里？"我问。

"最远会到塞伦盖蒂。因为这里的雌猎豹很少，它经常会走上几百公里，去那里找自己喜欢的雌猎豹。"

哦，我懂了。这是一只长途跋涉、前往塞伦盖蒂寻找爱情的猎豹。

看着这只猎豹完全消失，我突然想起了一个问题，"你这些年最难忘的一幕场景"。

他轻轻地点点头，然后告诉我，在这几年他曾见到过的最为惨烈的一幕。那是在2013年7月，他开着越野车，带着游客去看动物。黄昏时分，一只母狮杀了一只汤姆逊瞪羚，一只雄狮赶来，正准备开吃。在整个狮群中，吃猎物时总是雄狮先吃，然后是母狮们，最后才轮到幼狮。

这时，100米的地方之外，两只猎豹慢慢地走着，雄狮瞪了猎豹一会儿，然后没有任何先兆就直扑过去，一只猎豹试图躲开，但为时已晚，不幸被雄狮咬死了。另一只猎豹落荒而逃。

"为什么会发生这样的惨剧？"

我来非洲这么多次，还是第一次听到这样奇特的事情。因为狮子和猎豹这两种猛兽，一个是雄狮，平时被视为权力和威严的象征，妻妾成群，成天忙于交配，总是睡不够的样子；一个是优美、迅猛而又很害羞的猎豹，几乎很难觅到它们的踪迹。即使是交配后有了幼猎豹的公猎豹，也不陪在妻子的身边，还是独处索居。

这两类动物，平时是井水不犯河水，并无更多的交集。在体型上，两者也相差太远，雄狮的体重在120～240公斤左右，相当壮硕，而猎豹的体重在60公斤左右，修长苗条。狮子比猎豹在体能上也强了许多倍。

"可能是那只雄狮怕猎豹来抢食物。"

我问："咬死猎豹后，雄狮吃它了吗？"

"没有，它没吃。狮子咬死猎豹后就离开了。"他顿了一下，"我和一车子的游客，当时看到这狮子去攻击猎豹，心里都特别着急，但也想不出任何解救的办法。我们不能干涉它们的生活。"

他的惋惜之情至今溢于言表。那个野生的世界，有着自己的词汇、语法和句子。

我们无法干涉，只能为这一幕扼腕叹息。

在丛林之中和荒原之上，生命首先是欢歌，然后才是静默的悲歌。

猎豹喜欢趴在树干上休息，经常蹲在枯树上、白蚁丘，或者跃上越野车的车盖，来寻找草原上的猎物，它们的视力、听觉和嗅觉都特别敏锐，有时一些动物还没有任何察觉，已经被猎豹咬住了后脑勺，身体也被其利爪深深地抓住了。它们最喜欢吃的是羚羊，捕获到了之后，先是休息，然后叼着猎物衔到树上，以防斑鬣狗和黑背豺来抢夺。它们看起来细细的脖子，却有着难以置信的力量。

猎豹从静止加速到约90公里每小时的速度，只需要三四秒钟，但这样的速度，只能维持300米左右，如果不能在这个距离内抓住猎物的喉咙或后颈使之窒息，猎豹就会放弃，因为更长的距离，它的小心脏就会承受不了。

当狩猎结束，猎豹这位"短跑冠军"，一般需要休息半个小时才能恢复体力，开始进食。正是出于这样的原因，有经验的向导，在发现猎豹在进食尤其是捕杀时，都不会开车离猎豹太近，因为一旦靠近，会惊扰到猎豹，使它们的身体发生突发情况。一般情况下，车辆离动物的距离需超过25米，由于猎豹特别容易受到干扰，所以要停在更远的地方。

猎豹休憩的这个时间段，恰好能使斑鬣狗、黑背豺和秃鹫闻腥而来。我曾听一位向导说，有一次在捕杀现场，几只斑鬣狗等着猎豹杀死羚羊后，气势汹汹地围拢过去，猎豹只好将自己的胜利果实全部拱手相让。

狮子与白蚁堆

马赛马拉的出名毕竟是有理由的。我在下飞机之后的20多分钟内就看到了猎豹，运气不要太好。

这里成为野生动物观赏之地，与在过去35年间的一个全面的狩猎禁令有着很大的关系，这项禁令大大降低了动物对人类的恐惧程度，这就是为什么野生动物在此见了人不会迅速逃离的一个原因。

2000年之前，在肯尼亚的中国游客数量极少，该旅游市场基本上被欧美游客所独占。1998年8月，美国驻肯尼亚大使馆被炸，造成213人死亡、4000多人受伤。受此事件的影响，欧美的旅行者数量在一段时间内曾一度剧减。肯尼亚旅游局从2003年开始实施"向东看"的市场推广策略，中国旅客开始初步接触肯尼亚，人数缓慢增加。

一只秃鹫在啃食角马的残骨

我们继续巡游。路边一只母狮看来小睡了片刻，睁开了眼睛，然后张大嘴巴，打起了哈欠，发出低沉的从喉头深处传来的吼声，那种吼声如此雌性、圆润、绵长而性感。

以马利介绍说，这里有7个狮子家族。每年7月，当塞伦盖蒂的草原变成了枯黄色，大批的角马和斑马开始北渡马拉河，寻找到新的草场之时，正是等候已久的食肉动物和食腐动物的盛宴开始之际。杀戮开始了。

这些狮群各自占据了一块地盘，一般有几十年时间，已延续了几代动物。在一个族群中，母狮不断地增加，存活时间都比较长，而雄狮则要短命一些，这届的狮王再隔一段时间，就可能会被其他雄狮取而代之。那些雄狮在夜里，也往往睡不踏实，不断地发出低沉的吼声，以警告其他觊觎的雄狮远离一点。

我上次在黄昏时分，目击了3只母狮猎杀斑马的过程。车子开在开阔的草原上，很快就看到许多车子聚集在一起，靠近了一看，是3只母狮和一只小狮子。在金色的阳光下，那只小狮子眼睛晶亮，不时地跟妈妈嬉戏。而另外两只母狮，瞄上了远处的一群斑马和羚羊，开始了迂回包抄，准备去捕食。那两只狮子伏低了身体，掩藏在草丛之间，而后，可能是需要增援的力量，这只与小狮子嬉戏的母狮丢下宝宝，加入了捕食大军。

当时，我们同行的一个朋友，正坐在越野车的顶部吸烟，司机让他迅速下来。因为母狮在进攻时，有时会腾空而起，从越野车上穿过。车上的那位华人导游，曾遇到过那样壮观的一幕：一只母狮从吉普车的上空，如一道闪电，飞腾而过，整个

一只小狮子依偎在妈妈身边撒娇

一只母狮趴在1米多高的白蚁堆上休息

舒展的四肢有四五米长,"那叫一个惊心动魄啊!"他用带着东北口音的语音说着,似乎还有一些惊魂未定。

天色渐晚,眼看着这3只狮子,成钳形慢慢地匍匐着,离那些斑马越来越近,一场杀戮之战即将展开。这3只雌狮并没有相互发出什么信号,仿佛完全凭借直觉——改道,钳形运动,一直到最后的攻击,有着令人难以置信的精准度。那群斑马也不是吃素的,很机灵地散开了。最终,母狮失败了。如果有一匹斑马被狮子快速冲刺,袭击成功的话,母狮会死死咬住斑马的脖子或鼻子,直到斑马窒息而亡。

回忆起那次母狮围猎的情景,我问:"狮子最喜欢吃哪些动物?"

"斑马和疣猪。"想来这两种动物的肉是比较细嫩鲜美的了。

前面离公路50米的地方。另一只母狮趴在高约3米的白蚁堆（Termite Mound）上。非洲的白蚁堆,是动物自己设计和建造的一种奇特的建筑,是非洲白蚁用其唾液和泥土,一点点黏合起来的,最高的我看过有六七米的高度,据说最大的有直径达到30米的。我曾在一个私人保护区,靠近一个刚开始建造的白蚁堆,10多厘米,我试图用脚踩着去摇一摇它,十分坚固，纹丝不动。

这种高几米的白蚁堆，更是无比牢固，里面的结构可以堪比人类的华丽宫殿，蚂蚁按照不同的等级各自居住，有着各种功能的公共空间，其中设计了众多的隧道和导管，包括通风的导管直接通到地下巢中，以获得良好的通风效果。

白蚁堆是建立在地下巢的基础上的，地下巢本身结构就很复杂，由众多馆室组成，白蚁堆也随着不同的白蚁种类，有着不一样的建筑风格，有着各种各样的形状和大小，有的排气孔多，甚至做成烟囱的形状，有的则比较封闭；有的呈半球形，有的高薄呈楔形，一般的主立面都是南北朝向的。这里面最多可以容纳数百万只白蚁。

白蚁是一种古老的昆虫，除了南极之外，它们侵占了全球。白蚁大约起源于侏罗纪或三叠纪，目前在全球有3100多种，尽管这些昆虫通常被称为"白蚁"，但它们在生物分类上并不属于蚂蚁。它们主要吃木材、树叶或是动物粪便。

白蚁有着不同的类别和分工，最底层的是小白蚁，身长不到1厘米，数量最多，它们没有视觉和翅膀，也没有性成熟，自然也不能生育，就只能充当"白蚁皇后"的"工蚁"。这种小白蚁凭触觉与其他的白蚁联系，每天忙于挖地道、建造和修理白蚁堆、寻找食物和水，保持白蚁堆内的空气流通，总之一辈子只能当苦力和小跟班。

个子稍大的白蚁，长着钳子，充当"兵蚁"。它们的任务是保护"白蚁王"和"白蚁皇后"免受其他动物的攻击，当其他的昆虫试图袭击时，这种"士兵"会咬住对方，分泌出一滴棕色的有毒液体。

白蚁家族的统治阶级，是有生育能力的雄白蚁成为"白蚁王"，而更壮硕的雌性白蚁，则成为"白蚁皇后"，它身长6厘米，翅膀伸展开时有7厘米宽，可以存活20年甚至最长到50年之久。"白蚁王"和"白蚁皇后"是一夫一妻制,持续交配，皇后刚开始只会产下10～20个卵，此后会逐渐增多到1000甚至上万个，这些主要都是一些"工蚁"。一些"白蚁皇后"能完成从有性到无性的繁殖，即能产生出自己的复制品，这种现象真是奇妙，也就是说，它们生下的基本上是没有视觉的苦力,"白蚁皇后"的寿命足够长，交欢不绝，还能再造出一个替身来，延续它自己的荣华富贵。

白蚁堆四周的植被一般比较茂盛，吸引着草食动物，这是因为白蚁的挖掘使得土壤更为肥沃，枝叶养分含量更多，白蚁堆里面的水分也更高。由于白蚁味美、富有营养，非洲食蚁兽（Aardvark，又名土豚）、土狼（Aardwolf）和穿山甲（Pangolin）

都喜欢食之。一只土狼在一夜之间，用它长长的黏舌头，能吃大约25万只白蚁。

每次看到白蚁堆，都会忆起美国诗人罗伯特·勃莱（Robert Bly，1926—2021）的《冬天的诗》（*Winter Poem*）——

The quivering wings of the winter ant
wait for lean winter to end.
I love you in slow, dim-witted ways,
hardly speaking, one or two words only.

What caused us each to live hidden?
A wound, the wind, a word, a parent.
Sometimes we wait in a helpless way,
awkwardly, not whole and not healed.

When we hid the wound, we fell back
from a human to a shelled life.
Now we feel the ant's hard chest,
the carapace, the silent tongue.

This must be the way of the ant,
the winter ant, the way of those
who are wounded and want to live:
to breathe, to sense another, and to wait.

冬蚁颤动的翅膀，
等待贫瘠冬日的结束，
我以迟缓的，愚笨的方式爱你，
缄默，偶尔片言只语。

是什么让我们各自隐匿生活？
一道伤，一阵风，一个词，一个根源。
有时我们以一种无助的方式痴等，
笨拙地，既无圆满也未痊愈。

当我们掩藏起伤痕，我们就从一个人退回到一个带壳的生命里。
此刻我们感受到蚂蚁坚硬的胸膛，
它的盔甲，它那沉默的舌头。

这必定是那蚂蚁的方式，
冬日蚂蚁的方式，那些
被伤害却依然渴望生活的人们的方式：
呼吸，感悟他者，并且等待。

在非洲稀树草原上，这些白蚁堆形成的一个又一个奇特的"岛屿"，不少哺乳动物、鸟类和爬行动物，喜欢把白蚁堆作为一个休息室、观察哨位、蹭痒痒的诊所，或是一个躲避敌人的藏身处。白蚁堆也像是"草原上的灰尘"，远看过去，就是一个又一个的神奇"斑点"，而每一个都充满了故事。

我们驶近马拉河。对面河岸上，卧着一条五六米长的鳄鱼。水位很高，水流湍急。两只河马在马拉河的水中，不断地相互张开大嘴,相互轻咬着,这是河马相互拥抱的方式。其中一条的身上满是被抓伤的划痕。

沿着河岸漫行。对面河岸上一片葱茏,其中有一个缺口,两只幼年的狮子在里面的台地上,吃着一匹斑马!两只小狮子似乎对着这只硕大的斑马无从下手,使了半天劲,才把斑马翻过来,可以看到斑马整个腹腔已被掏空了。

秃鹫开始在天空中盘旋。我估计这匹斑马是被几只母狮合围杀死的,之后母狮在旁边的树林休息了,因为一场绞杀绝对耗费体力。然后雄狮过来吃掉了腹腔内的柔软部分。这两只幼年狮子牙齿还不够有力,只能吃点边边皮皮上的小肉。

原野上,斑马、斑鬣狗一一闪过,一只猎豹躺在草丛中,它时而撑起前身,时而张嘴打哈欠,四周是静寂一片。

我们驶入一个小山之上,马拉塞雷纳游猎山庄(Mara Serena Safari Lodge)到了。我在4年前曾入住这里,这次迈入大堂,发现已重新装修过了。整个空间高阔,高十多米,浅黄色的色调,穹顶安装着马赛风格的射灯。往里走,沿着台阶往下是酒

马拉河中的几只河马张开大嘴,最大可以达到150°,咬力巨大

马拉河的对岸林地中,两只幼年的狮子在吃一匹斑马

廊,两座高约 5 米的巨型木雕,站立在两旁。穿过一道宽大的玻璃门,走到了观景台上,这座观景台也是新修的,俯瞰着一片暮色中的开阔草原。一位从德国来的女士坐在椅子上,安静地读书,她手里拿着的是海明威的《非洲的青山》(*Green Hills of Africa*)。

行李生扛着我的旅行袋,沿着台阶而下。整个营地的 74 间小屋,以大堂建筑物为界,分东西两排,依山而建,建筑风格是仿马赛族的民居(Maasai Manyatta)而建,圆形的房屋外形、绿色的外墙和黄色的窗框,很有特色。我上次住的是西侧那一排,这次住在东侧。

来到我的房间,里面有一张大床,书桌,吊扇(因为在旱季的中午,房间内的温度还是有点高的),外侧是阳台,卫生间内设备一应俱全。这面积不算很大,紧凑型的设计。这个营地是核心保护区中唯一的一座大型营地,站在阳台,就可以眺望马拉河,所以如在大迁徙季节入住,看到有动物在渡河,再出发赶过去,都有机会赶上盛况。

晚上 7 点半钟,前往餐厅就餐。餐厅也在主建筑物中,在大堂的东侧。走过游泳池上方的小观景台时,篝火已经燃起,噼噼啪啪地响着，映衬着营地的宁静。走进餐厅，则是另一番的热闹，人声鼎沸，大家都在兴奋地聊着这一天的所见所闻，这片草原上的游猎无疑是精彩的。

餐毕，在餐厅与大堂间的酒吧休闲区休息。一位歌手背着吉他，漫游在各个角落，轻声弹唱着民谣。这个酒吧休闲区，在中央砌着马赛的大壁炉，在各个区域之间，采用马赛风格的椭圆形的门廊和窗框，间隔出不同大小的座席区，既保持了各自的独立和相对私密性，又与整个的空间相连接，站在边缘望过去，这些门廊与窗框层层叠叠，犹如海浪般地向里面推进。

在马拉塞雷纳游猎山庄的林荫处休憩

营地的大堂，设计中充分体现出非洲建筑的传统特色以及非洲的原始建筑风貌

从营地的平台上，眺望广袤的非洲大地。伫立高处，更会发现保护区的开阔与壮美

鳄鱼池旁的早餐和《狮子王》"刀疤"的原型狮子

次日,清晨6点钟的手机闹铃将我唤醒。在房间吃过一些饼干之后,来到营地的入口处,等待司机的到来。晨鸟鸣叫,四周一片安静。

6点半钟,我们准时出发。一路上,出现了一些长角羚(Oryx),它们茶灰色的外形并不好看,但眼睛特别大,晶莹的,有些忧郁的神情。拐过山岗,发现几只狮子,其中一只狮子趴在草丛中睡觉,满头的鬃毛披散开来,隔了片刻才醒过来,直起身子,眼睛还有些睁不开。那只雄狮右眼有点内斜视,这是我第一次发现狮子也会出现这个毛病。它的鬃毛其实挺茂盛的,但眼睛的这点问题,使得整张脸看起来哪里有点不对劲儿了。

一只公黑斑羚带着一群雌黑斑羚在吃草。远处山坡上,十多只大象漫步着,蒿草随风舞动。早晨7点半钟,草原上游猎的车辆渐渐多了起来。我们转了一圈,又回到狮子的身边。它们都趴着,母狮将头偏向一边,似乎有些不高兴的样子,雄狮静静地看着母狮,彼此沉默了很久。

早晨8点钟,我们驶到马拉河的一片林地。我下车,侍者迎上前来,递上香槟酒,随后跟着一位穿着红色披风的马赛向导,走进树林,领我来到河边一张餐桌旁,正对着马拉河,我要在这里享用"鳄鱼池旁的早餐"(Hippo Pool Breakfast)。离我

马赛马拉之晨,一只雄狮在酣睡

香槟、红茶和煎蛋卷,在马拉河畔享用"鳄鱼池旁的早餐"

在对面的河岸上,一条5米多长的鳄鱼张大着嘴

不到2米的马拉河水流平缓,在这里聚集着不少的河马和鳄鱼,它们就要陪着我来感受这样的自然之风。

走到设在林中的临时厨房,食物丰盛。一位厨师在烤着熏肉和香肠,另一位在制作煎蛋卷(Omelette),水果和各种甜点放在纱布拢起来的柜子里,这是怕一些鸟类飞来觅食。

阳光强烈,我静静地吃完了早餐。在对面的河岸上,一条5米多长的鳄鱼张大着嘴。两名持枪卫士站在两旁巡逻。毕竟不远处都是一些危险的动物。

我起身拍下照片。回到我的餐桌时,几只小鸟站在我的盘子里,吃我剩下的一些食物。另一只鸟站在酒杯口,直接在饮酒,不知道它会不会喝醉呢?

餐后回到营地。一块指示木牌,标明了这里的坐标和高度——南纬1°24′09″,东经35°01′34″,海拔为1650米。走到观景台,眺望着山下这片草原。每年动物大迁徙的主战场就在于此,这里也是野生动物的生死竞技场。而现在一切是静寂的,只有两只长颈鹿安静地站在那里,在这一片广袤的土地上。

回到房间,坐在阳台上品茗阅读。下面的坡地上,一只公黑斑羚带着40多只母黑斑羚在吃草。在某一个瞬间,那些母羚羊齐刷刷地转过头来,看着这边,眼睛晶亮无比。

下午开始Game Driving,黄昏的草原,一片寂静,路旁一只黑背豺吃着腐食。这只黑背豺的个子小小的,只有40厘米长的身体。当它从食物上抬头观察四周时,那双眼睛流露出凶狠的光。它见腐食上已啃不到多少肉,就开始走往别处,在路上张大了嘴,令人一惊——它的那张嘴几乎可以张到和他的头部一样大,估计咬力不小。

"生而自由"的理念在营地内无处不在,人们与这里的野生动物和谐相处,连午餐也是共享的

黄昏时分,马赛马拉草原上知名的雄狮"疤面"在漫步。这只狮子的右眼处有一道深疤

黄昏时分,我们驱车去寻找一只雄狮。路上聚集着七八辆越野车,大家渐渐围拢过来,沿着一条土路缓行,车子右侧的草原上枯黄的茅草高耸,这时,一只狮子在草丛中出现了!

我透过500mm的镜头,清晰地看到这只狮子的右眼上有一道很深的疤痕,"疤面"(Scarface)!这是马赛马拉草原上最为知名的雄狮之一。

我对这只狮子的故事很熟悉。它在2008年诞生于玛莎狮群,两岁时与它的兄弟亨特(Hunter)、西基奥(Sikio)和莫拉尼(Morani)一起离开狮群,自立门户。2011年,这只狮子右眼受伤,受伤的原因流传着两个版本的说法:第一种是说它在与其他三个兄弟相互抢夺时留下了这道疤痕,第二种说法是它去偷猎马赛农户的牲畜时,被一个马赛人用长矛刺中

一群黑斑羚有着可爱乖巧的模样

了右眼，导致失明加上伤口感染，它险些难逃一劫而丧命，当地的动物保护部门决定施以援手。当时对"疤面"的医治过程比较复杂，兽医需要车辆、飞镖枪、麻醉剂和药品等物质上的准备才能进行一次治疗，开销也相当巨大。

后来它在经过当地兽医的治疗后，回到了兄弟们中间，也留下了"疤面"的绰号。此后，它们在马赛马拉北侧草原称霸一方，逐渐有了"四个火枪手"（Four Musketeers）的称号，赶走了原来统领玛莎狮群的狮子王，联合接管了玛莎狮群。

这两三年，"疤面"已越来越苍老了，一副暮年沉沉之感。尽管如此，它仍是不少旅行者希望一见的明星雄狮，2019年版的《狮子王》中的"刀疤"（Scar）也是以"疤面"为原型来进行形象设计的。

晚上 7 点钟，夜间 Game Driving 开始。越野车上除了司机之外，还有一个向导和一位灯光员。漆黑的草原上，不时有长颈鹿还有河马在吃草。河马白天都躲在水里，只有在夜间才回到陆地上吃草或树叶。

车子在经过一片树林时，司机没在意开过去了，向导说好像有狮子，司机把车子慢慢地倒回来，灯光一照，果然发现一只狮子，从草丛中慢慢地起身，往树林深

195

黎明前，热气球从营地旁点火升空

里，演习一遍落地时的身体姿势。接着，开始点燃燃烧器，巨大的火焰喷射出来，平摊在地面上的气球一点点充盈起来，直到把载人篮筐拎直了起来。

我们爬进篮筐之后，驾驶员拉大了火

处走，里面又出来一只狮子，从树林中拖出一匹斑马，大口地撕食起来。大约只隔了20米的距离，能清晰地听到撕拉斑马皮肉的声响，加上四周虫子的鸣叫，那一刻四周安静极了。

热气球上的飞翔和马赛村落

次日凌晨5点钟，热气球公司的车子就来营地接我们了。车子行驶在漆黑的草原上，开进热气球的升空场地。驾驶员首先介绍了情况，让每个人爬进侧倒的篮筐

焰，热气球平缓地升空而起，地面上有一些角马在迁徙，渐渐地，一轮朝阳喷薄而出，远处的天空中大约有20只热气球在飞行。

我们的热气球朝着西南方向慢慢地飞行，飞行高度大约在200米，放眼望去，是早晨安宁的草原沐浴在霞光里。地面上有一些斑马穿行在深深的草丛中，在黑夜和黎明的分界线上行走，只露出一个个条纹细腻的背部，那曼妙的

从热气球上眺望非洲的日出

从热气球上俯瞰，斑马在一望无际的草原上飞速奔跑

身姿，宛如草原的诗行。飞行了30多公里后，热气球开始降落，一个巨大的影子投射到地面上，惊起斑马和羚羊四处逃散。

而后，热气球开始落地了，篮筐倾斜过来，在深草里面被惯性所驱动不停地跳动着，我按照以往的飞行经验，双手抓住把手，将整个身体悬空，这样能减少篮筐跳动对身体的摩擦，等篮筐停稳后，我从里面爬了出来，在深草中站直身体，去帮助其他的人下来。同行的不少朋友应该是第一次乘坐热气球，他们被这样的降落方式惹得又惊又喜，发出了一阵阵笑声。

几位黑人服务员端着盘子，迎候上来，给每位宾客奉上了一杯香槟。几米之外，一排餐桌已经摆好，香槟早餐等着大家。晨光和煦，我们享用完了早餐后，漫步在草地上，那些枯草齐腰深，看上去宛如油画。离我们餐桌不到20米的地方，发现了一座界碑，上面两个方向各镌刻着一个字母，一个是"K"，另一个是"T"，这是肯尼亚（Kenya）和坦桑尼亚（Tanzania）两国的国界线，原来我们的这次香槟早餐，就是在国境线旁边肯尼亚一侧享用的。这家热气球公司还真有创意，选择了这样一个有纪念意义的地点。四周只有我们这一只热气球，独享自然。

中午时分，回到营地的草坪上，午餐的餐桌摆放在那里，几只疣猪在草地上吃草，露出两根幽默的獠牙。游泳池正对着开阔的草原，躺在躺椅上让人忘记了时光的流逝，一只疣猪跑到游泳池旁来喝水，更加让人莞尔一笑。

下午去参观马赛土著村庄，那些穿着红色长袍的汉子，在村口等着我们，首先让我们和他们一起跳跃。这种仪式源于他们的古老传统。接着进入村寨，陪同我的一位小伙子在内罗毕读大学，他利用暑假回到村子来当导游，他带我进入一座土屋，低矮的门洞，里面不见阳光，借着手电的光，我依稀可以看到里面的格局，一间是厨房，一间是卧室，下午的房子里是如此闷热。

接着，他带着我走进一家院子，地面上都是羊粪，他说："This is the bank." 他解释说，这些饲养着的牛羊所产生的收入，就是马赛人的经济来源。

走在村子里，好些孩子跟着我们。一个男孩推着自制的玩具——上面是一个塑料盘子，这就是方向盘了，下面是一个树棍，连着两只小轮子。这是他的"玩具汽车"。他就这样推着他的"汽车"，跟着我们跑，脸上充满了笑容，而且我留意到，在村子的孩子们中间，还只有他才有这样的玩具。

马赛土著村庄,当地人穿着红色或黄色的长袍,给这片土地带来了一抹亮色

晚上,回到营地,篝火点燃,一群马赛人在夜空中不断地跳跃起来。他们的步伐、呐喊和矫健的身影,成为非洲记忆的一部分。

From Olare Motorogi Conservancy to Rusinga Island: The Moor Tenderness and Victoria Nyanza

3

从马赛私人保护区到鲁欣加岛屿：
荒原温情和维多利亚湖

在我的帐篷之外，呼吸着新鲜的空气，在澄净的视野中，可以看到长颈鹿和羚羊走过；山谷间有一方池塘，整夜都能听到那美妙的蛙声。那蛙声像是从水中传来的，带着水波的律动，有着一种特别奇妙的混响音效。

那是秘境的回响。

山岗上的游猎营地

中午 12 点半,从马赛马拉的核心区出发,向东北方向驶去。一路上动物不多,只在最后的一段,看到一群秃鹫,在啃食一只巨大的河马尸体。这样的情景,也是不多见的。

午后 3 点钟,经过一路的颠簸,抵达马赛马拉国家保护区东北侧的塔莱克入口(Talek Gate),Mahali Mzuri(斯瓦希里语,意为"秀美之地")营地的越野车已在这里等候。

穿行在路况很差的土路上,司机慢慢地开着,因为稍快一点,整个车子会颠簸得更厉害。路边零星有一些村落,路旁一棵孤独的树下,站着几个孩子,背后是开阔的原野。

沿着土路边走边聊,我们的车开得非常慢,因为路况实在太差了。开着开着,突然前左轮飞了出来,向后面滚去!整个车子一震,朝左侧一斜,趴在了土路上面。

幸亏当时我们的车速特别慢,如快点的话,整个车子都有可能倾覆。我在非洲这么多次,越野车的车轮飞掉的事情,还是第一次遇到。

好在我和司机都没事。我们下车察看车况,由于路上有高起的小土堆,这样刚好垫住车子,不然倾斜的幅度会更大。我们沿着土路找回那个车轮,它已滚到 30 多米远的田地里,然后开始找固定车轮的螺母,我们来回走了 200 多米,也只找回了一颗螺母。

对面驶来一辆小卡车,上面载着十多位马赛人。见到我们的车况,他们立即就停下车来帮助我们。卡车司机是一位比我

几只秃鹫在啃食一只河马的尸体

们这位司机更壮硕的小伙子。他从我们车上拿出千斤顶，抬起车子。其他的马赛人沿着土路，来来回回地在地面上寻找，也没发现其他的螺母。然后两位司机一起将前左轮装上去，然后在其他的三个车轮上，各卸下了一个螺母，固定好了前左轮。

大约 20 分钟，车就修好了。谢过了那些热情的马赛朋友之后，继续缓行。车子终于拐进了一片平坦的草原，水草丰美。司机说，这就进入了奥雷尔·摩特罗吉自然保护区（Olare Motorogi Conservancy）。有一小片小片的湿地，车轮下不时溅出水花。他将车子停到了一棵树附近，黄昏的暖光照耀着，远处一些斑马在移动。

我知道，我们要在这里喝夕暮酒。司机从我座位旁的饮料箱中取来一瓶香槟打开，我们慢饮着，就在这片私人保护区中，享受着这一暖光时刻。

不远处就是营地的简易跑道（Airstrip），一架小型飞机正准备起飞。这条跑道离营地大约只有 20 分钟的路程，主要方便了那些高端宾客。而现在大量的宾客使用的是北马拉（Mara North）跑道，距营地 35 公里的距离，需要 50 多分钟的驾车时间。

很少有人知道，数年之前，这家顶级营地所在的山林，也就是马赛马拉国家保护区北侧的一片区域，曾是何等凋敝的景象。

2006 年 5 月，当地的 277 位马赛村民与保护区达成协议，成立了奥雷尔·奥洛克自然保护区（Olare Orok Conservancy），

几只斑马准备涉水而过

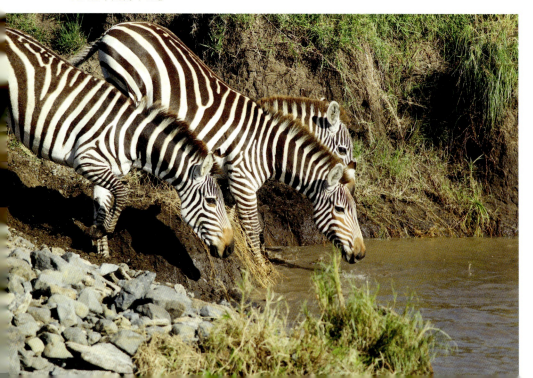

不远处就是营地的简易跑道,一架小型飞机正准备起飞

向导打开一瓶香槟。我们在一片暖光中喝夕暮酒

成为马赛马拉保护区和大马拉生态系统（The Greater Mara Ecosystem）可持续发展的模板。后来,这个保护区扩展到了摩特罗吉（Motorogi）的土地,进而形成奥雷尔·摩特罗吉自然保护区。

在2006年之前,保护区所在的辽阔区域,曾有3.5万英亩(约141.6平方公里)的优质草场、河畔森林和金合欢树林,但整个生态系统被过度放牧所破坏。经过与马赛居民的多次协商,开始对植被进行保护,结合野生动物旅游的发展,狩猎营地每个月拿出一部分收益分配给马赛村民,使他们也能有可靠和稳定的收入,实现了马赛牧民和马赛马拉野生动物生态系统的双赢。此后,保护区再次成为年度角马迁徙路线上的一部分。

这里对旅游业的发展加以严格限制。目前保护区内的5个流动营地,一共只有94个床位,按每辆动物观赏车搭乘6位宾客计算,最多只有16辆车同时行驶,相当于每辆车拥有2100英亩（8.49平方公里）的面积,最大限度提升了宾客的荒野体验值,同时减少了旅游对环境的影响。

静寂之光

继续上路。远远地,瞥见了山岗上那一片帐篷。灰黑色的营帐顶部,浅砖红色的边缘线条,像是一条条彩带,有着优美的形态,掩映在绿色的丛林之间。我知道,那就是我们预订的营地。

车子沿着一条崎岖的山路,在碎石之间慢慢地爬行,终于驶上一条稍微平坦些的土路,然后拐入一条宽一点的土路,驶近营地门口的时候侍者已端着毛巾和饮料,迎候在入口处。值班经理带着我沿着铺在地上的木板甬道走进营地。首先到达的是中央休息区,中间是篝火的铁架子,

Mahali Mzuri 营地钢拱帐篷的曲线与自然环境和谐相称

远远地,就可以看到 Mahali Mzuri 营地那设计前卫的营帐

清晨,一名手持梭镖的马赛卫士站在不远处的小径旁

摆放着一排红色的靠椅,面对着苍翠的山谷。

向左转弯。一个帐篷,里面是酒吧。原木的案几上,放着下午茶点和饮料。侍者端来香槟,我把香槟放在案几上,那香槟就在夕阳光下发出迷人的光芒。

这家营地脱离传统思维设计的巨大钢拱帐篷,往往在最初会让人觉得有些惊讶,但当人们置身其间时,会意识到这种现代设计同样与环境和谐相称。由于营地的小型化,也有助于营造一种交际的气氛。

值班经理带着我,沿着一条细碎石的通道,走向我的营帐。整个营地的布局,是在酒吧和餐厅两间主帐篷的两侧,沿着东西方向延伸的山脊,各设立了6顶帐篷。我的营帐在2号,步行了5分钟才走到。经理介绍说,1号和2号是整个营地离主帐篷最远的,也是私密性最好的,比较适合度蜜月的新人。这里总共只有12顶帐篷,其中10顶每顶最多可以住2人,另外的两顶中,折叠沙发床可以容纳两位额外的客人。这样即使全部住满,最多时也只有28位宾客。而营地内常年的服务人员为45人,服务员与客人的比例,已

早晨,一名马赛卫士在营帐外守候

帐篷内的软装,带来一种舒适感

接近2∶1了。

推开门，走进我的2号营帐，里面是门厅。向右转，进入卧室。一张2米宽的大床，一条绿色植物图案的帷幔，从帐篷的顶部飘落下来。大床的对面是透明的纱幔，可以清晰地看到外面宽大的露台。房间内敞开供应零食，冰箱内放满了非洲产的红酒和其他各种饮料，这些全部是可以畅饮的。

她指着床头柜上的一支电筒，我立刻会意，告诉她因为整个营地是没有围栏的，各种动物可以自由穿行的，所以晚上离开营帐去餐厅时，要先用手电站在门口，晃上几圈，等待马赛卫士前来保护。这与我曾住过的不少非洲高端营地相似，但到了晚上，我看到了更高级别的卫士。

从卧室中出来，走进卫生间，里面有一个淋浴间和一只乐家牌子的浴缸，打开龙头一试，水压很高。纱幔外是安静的山谷。在浴缸上木条状的洗漱用品旁，放着一只小黄鸭，上面有该营地的标记。浴室中也有淋浴的设施。两只洗脸盆选用的是小型的圆形式样，以节约内部空间。

走到露台。面积有30多平方米，首先是一个沙发区，然后在外面摆放着两只躺椅，可以让客人举着双筒望远镜，观赏不远处的野生动物。

我在躺椅上面静躺了片刻。午后的阳光，带着野生动物的各种鸣叫，一起扑面而来。我仔细端详着这个营帐的结构，想起这个保护区内有着严格的环境政策和规定，环境足迹需要降低到最低限度，移动帐篷坚持不打地基，同时遵循适当的垃圾和废物处置规定。在这家营地，奢华的不是房间内的摆设，而是可以设计出如此前卫的帐篷造型，又与四周和谐相融。坐拥纯净，私享自然。

两只马赛长颈鹿（Maasai Giraffe）从我的帐篷前漫步而过。马赛长颈鹿身上的花纹好似揉碎的常春藤叶子，脚部也有黄褐色的斑点。这种马赛长颈鹿是最高的哺乳动物，成年雄性通常身高达到5.5米左右，雌性略矮了60厘米。最新研究发现，在非洲的长颈鹿共有四个品种，另外比较常见的是网纹长颈鹿。

下午4点半钟，开始Game Driving，我们首先绕到营地对面的山坡上，来观看营地的全貌。斜阳之下，那些帐篷充盈着宏大的体积感，几匹斑马从营帐前缓缓地走过，烘托出营地的自然气息。过了一会儿，一只长颈鹿走过，它更是给这幅画面添加了美妙的前景。

天色渐暗，可以看到远处的山脉，青黛如烟。山岗上，云霞在后，一列大羚羊排队走过。在另一条山径上，一些大羚羊似乎也与之会合。蓝天深碧。

几匹斑马从帐篷前面的谷地走过

回到营地。在马赛卫士的陪伴下,走回我的2号营帐。晚上7点半,我刚在门口晃动了一下手电,一名马赛卫士就迎上前来。我们手持的手电筒是特制的,前面的玻璃上有一块放大镜,有着很好的聚光效果。一路上,他不停用手电照射小径两旁的草地,有一次照到了50多米外的一头非洲大水牛正在吃草。

没走多远,遇到一位正在巡逻的士兵,背着Heckler & Koch G3A4型自动步枪,这种德国制造的步枪可以填装20发子弹,有效射程800米左右。这位士兵告诉我,他们一共有6个人,由保护区管辖,轮流把守营地的两端,确保客人的安全,同时,他们也是反盗猎的一支武装力量。

中央休息区木板甬道旁的照明灯都是自动感应的,体现出这家营地的环保特色。篝火已经燃起,侍者端上香槟,我和两对来此度假的夫妇一边聊天一边享用餐前小点,浅酌慢品,这是营地生活的一个固定内容,也是一种社交生活。今夜整个营地就只有我们5个客人。

这两对夫妇分别来自英国和澳大利亚。那位英国先生是足球教练,这是他第一次到肯尼亚。大家相见甚欢。

晚上8点钟,移步到旁边的餐厅。烛光摇曳,长条玻璃餐桌由一根粗大的树干支撑着。我们就在这自然的氛围中享用晚餐。

晚餐提供3道菜,头盘我选的是香煎扇贝配橄榄酱(Vierge Sauce),橄榄酱是一种法式酱料,以橄榄油、青柠汁、切碎的番茄和罗勒制成,有一种特殊的香气,将扇贝的美味勾调出来。

我主菜点的是香煎鸭胸配烤玉米糊、蔬菜和橙汁,侍者为我选了一瓶产自南非西开普地区的 Mara 2013 Nyekundu,斯瓦希里语"Nyekundu"意为"红色",酒瓶上系着一根彩色的细珠做成的护身符(Amulet),是肯尼亚一个遥远村落的妇女一边哼着马赛民歌一边手工编织而成的。侍者浅浅倒上一杯让我品尝,我轻摇着观看,这酒有红宝石般的沉郁色泽,细闻有浓郁的李子、香草和黑加仑的混合香味,轻抿一口,口感丰厚,配以鸭胸肉,让晚餐达到了一个味觉高潮。

最后的甜点是苹果和梨酥饼佐以自制蛋奶冻,甜润酣畅。整个晚餐充分利用了当地的食材,并与特色的红葡萄酒,比较完美地结合起来了。

餐后,主厨——一位个子不高、神情有点羞涩的黑人小伙子走过来征求意见,他的手艺受到了一致好评。

今夜整个营地就只有我们这 5 位宾客。入夜之后,所有工作人员都会回到 5 公里外的员工宿舍,留给客人静享这一方秘境。

傍晚,中央休息区被照得通亮,月光透过厚厚的云层照射下来,形成一种静寂之光

这样的狂野清晨

早晨6点钟不到，我即被手机的闹铃叫醒。营帐外的天空中，已布满了朝霞。我用热水壶烧起了开水，泡上了一杯奶茶，然后从密封的罐子里，拿出了一些曲奇，打开阳台的门，坐在沙发上，享受着非洲的黎明。耳边满是喧响的虫鸣。

6点一刻，走出营帐。一位马赛守卫站在不远处的小径旁。他拿着梭镖，身上披着红色格子的披毯，在绿树之间十分醒目。他立刻赶到我的前面，为我带路。漫天的彩云在他的身后浮动。

走到酒吧的营帐，与里面的侍者互致早安。他在这里早已摆放了不少点心，给早上 Game Driving 的宾客准备的。

6点半钟，坐上越野车。早间气温很低，一名马赛卫士拿来热水袋，放在我的膝盖上，再给我盖上毯子。开始起程，20多分钟的行程，都没发现什么动物。这里与在马赛马拉频密地发现一大群大象、一大群羚羊的状态不太一样，碧绿的草原上一片寂静。

终于发现了一群狮子。它们聚在一起，有十多只，在晨光中沉睡。等候了片刻，只有一只母狮，仰起头，张大着嘴，打了几个哈欠，然后又沉沉地睡去了。

司机用步话机与另外一位向导联系。对方告知前方不远处的一丛树林旁，几只狮子刚捕猎完毕。他一踩油门，车子飞速地向前奔去。赶到了那片树林，那片树林直径大约有30米，非常茂密，我们转了大半圈，听到里面有啃食的声音，但无法看到里面的狮子。

正在遗憾之际，突然看到一只斑鬣狗，嘴里叼着羚羊的两条腿，从树丛中冲了出来，它的身后跟着两只黑背豺，斑鬣狗急速地想甩开黑背豺，黑背豺紧追不放，双方一路向低洼的草地奔去。

斑鬣狗身上长着灰褐色的斑点，是一种凶残的动物，食鲜也食腐。一般的说法是，狮子或豹子所猎杀的动物，大约有一半的猎物，都会被斑鬣狗抢走，但也有另一种相反的说法，说斑鬣狗猎取的食物中，也有不少会被狮子或豹子抢夺，但从我在非洲这么多年的现场观察来看，尚未发现狮子、豹子抢斑鬣狗食物这样的事情发生。

坐上越野车，迎着朝霞开始 Game Driving

这还需要更深入的了解。大自然中，并没有太多是非曲直的分野，唯有拼了命也要活下去的基本生存法则。

目前已有研究人员在监测斑鬣狗、狮子和猎豹的数量并将斑鬣狗列为前哨物种，也就是说，正是在这样凶狠的掠食者身上，才能一窥非洲野生动物食物链上的搅局者，并从这个搅局者的行为中，反推出如狮子和猎豹这样的顶级食客的生存轨迹。

我们驾车紧随其后。在离它们十多米的地方，静观其猎食之争。斑鬣狗把羊腿放在地上，大口地啃食着大腿连筋的部分，两只黑背豺一前一后站着，不时地企图靠近食物，这只壮硕的母斑鬣狗，凶狠地将它们驱赶出去。

斑鬣狗已经将骨头上的肉，基本啃干净了。它开始吃其中的一根腿骨，发出"咔咔"的声响，清晰可闻。我此前在一个保护区内，看到一个小型展览中，其中有各种动物的粪便标本，斑鬣狗的基本呈白色，现在我得知了这种凶残的掠夺者，啃食其他动物的骨头，是真的。不一会儿时间，那根长长的腿骨，就只剩下一小截了。

斑鬣狗，也被称为"笑面鬣狗"（Laughing Hyena），因为其会在夜间发出类似笑声的叫声，相当瘆人。它是非洲仅次于狮子的第二大食肉动物，身长95～165.8厘米，高70～91.5厘米。一般体重为40～64公斤，最大体重达到80公斤，比花豹和猎豹都要重。雌性在个头和权力上都大于雄性，雌性体重一般比雄性重14%并占主导地位。由于雌性斑鬣狗的荷尔蒙分泌旺盛，它们的阴蒂肥大，发育成类似阴茎的样子，垂挂下来，初看起来形似雄性，但实际上比雄性斑鬣狗更具有侵略性。

斑鬣狗也是我至今见过凶恶无比的野生动物，连骨头都不放过，成为非洲大陆的顶级清道夫。斑鬣狗头骨的上部较大，下巴较窄，拥有食肉动物中最强有力的头骨之一，经测算，其咬力达到80公斤每平方厘米，比花豹的咬力大40%。

在另一个保护区，我听向导说，曾有醉汉被斑鬣狗从茅屋中叼走的事情发生。难怪当地人说起斑鬣狗就色变。也正因为斑鬣狗是这样的狠角色，它们在西方文化和非洲民俗中，一直属于臭名昭著的角色。早在亚里士多德和老普林尼的著作中都可以找到评述。斑鬣狗一直被视为"丑陋的"和"懦弱的"，或者是"贪婪的"和"愚蠢的"，有着巨大的危险性。我也经常会看到斑鬣狗有时会趴在水边的滩涂上，一身脏兮兮的样子，加上本身身体上的斑点和觅食时难看的吃相，看上去就不太讨人喜欢，世界自然保护联盟（IUCN）的斑鬣狗专家们确定这种负面评论,会不利于该物种的持续生存,但恶名已经形成,也就很难消除。

研究发现,斑鬣狗主要分布在非洲撒哈拉以南地区,目前估计数量在2.7万~4.7万只之间,由于栖息地的丧失等因素其数量在逐步减少。斑鬣狗种群内部,有着复杂的组织结构,属于母系社会,也属于最具有社会性的食肉类动物,能够组织起规模庞大和复杂的社会行为,内部之间公开竞争,雌性只喂养自己的幼崽,而不会互相帮助。

斑鬣狗在猎食时,连皮带骨全部都可以吞下,是非洲所有食肉动物中消化能力最强的。它们可以单打独斗,也可以组成2~5只的小分队直至更大的团队,一旦发现猎物,会进行长达几公里的追捕,速度高达60公里每小时。斑鬣狗耐力极大的一个重要原因是,它有一个比例较大的心脏,占其体重的近1%;相比之下,狮子的心脏只占其体重的0.45%~0.57%。

此刻,天空中盘旋着好几只秃鹫。它们被剩下的一只羊腿吸引过来,最后一共来了十多只,这样总共有了斑鬣狗、黑背豺和秃鹫三支猎食的势力,在相互争斗。

斑鬣狗快速地把第二根羊腿也吃得只剩下了蹄子部分,扬长而去。这时,两只黑背豺急切地扑到刚才放猎物的地方,地面上几乎已没有可吃的东西了。尽管这样,其中的一只黑背豺,还在不停地驱赶另一只黑背豺,还有在它身后虎视眈眈的秃鹫。

黑背豺也撤退了。终于轮到这群秃鹫一拥而上了,除了一些极小的肉末之外,它们也已找不到可食之物了。这场猎食之争中,以凶狠的斑鬣狗的独享而告终。

这场持续了20多分钟的场景,也是我近年来观察这三种猎食者最为精彩的一幕,这就是——非洲寂静的搏斗,生物链上的各种动物,在这转瞬之间,完成了它们的被杀戮、被驱赶或吃独食的不同命运。

我们从低洼的草地开回那片树林,速度很快。我瞥见树丛中有一只母狮的眼睛。赶紧让司机停车。驶近之后,发现了精彩的一瞬——这只母狮正在啃食一只雄性黑斑羚的脑髓。它双爪握住黑斑羚的头骨,用长舌舔着头骨,然后咬开头骨,慢慢地吸食脑髓。

然后,它突然跳了起来,后面有些声响,露出另一只母狮的侧脸,原来旁边还有一位猎食者。即使是狮子这样的食客,也无法慢慢地享用猎物,吃上几口,就需要不断地抬起头来,警惕地注视四周的情况。而那只刚才吃饱了的斑鬣狗,还徘徊在树丛边上,时刻准备着从狮子的嘴里再

秃鹫张开着巨大的翅膀,纷至沓来

十多只秃鹫飞过来扑食,还有一只
黑背豺也伺机而动

树丛中,一只母狮正在吸食一只雄性黑斑羚的脑髓

抢夺走一些食物。

多年前,我第一次来到马赛马拉时,黄昏时分,当时一只母狮放下一只刚生下不久的小狮子,与另外两只母狮合围远处的一匹斑马。那位司机告诉我说,在这样的情况下,小狮子其实很危险,经常有小狮子在妈妈去捕食时,被斑鬣狗叼走的情况发生。

午后的温情

上午近10点钟,我们结束了早晨Game Driving,开回营地。经过一座山岗,远远地看到那些造型别致的营帐,掩映在非洲的绿色丛林之中。镜头稍微偏一点,就看见了我所住的2号营帐和旁边的1号营帐,在青山的背后,昂首挺立着一只长颈鹿,在晨间的阳光下,焕发出一种质朴的光。

在营地餐厅享用早餐。平台边缘的台阶上,有一只蹄兔,张着晶亮的眼睛,在张望着。在酒吧营帐的下面,是一方泳池。碧绿的水,映衬着山谷和蓝天。

早餐后,回到营帐休息。中午时分,温度有点高。这样的山地就是昼夜温差比较大,这估计也是这个营帐如此设计的原因——外层高耸的帐篷飞檐结构，在其下形成了一方空间，使得下面的营帐内的温度不会上升或下降过快。如果没有这层飞檐结构，帐篷内的温度估计会更热。

午后时分，就在阳台上静静地阅读。四周各种的鸣叫，显得整个环境更加清幽。下午4点，来到出口处的候车平台等车。这个平台旁有一棵树，其中的树枝离我的身体不远。我浑然不知这时有什么情况发生了，只见不远处的一名马赛卫士，迅速地奔跑过来，用他手中1米多长的木棍，朝着树枝上用力打去，一条绿色的手指粗细的蛇跌落下来。这条蛇长40多厘米。它顺着木板平台，迅速地逃遁了。我感激地向马赛人致谢。

刚才这条蛇就是顺着树枝爬上来的，如要袭击我，也就是很近的距离了。因为它很细幼，加上颜色与树枝的颜色相近，不留意根本就无法察觉。我后来查了下

我面对着青翠的山谷，享用早餐

资料，这条是幼年的东非绿曼巴蛇（The Eastern Green Mamba），树栖蛇，剧毒，移动快速，人被咬后如不抢救，一般在30分钟内死亡。在非洲，有许多传说和故事，都与这种毒蛇有关。

坐上越野车，开始下午的Game Driving，不远处，一匹幼年的斑马在它妈妈的身旁跑前跑后。它们的眼睛晶亮。司机的步话机再次急促地响起，我知道又有惊喜在等待着我们了。司机旋即一路加速，开到了上午发现斑鬣狗的那片区域。在一片如茵的树丛外围，一只小花豹（Leopard）正和它的妈妈，不断地翻滚嬉闹呢！

这只小花豹看起来已有近1米长了。司机说它大约半岁大，它的妈妈大约4岁。这只小花豹不断地在它妈妈的身上滚来滚去，轻咬着妈妈的肚皮，还把头钻到妈妈的前爪窝内。花豹妈妈大概有点痒，张大了嘴，吐出舌头，一副既享受又有点受不了的样子。这种难得一见的温情，让四周不断围拢过来的车辆上，一阵阵快门声响起来。

它们嬉闹了20多分钟，小花豹才消停一会儿，母子趴在一起，锐利的目光看着四周。在这绿荫如梦之地，那种温情让人在这残酷的动物世界之中，感受到那种可以触摸的热度。

这只母花豹，开始撅起它那条华丽的

一只小花豹正和它的妈妈不断地嬉闹着

豹尾，用舌头慢慢地梳理清洁，然后趴到树干上，小花豹也开始爬树。而后，那只小花豹自己到一边玩去了，它在阳光下的草坪上漫步，还不时地练习着腾跃。母子在草地上游走着，那只小花豹直奔我们的车子而来，它的小眼神里已散发出野性的光芒。不久之后，它即将成长为一个优美而凶猛的捕食者。

花豹是大型猫科动物，也是"非洲五大"中最难看到的动物。到此为止，我也再度看全了这"Big Five"（非洲五大野生动物）——即非洲最有特点的五种野生动物，包括狮子、大象、花豹、犀牛和非洲大水牛。那个世界自由、残酷而快乐。

看到落日消尽。夜色降临，地平线上那一穹匀静的湛蓝中，长颈鹿和黑斑羚化为剪影，越走越远。

回到营地时已是晚上7点钟。半个小时后，在马赛卫士的陪同下，来到中央休闲区。今天的晚餐将设立在这里。篝火熊熊燃起，营地内的近20名马赛卫士，从营地外，和着马赛的号子，低沉而有力地列队而入。他们在篝火前的空地上，在夜空中不断地跳跃起来，那雄壮的节奏，让人热血沸腾。

我忽然忆起多丽丝·莱辛（Doris Lessing，1919—2013）在获得2007年诺贝尔文学奖时发表的获奖感言。这篇感言是莱辛从回忆在津巴布韦三天没吃东西的一些女子开始的，在感言最后的几段话至今读起来，依然令人感奋：

我们拥有语言、诗歌和历史的遗产，它永远不会被耗尽。它一直在那里。

我们有着丰富的民间文学遗产，它们来自年老的故事讲述者。我们知道他们中某些人的名字，但另外一些人的名字已经失传了。讲故事的人来来回回，退回到林中的一片空地，那里篝火燃烧，年迈的巫师们载歌载舞。我们的文学遗产就是始于

夜幕降临，营地里燃起篝火，马赛人表演着热情的舞蹈，让人们再次感受东非独特的文化之美

火焰、魔法和精神世界。这也是今天它们仍然被传承的缘由。

去问问任何现代故事讲述者吧，他们会说，总会有一个时刻，他们会被火感动，我们喜欢称之为灵感，这可以追溯到我们生存竞赛的开始，回到塑造我们和我们世界的大风。

故事叙述者就隐藏在我们每一个人的内心中。故事发生者永远和我们在一起。让我们假设，当我们的世界被战争摧毁，我们所有人被很容易预见到的恐怖所蹂躏。让我们假设，洪水冲毁我们的城市，海平面上升，但讲故事的人还会在那里，因为正是我们的想象力塑造了我们，保持了我们，创造了我们——对于所有的幸事和噩梦而言。当我们被撕裂、被伤害甚至被毁灭时，我们的故事将重塑我们。故事讲述者，也是梦想的制造者，神话的创造者，他们是我们的凤凰，代表着我们大多数创意中最好的一面。

那个可怜的女孩艰难地穿过尘土，梦想着为她的孩子提供教育，难道我们认为我们比她优越多少吗——尽管，我们屯满了食物，橱柜里挂满了衣服以及令人窒息的奢侈品？

我的思绪回到营地。那些马赛号子已经慢慢减弱。夜空宁静下来了，我突然意识到，如同这些故事讲述者一样，我们用汗水与时间雕刻出来的身体和灵魂，棱角越多，遇到光的时候，就会越闪耀。

篝火的火苗也变小了，可能会暂时熄灭，但人类精神永远不死。在非洲的苍穹之下，每一个灵魂都有可能成为这样的故事讲述者。

飞向世界第二大湖泊

清晨，驱车来到了一条简易跑道旁，登上一架小型飞机。飞机向西南方向飞行，前往维多利亚湖区（Victoria Nyanza）的鲁欣加（Rusinga）小岛。在云端50分钟的飞行之后，机翼下出现了一片辽阔的水域，一些渔船在粼粼的波光中航行，这就是维多利亚湖。

该湖位于坦桑尼亚、乌干达和肯尼亚三国交界处，宛如镶嵌在东非高原上的明珠，面积为69484平方公里，是非洲最大的湖泊，仅次于北美洲的苏必利尔湖而位居世界第二。整个湖呈不规则的四边形，从北到南的最大长度是337公里，最大宽度为240公里，湖岸线超过3220公里。湖面的海拔为1134米，最大深度为82米。

英国探险家约翰·汉宁·斯佩克（John Hanning Speke，1827—1864）在1858年

7月发现了这个湖，西方世界得以知晓，当初的名字是阿拉伯人取的"乌克雷韦湖"（Ukerewe），斯佩克将其改称为"维多利亚湖"。

维多利亚湖地区是非洲人口最稠密的地区之一，在距离湖岸80公里以内的环湖区域有数百万人居住，他们几乎都是讲班图语（Bantu）的民族。班图语属于尼日尔－刚果语系，可以细化成500多种方言。整个讲班图语的人数大约为8500万人，分散在整个非洲大陆的南部。

到了20世纪末和21世纪初，湖泊及其周边地区由于过度捕捞，加上污染和入侵物种，如尼罗河鲈鱼（Nile Perch）和水葫芦（Water Hyacinth）的大量繁殖和生长，当地的生态环境备受威胁，维多利亚湖的本地物种已大大减少。在1980年左右，湖中的慈鲷鱼（Cichlids）只剩下1%，比早些时间锐减了80%，目前情况更是堪忧。

鲁欣加小岛位于肯尼亚的一侧，赤道以南100公里处。这样综合的地理因素，使得该地环境舒适，温度在20～28℃之间，但由于路途遥远且不容易到达，所以乘坐飞机成为比较快捷的交通方式。

飞机离姆比塔（Mbita）村落的湖岸线越来越近。鲁欣加岛屿营地（Rusinga Island Lodge）的工作人员已等候在大门口了。这次飞机是直接降落到了营地的简易跑道上，大家都兴奋地鼓起掌来了。

接过热毛巾和饮料，穿过一片棕榈树和开满了野花的灌木丛，来到一片草坪，坐下来享用香槟。面对这开阔的湖面，聆听涛声拍岸而响，让人顿生错觉，这是在

鲁欣加岛屿营地，晨光初升

219

每个房间的前面,都设立了这样的休憩空间,可以观湖,可以静思

非洲吗?

当然是的。鲁欣加小岛是一个特色岛屿,曾有多国的政要在此休养。岛上的这家营地也是唯一的特色建筑,只有8套房间,也就是说最多只能住上16个客人。房间里面积宽大,设计上充分利用了石头材料,体现出湖区的特色。这个小岛在考古学上一直声名远播。在营地后面的山上,考古学家玛丽·利基(Mary Leakey,1913—1996)在1947年挖掘出了1800万年前的非洲原康修尔猿(Proconsul Africanus)的头盖骨,这种原康修尔猿是处于类人猿向现代类人猿进化时期的物种,对于探究人类祖先具有重大的意义。

岛上有丰富的活动安排。上午我们被分成了两组,一组出海钓鱼,另一组进行观鸟之旅(Birds Safari)。我选择了观鸟活动。向导带领着我,沿着湖边的树丛寻觅。在湖边有几只白色的小白鹭(Little Egret)在轻盈地漫步,树丛中一只红胸黑鹎(Crimson-breasted Gonolek),黑冠

一只小白鹭轻盈地漫步在码头边

营地周围的当地居民头顶着木柴而过

红腹,鸣啭尤为动听。这里最多的是织巢鸟,全岛上已发现了 27 个不同的织巢鸟品种。我在镜头里,捕捉到一只黄色红嘴红眼的织巢鸟,相当艳丽。

午后,我们去参观岛上的渔村。湖边停泊着一排渔船,几个渔民在修补渔网。几个洗澡的孩子看到我,有着极强的表现欲,做出一些夸张的表情。远处的湖湾里,一些男人就在那里天体沐浴。村民们很少见到我们这样的旅行者,几乎都热情地围了上来。

下午 3 点,快艇把我送到南面水域上的鸟岛(Bird Islands)。攀爬在陡峭的岩壁上,穿行在满是尖刺的灌木林中,我登上了小岛的顶端。一只非洲鱼鹰(African Fish Eagle)孤傲地立在一棵大树的顶端,夕阳斜照,鸥鸟飞翔,望着像海一样辽阔的维多利亚湖,快意油然而生。

一个孩子躲在树后,向我张望

妈妈在湖里洗刷,两个孩子在木船边玩耍

一只白身黄嘴棕黑翅的非洲鱼鹰，孤傲地立在一棵大树的顶端

维多利亚湖上,夕阳斜照

黄昏时分,接应我们的两辆快艇乘风破浪而来。我和其他朋友会合后,两艘快艇用缆绳连接在一起,水手端出了香槟和小吃,我们面对着夕阳,喝夕暮酒,直到最后的晚霞在远处消失。

解缆而归,回到码头,一排蜡烛沿着长堤摆开,天际一派幽蓝。来到餐厅,一顿美食在等着我们,这里的尼罗河鲈鱼颇为美味,也是大家都乐意去品尝的。

餐后,大家聚在湖畔亭子里,凭栏而坐。新月、碧湖、涛声……所有的浪漫元素都有了。非洲另一面的雅致在宁静中细品如梦。

维多利亚湖区的黄昏,美如深碧的海洋

Chapter 4
The Troubadour Wonderland

敬畏之地，
大陆深处的流浪精神

从津巴布韦到南非，有着各具特色的私人自然保护区。我乘坐"非洲之傲"古典列车开启旅程，然后到东开普省，一路向纵深穿越，眺望银河，在帐篷里聆听动物的啼叫。

在东开普的卡鲁平原上，女艺术家海伦·马丁斯（Helen Martins）建造了一座奇特的"猫头鹰之屋"，把墙壁、天花板包括门上都贴满了玻璃碎片，像一个隐士一样地生活着。她正是秉承着一种流浪精神，对心目中的王国探究不已。

From Victoria Falls to Bulawayo: The Lion Cecil was Murdered by the Hunter

1 / 从维多利亚瀑布到布拉瓦约：
逝去的塞西尔

2015年8月初，一只名叫塞西尔的雄狮，在津巴布韦的万基国家公园外，被一个美国猎手杀害，引起了全球的关注。这是近几年来一起引发舆论风暴的猎杀事件。此后人们的视线不断投向万基国家公园。那曾是一片寂静而枯黄的土地。

这里也是2007年诺贝尔文学奖得主多丽丝·莱辛生活过的地方，那时津巴布韦还叫罗得西亚。她的小说《金色笔记》（*The Golden Notebook*）曾被国内读者广泛地阅读着。

维多利亚瀑布的轰鸣

中午时分，抵达了津巴布韦的哈拉雷（Harare）国际机场。然后，转乘津巴布韦的国内航班，抵达了维多利亚瀑布城（Victoria Falls Town）。

从机场出来，沿着一条简易的公路驶向酒店。路旁是干涸的草原，一些树木突兀地竖立其间。树荫下面，一些妇女带着孩子在进行手工编织，一幅非洲的图景。当地的朋友指着这条土路说，在晚上，一群大象会跨过土路，到不远处去喝水，而现在我极目远望，四周静寂一片，只有干枯的树丛。

维多利亚瀑布城，是津巴布韦的北马塔贝莱兰省（Matabeleland North）的一个小镇，位于赞比西河的南岸。人口有35700多人，在经历了20世纪30年代到60年代，以及80年代到90年代初的两个发展时期之后，依托旅游业，小镇已稳步地发展起来了。

抵达酒店，感觉空气中特别湿润，这里紧靠着维多利亚瀑布。稍事休息后，从酒店出发，不到5分钟，就走到了维多利亚瀑布前。

维多利亚瀑布这个名称，是由苏格兰探险家戴维·利文斯敦医生兼传教士（Dr. David Livingstone，1813—1873）取的。1855年11月16日，他成为第一个到达此瀑布的欧洲探险家，他以维多利亚女王的名字来加以命名。当地土著用汤伽语（Tokaleya Tonga），一直称之为"莫西奥图尼亚"（Mosi-oa-Tunya），意为"雷鸣烟雾"。1989年，该瀑布被列入《世界遗产自然名录》中，并对这两种名字都加以正式承认。

许多当地人比较喜欢这个"雷鸣烟雾"的昵称，因为它比较准确地定义了瀑布。1964年，赞比亚获得独立后，当局改变

维多利亚瀑布旁，矗立着一座利文斯敦的塑像

维多利亚瀑布的壮阔景象

了许多城市、街道和建筑物的名字,将英国名字改为了非洲名字,除了利文斯敦(Livingstone)的城市名和维多利亚瀑布,这也折射出赞比亚人民对这位苏格兰传教士的敬重之情。在津巴布韦这一侧,一座利文斯敦的塑像正对着壮阔的瀑布。

维多利亚瀑布,宽1.7千米,高108米,位于赞比亚和津巴布韦之间的边界,是世界七大天然奇观之一。2013年2月11日,在阿鲁沙,坦桑尼亚宣布了"非洲七大自然奇观",除了维多利亚瀑布,还包括如下景区和景观:乞力马扎罗山(Mount Kilimanjaro)、尼罗河(Nile River)、恩戈罗恩戈罗火山口(Ngorongoro Crater)、撒哈拉沙漠(Sahara Desert)、奥卡万戈三角洲(Okavango Delta)和塞伦盖蒂动物大迁移(Serengeti Migration)。

观看维多利亚瀑布的最佳季节,一般可以选择在两个季节。雨季从11月下旬到4月上旬,水量丰沛,使得瀑布更为壮观,但随之产生的薄雾,会降低整个瀑布区的能见度。到了六七月时,水位仍然很高,足以展示瀑布的壮观,但水量较少,烟雾更少,能见度则提高了。

沿着步道漫行,空气中弥漫着细小的水珠,将我的相机和镜头都打湿了。走到一个平台,这里几乎是观看的最佳处,壮丽的维多利亚瀑布展现出它的全貌,水流

一位少年站在瀑布顶端的水流旁垂钓

冲击，蒸气上升，薄雾弥漫，很快就让人理解了这个名字——"雷鸣烟雾"。在对面的水流平缓处，一个赞比亚少年，只穿了一条短裤，站在水中垂钓，他看见我们，热情地挥手致意，我们也是。在这如此宽阔瀑布的两岸。

在这样的高水位时节，近 20 公里之外这座瀑布都可以被看见。而在满月时，不断升腾的水雾，有时会形成"月虹"（Moonbow）现象，神秘而诗意。与平时日光所形成的彩虹，有着完全不同的风格。

赞比西河畔和寂静的万基国家公园

次日下午 2 点多钟，驱车来到赞比西河畔（Zambezi River）。一条宽阔的河流，静静地流淌着，上面有几艘绿色的独木舟在滑行着。我们登上一艘游船，慢慢行进在河面上。从岸边，走来了一群大象，它们在吃着树叶，其中一头公象，胯下的器官慢慢挺直了。

　　这群大象走进了河中，水不算深，只淹到了它们的背部。那头已发情的公象，朝着一头母象骑跨上去。静静的水流，掩盖了细节。这是野性的水中情爱。

　　凝望着这条赞比西河。它是非洲第四大水系，排列在尼罗河、扎伊尔河和尼日尔河之后，它发源于赞比亚西北角的姆维尼伦加区（Mwinilunga），从一条溪水发展成为贯穿6个国家的大河，全长2574公里，流域面积超过157万平方公里。河流的旅程从非洲中部高原开始，一直通到印度洋。具体来说，从赞比亚起源，流经安哥拉东部，沿纳米比亚东部边境和博茨瓦纳北部边境，然后沿津巴布韦和赞比亚的边境，最后进入莫桑比克，汇入印度洋，其中有不少区域还属于欠发达地区，保留着比较完好的原始风貌。

　　在这其中的500公里的河段，作为赞比亚和津巴布韦的边境界河。它带着雷鸣般的声响，从维多利亚瀑布一泻而下后，再通过狭窄陡峭的巴托卡峡谷（Batoka Gorge）前行，这是适宜于进行急流泛舟的河段。再往下，进入了宽阔的格温贝河谷（Gwembe Valley）。

　　这条大河繁育了大量的野生动物，包括河马、鳄鱼和蜥蜴，鸟类品种也很丰富，其中有苍鹭、鹈鹕、白鹭和非洲鱼鹰。河

泛舟在赞比西河上

岸林地则是斑马、长颈鹿和大象的家园，赞比西河中养育着数百种鱼类，重要的品种包括慈鲷鱼（Cichlid）、鲇鱼（Catfish）和虎鱼（Tigerfish）等珍稀品种。慈鲷鱼，身体上有着比较鲜艳的色彩，经常会被人们养在家里的水族箱中。

这条河很宁静，吸引了来自世界各地的游客。这会儿河段上就聚集了三艘游船，河面上波光粼粼，一直看到江面上薄雾升起，大象走上河岸，慢慢消隐在树丛之间。

第三天早晨，向东南方向驱车109公里，抵达了万基国家公园（Hwange National Park）。这座国家公园以当地一位翰兹瓦族（Nhanzwa）的首领命名，位于津巴布韦的西南角，占地约为14650平方公里，是津巴布韦最大的国家公园。早在19世纪，它是马兹利凯兹（Mzilikazi）的皇家猎场，马兹利凯兹是恩德贝勒的勇士国王（Ndebele Warrior-king）。在1929年，成为一个国家公园。

我们入住该国家公园外围的万基狩猎营地（Hwange Safari Lodge），这家营地大约有100个房间。一个长长的观景平台上放着躺椅，可以隔着一条壕沟，观看到下面干枯河床上，不时走过一群群大象，还有长颈鹿前来饮水。长颈鹿的美腿太长，当它靠近水池时，首先仔细观察有无鳄鱼等危险动物的存在，然后再慢慢地分开前腿，将脖子贴近水面，整个过程都是小心翼翼的。

下午4点多钟，从营地出发，前往万基国家公园的主入口。一路上行驶在土路上，两旁布满了土黄色的丛林，视野有限，沿途有几只长颈鹿在漫步，刚停下车，它们就消失在树林之中了。

行驶了20多分钟，来到了主入口。从大门进入，是一片静静的原野，有一些羚羊在游动。我们登上一座5米多高的木质瞭望台。干涸的地面上，有一方小小的水池，两只河马在里面洗澡，滚得满身的黑泥，相当有趣。由于整个公园的大部分处于喀拉哈里沙地（Kalahari Sands），非常缺水。这个水池内的水，是用水泵抽上来的，以供应这些动物的日常饮用之需。

这时，从东侧来了一支大象家族，棕黄的肤色，队伍的排列讲究——雄象率队，母象殿后，小象穿插在其中。它们一靠近水池，那两只河马就立刻让出了位置。

这些大象不断地饮水，这些水已不是清洁的水，而是黑色的泥浆。几头小象在里面翻滚着，开心地与大象妈妈嬉戏。

过了一刻钟，从西侧走来了另一支大象家族，这家的肤色明显要黑许多，于是黄肤色的这个大象家族起身让位，让黑大象群进入水池。彼此之间，有着动物之间的默契，无不打扰。

一群大象结束在水中的嬉戏,归于树林之间

夕阳慢慢西落,在浅黑色的树林上,一轮淡红色的圆日,已看不到任何强烈的金色光芒,显得如此宁静。

晚上,开始夜间的游猎。两台越野车开着大灯,行驶在旷野之中。尽管穿着冲锋衣,依然觉得凉风袭人。我的车上,坐在前排左侧的向导举着灯,不断地向两旁寻找动物。我们发现一些羚羊、狒狒和蹄兔。

我们的车停了下来，在前面探照灯的照射下，一只黑斑羚伫立在广阔而漆黑的原野中，那光线给它描上了一层光边，如此优美，我似乎是第一次看到这样奇特的场面，那种明与暗、大与小、生命与荒芜的强烈对比吸引了我。

但只过了几秒钟，前方的探照灯就熄灭了。那只羚羊在瞬间就被暗夜吞噬了。许多美妙的瞬间都是转瞬即逝的，这次也是一样。

继续巡游。没有发现更多的动物。整个感觉就是一片巨大的干涸草原，那些动物散布在各个角落，且需要停留足够长的时间，才能够看个仔细。

第四天，晨起游猎。运气还不错，遇到一只雄狮，横卧在路边不远处的草丛中，

几只红嘴牛椋鸟栖息在长颈鹿的身上，吃长颈鹿的死皮。它们构成了动物界奇妙的共生关系

黄昏时分，大象在泥潭里喝水嬉戏。由于水源匮乏，保护区里人工修筑了一些水塘，靠抽水机将地下水抽上来，以供野生动物饮用

夕阳下，斑马的眼睛晶莹剔透

数百头非洲大水牛聚集在一起。这种水牛脾气十分粗暴，且数量庞大，发怒时连狮子也要害怕几分

晨光升起,一只雄狮刚刚醒来

清晨的万基国家公园,一只疣猪站在旷野之中

披着金色的暖光。在另一处山坡上，一只犀牛在食草，还有一只疣猪在跑动着。疣猪是狮子最喜欢捕食的猎物之一。

越野车经过一片干涸的河床。200多米开外，聚集着200多头非洲大水牛，我采用500mm的镜头，加上了1.4倍的增距镜，拍下了大水牛与古老树木叠合在一起的画面，极富视觉冲击力。同车的一位宾客试探着问司机，看他可否将车开得再近一些。司机果断地摇摇头。

显然，两百多米已是安全距离的极限了。这群危险的大水牛，脾气暴躁，如惹到了它们，它们冲过来的话，我们的车子在顷刻间就会车翻人亡。这就是残酷草原的另一面。

雄狮塞西尔之死

2015年8月初，一只名叫塞西尔（Cecil）的雄狮，引起了全球的关注。塞西尔是一只13岁的狮子，生活在万基国家公园，是整个公园里的明星动物并被牛津大学作为长期观察和研究的物种。

事情的缘起是，在2015年6月底，一个叫沃尔特·帕尔默（Walter Palmer）的美国人，首先用十字弓击伤了塞西尔，然后跟踪了近40个小时，在7月1日，最终用来复枪结束了塞西尔的生命。这次杀戮引起了国际媒体的关注，也激起了动物保护主义者的愤怒之情，不少名流纷纷谴责帕尔默的行为。

帕尔默是一名从美国明尼苏达州来的牙医，交付了津巴布韦有关当局5万美元的费用。有关方面配备了专业向导，容许帕尔默猎杀一只狮子。在当地向导的协助下，引诱着塞西尔，让它走出原来的地盘。帕尔默打死塞西尔后，割下它的头部，剥下了狮皮。后来，塞西尔的无头骨架被公园人员发现，它的跟踪项圈也不见了踪迹。

塞西尔，是以英国殖民者塞西尔·约翰·罗德斯（Cecil John Rhodes，1853—1902）的名字来命名的。在2008年，塞西尔和另一只被认为是塞西尔弟弟的狮子，在万基国家公园引起注意。2009年，塞西尔和它的弟弟，在与另一只狮子争夺狮王的角斗中，塞西尔的弟弟被杀，塞西尔和另一只狮子都严重受伤，随后护林员处死了另一只狮子。塞西尔撤退到公园的另一隅，建立起自己的王国，这个狮群后来发展壮大，一共有22个成员。在2013年，两只年轻雄狮从公园东部边境闯入，塞西尔被迫撤离了原来的领地，与另一只名叫耶利哥（Jericho）的雄狮，结成了同盟。

塞西尔逐渐成了整个国家公园中最著

名的动物。它的黑色鬃毛成为一种标志并被戴上了GPS跟踪项圈。塞西尔也适应了这种被围观的生活。一些越野车甚至可以停到10米之内的地方，让游客近距离地观赏与拍摄。从1999年起，牛津大学的野生动物保护研究中心开始对此地的狮子启动研究项目，先后一共有62只狮子被戴上项圈，其中有34只狮子逐渐死亡。没想到这次竟轮到了塞西尔。

仅在2013年就有49只狮子被猎杀后，制成了标本，被运出津巴布韦。在2005年到2008年，通过注册猎杀（Licensed Kills）的方式，平均每年结束42头狮子的生命。目前，在全非洲，估计尚存有25000～30000只狮子，但很显然，总数在不断地减少。

英国一家媒体报道说，独立提供信息的人士曾"看到有关狩猎许可证的副本"。执法人员在展开调查后，塞西尔是在万基国家公园附近的一个农场被杀害的，也就是说，购买了狩猎枪支的使用权是合法的，但这次杀戮已超出了规定的国家公园的范围，因而被认为是非法的。

尽管对此事合法与否，各方有所争辩，但此事最终不了了之。因为帕尔默获得了猎杀许可证，在手续上是完备的。

在一般情况下，当狮王更替时，新的狮王会将以前雄狮的后代全部咬死。在塞西尔死后，牛津大学的研究人员很担心，另一只叫耶利哥的雄狮，会不会处死塞西尔遗留下的6只幼狮，但后来惊喜地发现耶利哥不但没有杀死塞西尔的幼崽，而且还保护这些幼狮免受其他雄狮的欺负。

在塞西尔死后的5个月后，美国鱼类和野生动物服务机构（the U.S. Fish and Wildlife Service），将非洲西部和中部的狮子列入了濒危物种名单。其他一些国家和公司也采取了行动，法国已宣布禁止进口狮子标本，英国从2017年起，实行此项禁运。此后有四十多家航空公司相继表示，它们将不再运送狩猎后的动物标本。

塞西尔被杀两年后，它的雄崽赞达（Xanda）遭遇了类似的命运。2017年7月20日，赞达被猎人合法射杀。赞达年仅6岁，已是几只幼崽的父亲。这一情况再次引起了环保主义者的悲悯之情。牛津大学动物学家呼吁在万基国家公园周围建立一个占地5平方公里的"禁猎区"，以保护那些看似雄壮实则可怜的狮子。

除了塞西尔被猎杀之外，2011年，9头大象、5只狮子和两头水牛，在万基国家公园被偷猎者杀害。这几年，盗杀的方式也层出不穷，2013年10月，发现了偷猎者将氰化物投放到水塘中的情形，致使大象群惨遭毒杀，有关专家认定这是南部非洲地区25年来最为严重的屠杀动物事件。此外,其他的一些动物如秃鹫、狒狒等也经常一并被毒死,造成现场尸横遍地的惨象。

布拉瓦约:紫色迷情,飘着蓝花楹的城堡

离开万基国家公园,驱车约330公里,前往布拉瓦约(Bulawayo)。

津巴布韦属于非洲东南部内陆国,是南部非洲重要的文明发源地,遗留下不少文化遗迹,其中最主要的是大津巴布韦古城。其在11世纪时渐渐强盛,利用黄金、象牙与铜矿等物资,交换来自波斯湾地区的布料和玻璃,15世纪时,已经成为非洲南部最大的邦国。

途中我们在一个小村落停留,拜会几户人家。当地人热情地接待了我们,在一位小伙子的陪同下,进入他们的卧房,里面几乎没有什么像样的家具,泥土的地面,被踩得很光滑。走入厨房,一口大灶,墙面上整齐地挂着各种餐具。最后走到这个家族最年长者的房间,他花白的胡子,披

一个村落中的最年长者用各种骨头制成的占卜用具,给我们算运程

津巴布韦的石雕和木雕造型拙朴，十分具有视觉表现力

着一条红色的围巾，很有范儿。他坐在地上，用各种骨头制成的占卜用具，给我们算了一卦运程，然后用当地的绍纳语，悄声地告诉陪同的小伙子。小伙子翻译过来，用英语说，这趟行程会不错，但要注意到一些小问题。

果然，行驶了100多公里后，发现我们乘坐的旧中巴，散发了一股浓重的汽油味，让司机一查，车厢后部的某处漏油，赶紧让司机找个沿途的修理厂进行维修，不然遇到火苗，恐怕会很危险。

修完车子，继续前行，傍晚时分，抵达布拉瓦约。正是南半球的春季，满街都是一幅让人无法忘怀的舒心画面：满街的树都开满了一种紫色的花——蓝花楹（Jacaranda），空中飞满这种紫色的花瓣，让人的情绪一下子安静下来。

这是在布拉瓦约——津巴布韦的南方

之城。布拉瓦约是津巴布韦第二大城市，位于南部高原上，海拔1345米，地处南部非洲中心地带，历来是交通要道的交会点。

街上矗立着很多古雅的历史性建筑物，还有着令人惊讶的宽阔街道。因为早在1893年时，此地被英国殖民者所占领，兴建城市并作为向中南部非洲进行扩张的据点。依据当时的英国殖民首领塞西尔·约翰·罗德斯的要求，街道必须要有足够的宽度，"要能够使一辆牛车在街道上自由地掉转方向"，以这样简单明了的指令来建设一座城市，似乎也是很少见的，但也足以说明他的智慧——用最简单的事物，来说明复杂的事情。

"南罗得西亚的国土在南部非洲的地图上呈盾形，一片鲜艳的粉红色，因为塞西尔·罗德斯曾说过，整个非洲的地图，从开罗到好望角，都应当涂成红色，唯如此才能由外及里地表达这片大陆效忠于大英帝国时的幸福。"英国作家多丽丝·莱辛在1992年出版的回忆录《非洲的笑声：四访津巴布韦》（African Laughter: Four Visits to Zimbabwe）中曾这样写道。2007年，莱辛获得诺贝尔文学奖，颁奖词称她为"女性经验的史诗抒写者，以怀疑、激情和远见审视了一个分裂的文明"。

布拉瓦约的自然历史博物馆，是南部非洲中规模最大的自然博物馆之一，我在里面看到了制作精细的狮子和羚羊的标本。那天刚参观还不到10分钟，就停电了。那里面的几位工作人员很开心，就收拾下班了。

我住在布拉瓦约郊外一座古老的内斯比特城堡（Nesbitt Castle）里。在门口旁有一个城堡的标志，上面有一行字"Courage-Faith-Humility"（勇敢-忠诚-谦逊）。城堡内外满是紫色的蓝花楹，落满了台阶和碎石的小路。在游泳池旁，更是落满了花瓣，连水池上也漂着蓝花楹的花朵，这真是一个紫色的世界。

我的房间是以当地的一位部族首领的名字来命名的，布置得香艳，巨大的帷幔从房顶挂下来，宛若是给新人们准备的房间。浴室里，有一个维多利亚爪足式的浴缸，我开窗通下风，瞥见窗外的几棵蓝花楹。

下午3点多钟，城堡里突然停电了。我的房间和卫生间的窗户上聚集了100多只蚊子，这要是到了晚上怎么得了！由于怕有更多的蚊子进来，我关上了所有的窗户，然后发现，蚊子基本上都在玻璃和厚丝绒窗帘之间，这样我就用窗帘平贴着玻璃，然后用手像推土机一样，在窗帘上压过，只见蚊子一只只地从窗帘的下面掉出来，就这样忙乎了10多分钟，房间里的

布拉瓦约郊外一座古老的城堡内,保持着殖民地时代的格调

蚊子消灭了一大半,但这时,房间的空气变得越来越浑浊,我也无法再战,只好撤退到城堡的花园里。

坐在花园里紫色的花丛下读书,顿觉安静。以前一直就喜欢紫色,但真正置身于一个紫色的世界,却是不多见的。紫色的忧郁、神秘或者馥郁,此刻都被一种紫色的安宁感所替代。

晚餐之后,依然坐在紫色花盛开的院子里。躺在躺椅上,眺望着银河。紫色的蓝花楹还在飞扬,纷纷地落在我的肩头。落英缤纷,午夜安澜。

深夜回到城堡里面。大堂里已空无一人,灯光温馨,墙上挂着殖民地时代的一些枪支和狩猎品,地面上还有一只巨大的鳄鱼标本陈列着。我摇动老式唱机,听着黑胶唱片里的歌谣,在书桌前品读着当年的一本探险史。

读累了,回到房间,依然有许多蚊子在飞着。我于是将我所有裸露的部位,包括脸、手和肩部都涂上了特效驱蚊露。据说这种驱蚊露的原理是通过干扰蚊虫触角的化学感应器,使蚊虫无法感应人体表面的挥发物,从而使人避开了蚊虫的叮咬。

效果还真不错,所以那天晚上尽管耳边不断听到蚊子的嗡嗡声,但始终不见它们来叮,那种感觉也很奇特,好像是我看到敌人已经到了眼皮底下,但它就是不知道进攻方向,只能盲目地飞来飞去。

累死它们!

The Pride of Africa-Rovos Rail and
Eastern Cape under the Starlit Sky: The
Owl House that Let the Hearts Sting

2 / "非洲之傲"和星光下的东开普：
刺痛内心的猫头鹰之屋

这是一场回到过去的旅行，是一种被刻意保留下来的古典生活方式。

1940 年制造的老式列车，以 60 公里的时速，行进在南非大地上。一边是古旧典雅，一边是现代激情，时空汇聚在一起，让人仿佛生活在与当下生活平行的另一条轨道上。

而东开普省有着长达 820 公里的海滩，也是南非最适宜户外探险的省份之一，其中从东伦敦市到伊丽莎白港这段海岸，有着"阳光海岸"的美称。

那个午后,我将时常会记起

抵达约堡机场,然后前往比勒陀利亚。我搭乘了"非洲之傲"(The pride of Africa-Rovos Rail)列车,从南非比勒陀利亚到德班,体验了一段游猎旅程。

比勒陀利亚的南部有一个特殊的车站,经常可以看到许多蒸汽机车拉着嘹亮的汽笛,喷着烟雾驶进驶出。这不是某个电影的拍摄场地,这是一个真实的场景,是一群渴望回到古典生活的旅行者的梦想之地。这里就是"非洲之傲"的私家车站。

"非洲之傲"列车曾被比喻为"陆地上的邮轮",但在我体验之后,发现这不太确切,它是一种在非洲大地上的古老的陆地交通工具,也是让记忆追溯古老非洲的方式,从这个意义上来说,"非洲之傲"是独一无二的。蒸汽火车加上非洲,仅此就足以让它深具魅力。

上午10点钟,经过一个欢迎仪式后,我踏着红地毯,走向列车。列车车厢外面的颜色是墨绿色,沉着低调。登上列车,

"非洲之傲"列车行驶在非洲大地上

蒸汽机车上的各种仪表十分复杂

比勒陀利亚"非洲之傲"的私家车站。古典蒸汽机车整装待发。站台上,一位白衣绅士沉思的瞬间,两位淑女轻吟慢行的背影,让人仿佛回到过去

蒸汽机车上的"非洲之傲"标记

"非洲之傲"列车的工作人员在列车停驶时巡视

就迈入了一个棕红色调的世界。找到我的房间——房门上贴着我名字的标签，拉开推拉门，进入到我的套房，一个温暖而古典的空间。

门被轻轻敲响，一位明眸皓齿的白人姑娘出现在门口，穿着黑色的毛料制服，微笑着说她是我的私人管家希拉（Cila）。希拉给我介绍起车厢里的设施和服务。家具和内饰都采用名贵木材，地板在冬天有加热功能。床的上方有衣帽钩，只要把需要整烫的衣服挂在上面，她就会自动收取，旅途中可以免费洗涤衣物。

房间里配备的物品周全。她拉开柜门，我看到在柜子里放着一个硕大的洗漱包，里面除了洗漱用品外，还放着许多特殊的物品，如一瓶含有 Rooibos 成分的护手霜，Rooibos 是南非特有的一种茶叶，里面不含咖啡因；两袋防晒霜和驱蚊露，还有一小塑料袋的急救用品，足以看出安排的细心。为了便于开窗观看，还配备了一副风

镜。房间内的设备也一应俱全。卫生间里的水压很高，只有几秒，洗澡水就达到了理想的水温。

这趟列车上只有41位旅客，只相当于一架大型客机里商务舱和头等舱的人数，他们分别来自英国、德国、南非、瑞士和爱尔兰等地。

在列车上，私人管家完全是隐身的服务，每次我离开房间，再回来房间就已经被收拾得干干净净，连我落在床上的笔，都被她放到了书桌上的文具盒里，服务细致到每一个细节。而在临下车前，我最后检查物品，发现那个洗漱包里的东西已经填满。

列车开出两小时后，大部分旅客还在休息。在那个午后，空旷的观景车厢外，我看到有一群随车奔跑着的黑人孩子，他们不断地向我挥手致意，我也不断地向他们挥手致意。火车跑了很长的一段距离，他们还在不停地跑着。挥手不断，笑脸依

然。我放下相机。因为视线有些模糊，眼睛竟有些潮润。我以前在非洲也曾多次遇到这样热情的场面，只是此情此景，如此安静，阳光无语，非洲广袤的大地在不断向后退去，我再次回到非洲，突然感动起来。

那个午后，我将时常会记起。

在上车以前，我就知道车上没有电视和电话，手机和笔记本电脑不建议在公共区域使用（在很长的一些年头，列车上是严格禁止在公共区域使用手机的。这几年慢慢有所改变。手机需要开启静音功能，但在公共区域拨打和接听电话依然是禁止的），而一般只可以在自己的房间里使用，以至于时间一下子多了出来。原来可以有这样多的时间来交流、来阅读、来享受大自然。之后我专门拜会"非洲之傲"的创始人罗汉·沃斯（Rohan Vos）先生，他说："现在许多人习惯对他们的狗狗说话，却不习惯与他人多说话，微笑也正在失去。车上没有安装中央空调，是为了让旅客可以闻到窗外的花香。"

彩虹飞架在列车驶过的大地上

细雨飘起,我把手伸到景观车厢的外面。隔了不久,小雨初歇,夕阳刺破乌云,给几位旅客的脸上披上一层金光。侧身眺望,列车之外的原野上,在雨后出现了横贯天穹的彩虹。

忘记时间的旅程

夜晚降临。一阵铃声摇响,我们的晚宴开始了。

古典风格的餐车里,烛光摇曳,大家盛装出席。私人管家迎候在餐车门口,给每位宾客戴上一枝玫瑰。

醇厚的红棕色的车厢内,细语轻柔,衣香鬓影,仿佛是电影中出现的场面。宾客们的装束随意中透露出矜贵,这可以从男士的手表及女士手里拎着的鸵鸟皮手袋

古典风格的餐车是由1940年制造的古旧车厢改造而成

美味的早餐,窗外是清新而有点幽深的风景

上看出来。

在"非洲之傲"列车上,餐车就是一间行进中的高档餐厅。上完菜后,服务员站在两旁,并不刻意看着旅客,但只要我随便一抬手,他马上就会注意到我并轻步前来。真正做到了英语中的"Keep an eye on your customers"的服务境界。表面上看来,他只用了一只眼睛,而你看不到的是,他还用了一颗心。这样的上乘服务是疏离的,也是细腻的。

坐在我身边的诺埃尔(Noel)先生是一位儒雅而博学的老绅士,系着黑色领结,穿着白衬衫,衬衫袖口上嵌着袖钉。他问我要喝什么,我说:"Sparkling water."

诺埃尔先生告诉我一个笑话,说他的一个朋友从不喝矿泉水,问他为什么不喝,他说:"Fishes are having sex in the water."(鱼

儿在水里交欢。)一派贵族的冷幽默风范。

他曾在巴黎待过5年,和我一样很喜欢蒙马特。我作为最早拍摄巴黎时装周的一批华裔摄影师,还一直关注着那些顶级设计师的灵感来源,其中非洲就是他们一些人的钟爱之地。

我告诉他,我去过的地方中,比较喜欢的是冰岛和希腊,还去过南极、北极,也包括许多欧洲贵族的度假胜地,如卡普里(Capri)、圣莫里茨(St. Moritz)和维多利亚女王离世的怀特岛(Isle of Wight)。他有点惊讶,我竟然深入探访了这么多的地方,能够对这些地域有着自己的体悟。

这趟列车途经非洲最有特色的区域,承载的不仅仅是来自世界各地的贵宾,更寄托着他们不同的个性、品位、梦想和生活方式。宾客中除了大部分中老年富豪外,还有好些年龄在三十多岁的年轻新贵。来自德国的"Hate"先生就是与我交流很多的一位。我记得我们第一次聊天的情景。第一晚上的正装晚宴结束后,我散步到列车最后的景观车厢,里面静静无人,只是列车后方的夜空在不断地向后退去。

这时走过来两位年轻人,其中的一位高大威猛,一边解开他的领带,一边说:"I hate the tie。"(我讨厌领带。)我见势微笑起来。他看到了我,就用带有一点德语口音的英语向我问好。他对我的工作很好

非洲的舞蹈粗犷而激越,鼓声振荡,每一下都仿佛击在人的心上,让人热血沸腾,心荡神摇

狩猎活动经过的都是非洲最有特色的区域,这里保留着原生态的文化

列车的景观车厢也是美食的天堂,这里摆放着不少酒类,可以随意享用,还放着许多甜点和小吃,可以边吃边看边聊

景观车厢是一方交流的空间。在非洲的晴空下,阅读、交谈和眺望

奇,问了许多问题,还对独自去西藏旅行咨询了不少细节。我们就这样开始神聊起来。我也因此戏称他为"Hate"先生。

在车上,他经常拿着望远镜在搜寻对面山上的动物。在他位于德国黑森林的家里,有一个很大的农场,他喜欢打猎。

我试探着问他:"你想在南非打头羚羊或更大的野生动物吗?"在南非的不少自然保护区里,几乎可以打所有的野生动物,每一种动物都是明码标价的,还有专人保护你,打完了之后,当然会有人将其中的肉处理掉,一般是卖掉,然后把皮毛处理好了,帮客户邮寄回家。其中当然以狩猎一只狮子的价格最贵。他撇一下嘴,说:"I hate that."(我讨厌那样。)

在随后的一次午餐时,他和他的妻子——一个文雅而身材曼妙的女子,坐在我的旁边,席间他得知我还是单身,就对我说:"你可以在全世界找到你的爱人。"

旁边一位朋友忙打趣地问他:"这是不是你的梦想?"他忙用手护着他的妻子说:"她可不想这样。"说得他的妻子羞红了脸。

我一直没问他的职业,最后一问,得

金色的铁轨上,绵延着探索非洲的美梦

知他开了一家品牌推广公司，很喜欢汽车，各种型号的汽车都买了不少。这是一个典型的年轻新贵，有着很自我的消费观念，热爱自然，热爱环保。

这次的旅客有着不同背景，但都有着对列车的热爱。希迪根（Hedigan）先生很儒雅，这是他第九次来乘坐"非洲之傲"；保罗（Paul）先生是一位来自奥地利的新贵，他带着一个丰满的年轻女子。他们很少到景观车厢和后面的小型图书馆里，所以很少出现在我们的谈话圈里；车上还有一位不与任何人打招呼的神秘白衣老先生，白衣白帽，宛若明星，几乎不与人交流，只喜欢坐在景观车厢的长椅上眺望远方。

在这个浓缩的世界里，大家各得其所，真正地做到了"和而不同"，保留各自的文化立场，但努力去消弭隔阂。夜色已深，人们还谈兴甚浓。景观车厢的玻璃上，灯影迷离。

迷失在野生动物保护区

清晨5点半钟，6辆越野车已经悄然地开进了小站。这些车辆都是由路虎越野车改装而成，诺埃尔先生和我乘坐同一辆车子。

还是黎明时分，越野车从小站开出，开始一段还算是比较平坦的土路。由于这里的海拔已在2000多米，很有寒意的晨风吹来，车上其他的人都裹紧了毛毯，我也忙把冲锋衣的帽子戴上。十分钟后，我们驶入一个纳姆比提私人动物保护区（Nambiti Private Game），它位于南非东部腹地的厄兰斯拉格特（Elandslaagte），面积超过2万公顷（200平方公里），保护区拥有丰富的生物多样性。一条名为星期天河（Sundays River）的河流从保护区流经转过，并留下了两座超过40米落差的瀑布以及遍布丛林的沟壑和峡谷。这里还栖息着多种珍稀鸟类。这里也曾经是第二次英布战争期间的历史古战场之一，1899年10月20日和21日双方曾在此激战。

高耸的电网向两旁伸开。雨也越下越大，使得周遭的植物显得更加翠绿。我们的司机看来喜欢另辟蹊径，他没有跟随前面的两辆车走主干道，而是左拐走进了另外一个世界。

阴冷、寂静，我们不时地与长颈鹿或斑马近距离接触，距离短到只要200mm的镜头就可以拍摄到长颈鹿一个头部特写。

也许是司机想让我们看到更多的动物，他往丛林深处开去，道路崎岖泥泞，有许多大的水潭，他也没怎么减速，飞溅起来的泥水沾满了我的衣裤，这颇有点户外探险的味道了。由于我们进入腹地太深了，许多原来的小溪，此时已经暴涨成两米宽的小河了，他下车去测量水的深浅，估算陷入的可能性颇大。他开始找路返回，但一条路不行，只能再换一个方向，结果又遇到了小河。再换，还是一样。这时越野车转到了一个残存的石房子遗址，上面有一块石碑，通过上面的名字和地图，确定自己的位置是处在了保护区的北缘，距离入口处还相当远。司机通过电台与总部联系后又试了两次，但都遇到了河水，而转回到了石房子遗址。他开始有点急躁了，但整车的人没有一个发出埋怨的，诺埃尔先生耐心地劝他放松些。

雨越来越密了，雾也越来越浓。我们被困在了保护区的深处，只好等待援兵。过了10多分钟，寂静的丛林里，隐约可以听到一点声音，隔了一会儿，一辆满车泥污的工具车飞速而来，一位帅哥司机向大家致意。于是，在他的带领下，我们走出重围。

下午3时，列车抵达埃斯特科特（Estcourt）小站。我们又驱车前往另一个私人保护区——思宾克普动物保护区（Spionkop Game Reserve）。和风疏雨，渐入佳境。

起伏开阔的丘陵上，各种野生动物仿佛是水墨画般地嵌入在这自然的画卷里。雨水浓淡交替，车轮外泥水四溅，既有探险的刺激性，又有远足的舒心禅意。在一个缓坡上，长颈鹿、斑马、羚羊仿佛是从各个地方汇集而来的，它们都睁大了眼睛，不远离、不害怕、不逃避，只是静静地凝望着我们。在不到10米的距离里，彼此仿佛都可以听到对方的心跳。大地寂静，只有我手中相机轻轻的响声。因为在这么

乘坐越野车开始 Game Driving，泥水飞溅

雨雾弥漫，游猎途中，两辆越野车上的司机在相互交换信息

思宾克普动物保护区,我们与一只羚羊相互凝望

近的距离触摸自然和生灵,在偌大的一个区域里,只有我们一辆越野车,空旷、安详,半途中停车下来喝杯饮料,看着车下土地里蚂蚁在忙碌地筑巢,就会发现这是一片如此野性的土地,那里的所有植物和动物也如此享受着巨大的空间。

思宾克普动物保护区的外围建立了一家丛林营地,可以住下二十多位宾客,这不仅为热爱自然的人士提供了一个亲近自然的环境,营地的收入也为保护区的持续发展提供了一定的资金来源。

第二夜,列车停在一个静僻的支线铁轨上。一夜无梦,看来我真正放松了。第三天清晨,列车再度起程。窗外一闪而过南非东南部富庶的丘陵地带,那连绵不断的翠绿欲滴的私人庄园。

许多人如同热爱生命与自然一样,热爱着"非洲之傲"。我在许多年之前就知道有位英国老太太,已经30多次乘坐过"非洲之傲",她曾在南非度过了青年时代。如果说她是在怀念她的少女时代,那么对于多次访问非洲的我来说,乘坐这辆列车就是为了触摸一个多元的新南非,更多地了解环保与自然。

车近德班,铁路两旁的住宅渐渐稠密起来。我坐在桌前记着旅行笔记,不断有

远山空蒙，一只麋羚（Hartebeest）跳跃的姿态，被我以 500mm/f4 的长焦镜头捕捉到

思宾克普丛林营地，颇有情调的酒吧和会所。外面还可以品尝非洲烧烤（Braaivleis）

热情的欢呼声此起彼伏。我不用抬头也可以想象那些纯朴而热情的脸,还有不断挥舞着的手。那是相互的感应。因为在车上,也不断有人在向他们微笑与呼应。

"非洲之傲",不仅让我重新回到1940年,与古老的时间达成某种默契,更让我触摸当下的世界——纷争、骚乱、痛楚,在时间钟摆的两端重新审视这个世界,也包括自己的生活,学会以更淡然的心态对待一切。

记得有一位作家曾经说过:"老式贵族火车是激情的、感官的、令人浮想联翩的。火车能与你的心跳同步奔驰,给你强烈的感受,并让你停下来思考。"

他说得没错。

山林中的帐篷营地

中午时分,飞往东伦敦市(East London),这是东开普省(Eastern Cape)的一个度假地。飞机即将着陆时,舷窗外布法罗河(Buffalo River)和纳胡恩河(Nahoon River)蜿蜒而过,一片英伦风格的别墅,散落在海边的开阔地,独特的地貌使得这里形成了南非唯一的河港。

机场出口处,头发花白的罗伯(Rob)

铁路边的一群足球小子摆出了各自的生动姿态

先生等迎候在门口。他是这段旅程的向导。驱车行走在东伦敦市整洁的市区，发现这里有不少地名与伦敦的一样，比如这里有舰队街，也有牛津街。海边公路旁，是惊涛拍岸的印度洋，黄昏下的海浪尤其充满了气势。

离开东伦敦市，慢慢进入丘陵地带，树木葱郁，一路疾驰，我们抵达了 Inkwenkwezi 私人保护区营地。在科萨族（Xhosa）语言中，Inkwenkwezi 的意思是"星光下"。这是南非为数不多的位于潮汐河口旁的自然保护区，面积为 100 平方公里。民族歌舞的欢迎仪式之后，细心的主人在我们的鞋子和裤脚上喷上驱蚊剂，然后登上越野车，开始了 Game Driving，寻找动物。

太阳落山，寒意渐近。羚羊在不远处的山岗上吃草，翠鸟在它们的中间飞翔，形成悦目的剪影。回到帐篷稍事休息，这个私人保护区只有 6 间帐篷，散布在丛林深处，每个都是墨绿色的帐篷结构。走近我的帐篷，登上一个原木搭成的平台，拉开两层拉链，进入帐篷，里面一应俱全，一张大床、沙发、桌子，走到后面的盥洗室，里面有抽水马桶，还有一只浴缸，而淋浴间是透明的，有两扇玻璃直对着外面，可以面对着自然沐浴。

傍晚时分，开始夜间 Game Driving，天边残留着几丝红霞，大地已黑沉一片。向导打亮了大灯，在各个方向搜寻，只要有眼睛的反光亮点，就知道那里有动物，角马、野鸭、鸵鸟都在灯光里一一闪过。灯光尽头，发现了一片亮晶晶的光点，那是一群羚羊！我们的车子缓慢地驶近，那一片眼睛的光点，像一片流星在黑夜中流动着。尽管我在非洲的几个地方夜间寻猎

Inkwenkwezi 私人保护区。羚羊在不远处的山岗上吃草

动物，但这样的景观还是第一次看到，那一片眼睛所组成的星空，美得让人心直颤动。

接着，遇见了一群长颈鹿，在树丛中优雅地漫步，其中两只还在亲昵。这群长颈鹿离我们越来越近，向导停下车，关闭了车灯。我看到更为令人惊叹的场景：一群长颈鹿高耸地站在我们面前，我的目光慢慢往上移动，它们的身后是一片璀璨的星空！由于四周无光，微弱的星光也成为光源，那些长颈鹿变为剪影，变成了一幅超现实的图画。

我拿出相机，调到最高的感光度，试图将这美妙的图景拍下视频，但很遗憾，只有一些红绿的噪点。这再次印证我的一个观点——在许多时候，那些最美丽的场景，只能记录在心灵的底片上。

安静的时刻过去了，我们下车，凝望星空。在漆黑的夜空中，有一条乳白色的分布带，星星点点，有点雾化的效果——那是银河。我像是凝视着一个巨大的夜幕，那样纯亮的银河离我相当遥远，但仍可以清晰地分辨出其中的层次，那是记忆中失落已久的银河，一直到非洲高原上，将它们找回来了。那些星辰从来都在那里，有陨落，也是新生，深邃的星空如同灵魂，持久而浩瀚。

我想起《瓦尔登湖》(Walden) 结尾的句子："对我们而言，遮住我们眼睛的光线就是黑暗。只有我们醒来的那一天，天才破晓。破晓的日子多得是。太阳只不过是一颗晨星。"

我问罗伯先生南十字星的位置，他指给我看。在南半球所看到的星空中，是没有北斗星的，南十字星就是表明南方的位置。顺着那方向，他说那最南方就是南极，多年前我已去过南极，而在星空下，我仿佛又进行了一次目光的旅行。

第二天清晨，我在各种鸟叫声中醒来。打开帐篷拉链一看，一只鸵鸟围着我的帐篷在吃东西。洗漱时，我听到淋浴玻璃被敲击的声音，回头一看，是鸵鸟张大了双眼。我突然想到，在这个天体的浴室外还是有偷窥者的，比如这只鸵鸟。

上午 10 点钟，我们驱车驶近一处用电网围起来的特别区域。向导在打开大门之前，先在大门旁的一个铁箱子里，取出一把手枪，别在腰间。越野车缓缓驶入，两只白色狮子正卧在草地上，在不远处还有两只在休息。原来这里是白色狮子的家园，这种白色狮子极为罕见，这一对成年狮子是在 2004 年 7 月，当它们还是幼崽时，被这家保护区获得后圈养起来的。其中的这只雌狮在 2010 年产下了两只白色幼崽。

一只十分罕见的白色鬃毛的雄狮,横卧在地上

狂野海岸和卡鲁的荒凉山谷

黄昏时分,我们来到了姆库卢·凯(Mkulu Kei)马场,准备沿着具有梦幻色彩的"狂野海岸",骑马欣赏落日。从大凯河(Great Kei River)到姆塔姆武纳河(Mtamvuna River)的一段海岸长250公里,崎岖而尚未遭到破坏,险峻山崖、白沙海滩、溪谷瀑布和传统的科萨族村落散落其间,还有许多河流的入海口和海湾,不断阻隔着这条原始风貌的海岸线,因此这段海岸被称为"狂野海岸"。这里是科萨人的传统家园,也是一些南非政治家的出生地,其中包括纳尔逊·曼德拉(Nelson Rolihlahla Mandela,1918—2013)和塔博·姆贝基(Thabo Mbeki,1942—)。

马术教练谢丽尔(Cheryl)跟我们讲解这里的环境和马匹的特点,几个科萨族孩子忙前顾后,帮着照料,他们从小受过骑马训练。我分到了一匹栗色的公马,4岁,从荷兰引进,身形强健。我翻身上马,随着队伍策马向前,跑进了一片金色的海滩,沙平浪涌,暖光将我的影子投射到沙滩上,看起来如此惬意。

离开海滩,我们的队伍沿着海边的丘陵前行,一路上繁花盛开,马儿不时地低头吃上一口。轻风策马,快意前行。傍晚时分,我们经过两个多小时的骑行,抵达了一片沙滩,不远处的民居灯光似繁星点点,摩根湾(Morgan's Bay)到了。

次日清晨,我就在房间的阳台上欣赏着印度洋上的朝阳,喷薄而出。然后,驱车两个多小时,来到了斯塔特海姆(Stutterheim)森林中的一家营地。接待大厅里,原木搭成的柱子,撑起红蓝两色的屋顶,地面上用彩色的陶片,镶成美观的图案,一尊塑像放在一只木桶里,塑像周围放满贝壳,引人注目。在旁边的陶艺

一些拙美的作品技艺高超,引人注目

西开普森林中的一间陶艺工作坊里,有着别致的室内设计

工作室里,桌子上有一个陶土制成的鱼形工艺品,色彩古朴而绚丽,一问主人,开价在300多兰特。

南非的群山河流中,孕育了许多艺术的创造。午后时分,来到一个山岗,远远地看到一片奇特的建筑,一位戴着帽子的迪·格雷厄姆(Di Graham)女士迎接我们,带我们走近一片生态圣坛(Ecology Shrine)。中央是一座不规则的水池,四周混凝土的石碑上镶嵌着环保主题的油画。这些画大多以生命的演变为灵感,体现出人类生命最早在非洲诞生的主题,表现了过去和未来的生命形态,也流露出对于目前的环境污染的隐忧。在这里,一尊木制

山岗上的生态圣坛上一尊木制的雕塑形似一位穿着短裙的少女,十分优美

的雕塑作品尤为引人注目,那形态仿佛是一位穿着短裙的少女,中间的蓝绿色调又形似鸟翅,人鸟合一,在远处群山的映衬下,显得诗意盎然。

下午,我们继续向西北深入。途经一个叫东萨默塞特(Somerset East)的小镇,该小镇由查尔斯·萨默塞特勋爵(Lord Charles Somerset)创建于1825年。蓝鹤路线(The Blue Crane Route)沿着R63国道从皮尔斯顿(Pearston),通过东萨默塞特达到库克豪斯(Cookhouse)。

向导说这里应比较安全,建议我们去逛逛,休息片刻。我们一行三人,结伴走在街上,走进一家小店,里面摆放着一些当地产的工艺品。我选中了一个锡制的盆子,制作很古朴美观,把信用卡递给店员。

旁边的两个当地黑人见我背着专业的相机,慢慢靠近我。我预感到不妙。其中一位高个子,开口问我要钱。我假装糊涂,歉意地笑笑,说听不懂,那人立刻眼露凶光,跟我一起的有位博茨瓦纳的黑人记者,看到这样的情况,忙跟这个当地黑人说明了身份,但他们还在跟我要钱。

营业员将我的信用卡插进了POS机,机器反应很慢,等了20秒钟,才慢慢开始打印购物单,一点点地吐出来。那20

秒钟里，空气仿佛凝固住了，我甚至想不买了，这样可以离开这两个黑人，脱离这个潜在的险境。

单子终于打印出来了。我拿起锡盆，飞快地走出商店。我眼睛的余光，仍可以感受到那个黑人的凶光。

在这样的情况下，给那个黑人一点钱也是极其不安全的，因为在我拿出钱包时，他们很可能抢了就跑，除非在口袋里专门备一些小面额的现钞。这次我们还是在有三个人的情况下，他们还敢明目张胆地索要钱，如人数比他们少的话，情况可能完全不一样了。

几乎所有去南非旅行的人，通常都会被告诫需要适当注意安全。我在南非几次，在治安略差的一些地方，均不会背着相机，也不会离开车子去很远的地方拍摄，更不会独自离开酒店，独自到街上闲逛，所以至今还万幸没发生过什么问题。

我们继续向西北深入，进入卡鲁地区（Karoo，意思是"干渴之地"）。这个半干旱地区在许多南非人心中占据了特殊的位置，在关于南非的文学作品中也拥有一席之地。英国小说家和诗人托马斯·哈代（Thomas Hardy，1840—1928）在他的诗歌《鼓手霍奇》（*Drummer Hodge*）中曾写到了卡鲁，而英国作家和诗人约瑟夫·鲁德亚德·吉卜林在其诗歌《卡鲁的桥卫》（*Bridge-Guard in the Karoo*，1901）中，表现了卡鲁铁路的守卫士兵的孤独感。这条铁路是南非布尔战争（1899—1902）期间的生命线。这首诗里有着这样的句子——

Till we feel the far track humming,
And we see her headlight plain,
And we gather and wait her coming
The wonderful north-bound train.
直到我们聆听远处的钢轨在嗡嗡作响，
瞥见大灯照射下的荒原，
我们聚在一起，等待她的到来
那美妙的北行列车。

这首诗歌中营造出的火车照亮荒原的画面，成为昔日南非大陆上的一帧动人缩影。诗中还提到了乌德松（Oudtshoorn），这是世界上最大的鸵鸟饲养之地，而整个卡鲁地区被认为是南非保守得最好的秘密之一，直到最近几年才出现在旅行者探索的雷达上。这些旅行者一直在寻找着尚未被发现的宝石般的旅行之地。

我们来到了"荒凉山谷"（Valley of Desolation）旁边。沿着一条"峭壁蜥蜴小径"（Crag Lizard Trail），穿过灌木丛，小心地走到悬崖的边缘，一片120米高的多勒里（Dolerite）石柱笔直挺立，气势宏大。眺望着下面广阔的卡姆德布

一间营地的内饰以现代风格的设计为主

称为"山林大教堂"（The Cathedral of the Mountains），让人感觉仿佛置身于另一个星球上。1939年，荒凉山谷被宣布为南非具有地质和风景意义的国家纪念碑。

车子驶入了一家私人保护区。这是一片面积为670平方公里的广阔天地。保护区里的营地是一座修复过的非洲农舍，有着殖民地乡村建筑的魅力，大堂里陈列着

（Camdeboo）平原，微风轻扬。

这座山谷由于1亿年前火山爆发和随后漫长岁月中的自然侵蚀力相互作用而形成，硫黄色的锯齿状岩石组成了独特的卡鲁景观和生态系统，因而其也被形象地

在营地附近的一个村落中，舞蹈和劳作是当地生活的两种表情

营地内的早餐和晚餐各有特色

非洲的各种艺术品。相隔小屋 5 公里的地方还有一座庄园，则是现代风格的装饰，那里面只有 4 间豪华套房。

晚餐开始之前，十多个当地的孤儿为我们表演舞蹈，简单粗犷，主人显然是希望我们更多地关注非洲的一些现实问题。在这里，我听到了一句话："接受自然的姿态，她的秘密是忍耐。"

奇特的猫头鹰之屋

继续向东开普的纵深旅行。驱车来到格拉夫-里内特（Graaff Reinet），这是位于卡鲁平原上的一个历史悠久的小城，在伊丽莎白港西北部 260 多公里处。这里被评为南非国家文物的建筑物有 200 多处，因此这座小城被誉为"卡鲁平原的宝石"，穿行其间，最引人注目的是沿街许多美观的绿白颜色相间的开普荷兰式建筑物，典雅精致，让时光回到 18 世纪。

继续向北行驶 50 公里，来到了新贝塞斯达（Nieu Bethesda）。这个村名来源于《圣经》中的《约翰福音》，意思是"流水之地"（Place of Flowing Water）。刚到村口，就看到路边的摊子上有许多用水泥做成的猫头鹰雕塑，两个啤酒瓶底往水泥里一按，就是两只眼睛了，倒也简单。我们要参观的是猫头鹰之屋（The Owl House），这是一位奇特的艺术家的故居。1897 年，女艺术家海伦·马丁斯就出生在这个村子里，后来她将居所变为了一个艺术展示的场所。

她在格拉夫-里内特的一所师范学院完成了学业，获得了教学资质，然后嫁给了一名教师和剧作家约翰·皮纳尔（Johannes Pienaar），他们在南非各地巡回演出，但他们的婚姻并不幸福，海伦曾好几次离家出走，最终于 1926 年与约翰离婚。

1928 年，海伦回到了新贝塞斯达，以便照顾她虚弱的父母。她的母亲于 1941 年死于乳腺癌。她的父亲古怪而苛刻，海伦和她父亲的关系并不融洽，后来她把他搬到了一个外面的房间，将里面的墙壁漆成了黑色，并贴上了一个标牌，上面写着"狮子窝"（The Lion's Den，意为"简陋污秽的小室"）。她父亲于 1945 年因胃癌去世。

她父母将这座房子留给了她（她家一共有 6 个孩子）。此后，海伦开始全面改造这座居所。她受到波斯诗人奥马尔·哈耶姆（Omar Khayyam，1048—1131）的诗歌，以及英国诗人和画家威廉·布莱克（William Blake，1757—1827）作品的启发，雇用了两个当地有色人种的居民进行房屋的结构改造，并磨制玻璃来覆盖室内

猫头鹰之屋的内饰和外观,女艺术家海伦·马丁斯将居所变为了一个艺术展示的场所,表达她内心难以言喻的苦楚和希冀

表面，改造窗户、增加镜子和灯光，进一步营造室内特别的光感，这样一直持续创作了近20年。从1964年起，黑人助手玛加斯（Malgas）帮助她在花园里建造雕塑，建成了"骆驼场"（Camel Yard），以追求"一种奇迹般的、魔法般的光明存在"。

有分析认为，海伦作为白人后裔，当时受够了狭隘的种族隔离思想，开始逃往她自己的雕塑世界，终于在这片半干旱的卡鲁地区创造了一个充满奇迹的小世界。她在生活中是一个害羞的人，很少去邻居家串门和逛街，像一个隐士一般地生活着，却是一位神奇内在王国的守护者，她将艺术呼吸到生命之中。

走进她的房间，立刻感受到一片奇异的色彩：以红色调子布置的房间，天花板上画着太阳的图案，有着躁动的暖意；其余的房间以绿色为主调，在窗台上放满了以水泥和瓶底玻璃做成的猫头鹰塑像，有幽暗之感；最后的一间卧房以黄色和绿色的混合色颜料来布置，表达出生命的萌动之感。她把家里的墙壁、天花板包括门上都贴满了玻璃碎片，我轻轻触碰卧室门上的玻璃碎片，碎片非常尖利，仿佛可以感受到来自内心深处的刺痛。

1976年8月，由于关节炎致残，加上长期磨制玻璃而造成的视力损伤，让海伦痛苦欲绝。她喝了一种含有烧碱的混合物，结束了自己的生命。

走到故居的院落，这就是海伦创造的"骆驼场"，里面摆放着三百多尊雕像，包括骆驼、孔雀、猫头鹰和各种人物，所有动物和人物都朝着一个方向朝拜，这是她想象中的东方，但其实不是现实中的东方，这是海伦设想的一次神奇的发现之旅，让人抵达"虚构中的圣地"（Mythical Mecca）。

在这些雕塑的尽头，有两座塑像在拉着墙上的一只钟的指针，试图阻止时间的流逝。那只钟的时间刻度上不是一个小时，而是从Jan（1月）到Dec（12月），也就是说，这也是虚构的钟表，每次流逝的格度是以一个月来计算的。这种魔幻主义的设计和创作，在非洲的蓝天下，显得更加深邃。

Cape of Good Hope and Lodges in the Jungles: Fears is the Soul of another Culture

3

好望角和丛林中的营地：
敬畏是另一种文化的心灵

"好望角，好望不好过。"在白浪滔天的好望角，两只狒狒向我们袭击，我遇到了一些以前没发生过的事情。

飞向萨比私人保护区。晚上，在野外围栏里享用星空晚餐；而后，深入丛林中的营地，一路上追踪狮群，与猎豹靠近，不到一米的距离……最刺激美妙的探险生活也莫过于此。

桌山下的开普敦

下午时分,抵达开普敦。

桌山(Table Mountain)是开普敦的地标,因为山顶平坦,形似桌子而被称为"桌山"。它是一座很奇特的山,也是一座神秘的山,一年中大约有三分之一的时候由于大风和浓雾不开放,曾有游人来了两三次开普敦而无法站在桌山上,一睹开普敦的全貌。

缆车启动,向着1085米高的桌山滑动而上。那部缆车比较先进,在10米每秒上升的过程中,还不停地旋转,这样人站着不动,就可以看到整个360度的景色。缆车之所以设计成圆形,还有一个重要的原因,是因为桌山上的风速很大,缆车的下部是可以容纳4000升水的水箱,在大风季节灌进水,以增强缆车的稳定性。天气晴好时,就将水抽掉,放空运行。

漫步在桌山上,朝西眺望,山下是一片波光粼粼的海湾——堪普斯湾(Camps Bay),密布着别墅和酒店,远远地望去,可以看到一小块一小块的蓝色,那是别墅中的游泳池。这里是开普敦房价最贵的地方,一些电影明星到此置业,更推动这里成为南非的疗养胜地。

桌山顶上有一块巨大的岩石,光洁、灰白、冷峻。我在岩石上盘腿而坐,冥想片刻。没想到山石在被晒了一天之后还有些余温,余温慢慢传递到我的身体上,如同一个自然的SPA场所。

四周如此安静,可以听到远处的细语。

黄昏山间的雾气越来越浓,风也越来越大。开普敦经常强风劲吹,拂去城市上空的浊气,因此大风被形象地称为"开普医生"。山路旁立着一块指示牌,上面列举了全球一些著名的山脉的主要地质年代,其中,阿尔卑斯山约在3200万年前形成,喜马拉雅山约在4000万年前隆起,落基山脉在6000万年前横亘,安第斯山脉在25000万年前绵延,而桌山是在26000万年前就已突起。

开普敦把自然与时尚结合到了一起。水门区(Victoria & Albert Waterfront)是其最有特色的地方,在原先旧港的基础上改建而成。这里是海边的休闲区和游轮码头,密布着酒吧、咖啡厅和工艺品商店,鸥鸟翱翔,更增添了这里的欢快气氛。

细雨蒙蒙。在码头上立着4座塑像,分别是曼德拉、德克勒克、图图和卢图利。这4位都是南非历史上获得诺贝尔和平奖的人物——

南非黑人领袖曼德拉和南非总统弗

雷德里克·威廉·德克勒克（Frederik Willem de Klerk, 1936—2021）因为废除了种族隔离, 在 1993 年同获诺贝尔和平奖。开普敦圣公会的德斯蒙德·图图（Desmond Tutu, 1931— ）主教反对种族隔离, 赢得世界的赞誉, 于 1984 年获得诺贝尔和平奖。而南非教师和政治家艾伯特·约翰·卢图利（Albert John Lutuli, 1898—1967）则早在 1960 年, 就因反对种族隔离赢得了诺贝尔和平奖。雨中铜像, 看上去显得更加静穆安详, 在曼德拉的背上有一层细细的水珠, 仿佛他正在雨中演讲而忘记了抖落。

维多利亚码头购物中心是一座白色的建筑物, 外观设计好似连在一起的帆船, 里面是两层楼, 内部空间是中庭设计, 顶上是玻璃, 整个内部的采光明亮, 呈现出优雅的购物环境。

我漫步在二楼, 这里主要有着一线品牌的专卖店。由于在约堡已经逛过了类似的店了, 所以没有细看。在一楼有不少本地的特色商店, 其中一家吸引了我。在店门口的茶几下, 放着一张完整的斑马皮, 连头部都保存完好, 开价 25000 多兰特, 在沙发上放着两只斑马皮镶着扭角羚皮的靠垫。看着那美丽的斑马皮放在地上, 欣赏但又觉得有些凄然, 犹豫了一会儿, 最后觉得还在把它们留在这里为好。

海豹保护中心与非洲企鹅

次日早晨, 在入住的酒店醒来。窗外的桌山, 一层美妙的薄云轻轻地覆盖在上面, 犹如一块桌布。这家 32 层高的具有老开普韵味的酒店, 是开普敦的地标性建筑。

我们驱车走在开普半岛的西海岸。风和日丽, 碧海蓝天。车到豪特湾（Hout Bay）, 一个清丽的港口小镇, 我们等船去杜伊克尔岛（Duiker Island）——一个海豹聚居的小岛。

开普敦一家酒店的门口, 老年门童与走过的一位黑人青年, 彼此的眼神组成了一幅颇有意味的画面

在码头的工艺品摊位里闲逛时，发现一位中年女士摊子上卖的鸵鸟蛋的图案明显地比其他几个好，摊子旁还放着一辆面包车，车身上喷绘着许多幼年海豹的照片。与她闲聊，得知她叫弗朗索瓦（Francois），她和丈夫内尔达（Nelda）自费成立了一个幼年海豹保护中心，平时她以卖鸵鸟蛋来维持基本的家用，她先生则将主要精力放在保护幼年海豹上。我们约定从海豹岛回来后去海豹保护中心看看。

游船起航，开始风浪不算大。航行了大约15分钟靠近杜伊克尔岛时，风浪骤然大了起来，整个船都在摇晃。船停在离岛10米的地方。杜伊克尔岛长95米，宽77米，上面栖息满了开普毛海豹（Cape Fur Seal）。这种成年雄海豹长约2.5米，体重可达300公斤，雌海豹长约1.5米，体重只有75公斤左右。

岛上的海豹大部分在懒洋洋地晒太阳，在海里的则相当活跃，不停地扑腾着。大浪不断地席卷着礁石，在海里的几只海豹想借着浪势，爬上光滑的岩石，它们努力的样子让人看了心动。

回到码头，沿着港口的一条小道，来到一家鱼类加工厂。内尔达先生已在门口等着我们。他身材高大，一头金色长发，脚蹬着雨靴。他们的海豹保护中心就暂借在工厂的一个角落。他带着我们进到里面的饲养场，有20多只幼小的开普毛海豹正在里面嬉戏。

我是第一次在这样近的距离里，观察海豹的习性。它们浑身乌黑发亮并发出巨大的吼声，那声音似乎介于狮吼和猪叫之间，音量之大让人怀疑是不是从它们并不太巨大的身体里发出来的。

在饲养场的旁边，放着两辆小型的摩托艇，房间里亮出紫外线的灯光，是给海豹消毒用的。内尔达先生拿起一把专用的钩子，讲述起他救幼小海豹的经历和非洲海豹被猎杀的情况。此外，目前有一种叫恐水症（Rabies）的病也正在威胁着海豹的生存。

为了增强直观感受，他带我到二楼的办公室，放映了一部纪录片。那是由动物保护者在纳米比亚拍摄的。每年7月1日，在纳米比亚的纳米比亚角（Namibia Cape），一个叫"Cross Seal Colony"的地方，一大清早，上万只小海豹首先被数百名手持长棍的人，从它们妈妈那里驱赶出来，集中到沙滩上，这样先造成了小海豹的极度恐慌。

之后，那些人拿起棍子，疯狂地击向小海豹的头部，许多小海豹当即死亡，但另外一些由于被打中肺部，拖延数日后才慢慢痛苦地死去。就这样，许多小海豹被极其残忍地猎杀了，旁边还有不少专程赶

海豹保护中心内,内尔达先生拿起一把专用的钩子,讲述他去营救海豹的经历和非洲海豹被猎杀的情况,表情凝重

来的围观者。这部短片用英语配音,加上了大约12种文字的字幕,其中包括中文和日文。

影片并不长,可能是用非专业的机器拍摄的,影像并不细腻,但看完片子后,我坐在那里,大约有10秒的时间,说不出话来。

据内尔达先生介绍,亚洲目前消费海豹制品越来越多,而这些海豹制品都出自非洲。他们利用各种场合放映这部纪录片,以劝说人们尽量少用海豹制品。

告别内尔达先生,我们开车走上了查普曼公路(Chapman's Peak Drive),这是沿着海边,在600米高的悬崖峭壁上修筑出来的一段10公里长的公路。它建成于1922年,路险、弯道多,背靠绝壁面向大海,因此这里也是一些品牌的新款汽车拍摄广告时的外景地。

在山顶有一个停车场,我见了一位穿着自行车服的老先生,他健壮而年轻,正坐在那里喝水。他是德国裔,家就在对面的山谷里。他告诉我,70岁的他每周至少要在这条公路上骑行三趟。

在半山腰一个转弯处,有好些车停着,一些西方的游客在向下张望。山下200米处是一个宁静的海湾,有16幢房子依山傍海而建。山坡上,有好些绿色的大桶——大约有垃圾桶那么大——散落在灌木丛中。

陪同我们的张先生介绍说,这就是开普半岛上一个奇特的村落,这里的居民在没电、没电视和没有自来水的情况下,过着一种纯自然的生活,生活用水都靠那些桶里收集的雨水,每户人家每天步行上下山,购买一些简单易做的食物,靠罐装的煤气来加工。由于这些山里有狒狒,怕它们闯入室内找东西吃,房子的窗户一般都需要禁闭,或在外部装上栏杆。这个村子已存在了20多年的时间,入住者都是一些殷富之士。

张先生曾下到村落去参观过,他问:"这里没水没电,没有现代化的一切,能适应吗?"

一位村落里的隐居者反问道:"外边的世界这样喧闹,你能适应吗?"

张先生是一位旅游知识颇为渊博的中年人,曾在香港海关做过缉私工作。20多年前来到南非从事旅游业。他的女儿在南非读医学专业,毕业后将在偏僻的小镇先工作两年,才能获得行医资格,她还准备到肯尼亚落后的地区去当一年的志愿者。由于她的母亲也就是张先生的前妻已经过世,张先生对女儿一直看得很重,有次当他表示出一些担忧时,她女儿半开玩笑地说:"你怎么这样没爱心的?"

翻过山脉,我们现在转到开普半岛的东海岸线,来到了西蒙斯顿镇(Simon's Town)。1687年,当时的荷兰总督西蒙为了荷兰东印度公司的业务,在此建立了海港。这里有许多古旧的建筑,其中不少被列入南非文化遗产名录。许多家庭住宅的门口前,繁花盛开。

从小镇中心散步前往巨石滩企鹅保护区(Boulders Penguin Colony)。在一片白

巨石滩上,两只在亲热的非洲企鹅

色的沙滩上，一群安静的非洲企鹅出现在眼前。它们的身高为 30～40 多厘米，黑嘴，眼睛上有一条淡红的印子。非洲企鹅已被列入濒危动物名录。在 1910 年，它们的数量还有大约 150 万只，到 20 世纪末只剩下了大约 10%。由于它们的叫声像驴子，所以又被戏称为"傻瓜企鹅"（Jackass Penguin），"Jackass"在英语中有"驴子"和"傻瓜"两个含义。非洲企鹅会游泳，速度约在 7 公里每小时。

据介绍，1982 年，当地渔民在海滩发现了最初的两对企鹅。由于各方的自发保护，加上海湾里的沙丁鱼（Pilchard）和凤尾鱼（Anchovy）给企鹅提供了充足的食物，经过近 30 多年的繁衍，仅这个景点，目前的企鹅数量已发展到 3000 多只。

一对企鹅在亲热。一只在轻轻地用嘴噙对方胸前的毛发。那祥和的景象让我的心情骤然温暖起来了。

开普角和好望角，狒狒袭击记

在午后 3 点的阳光下，我们来到了开普角（Cape Point）。这里是地理上的坐标点，坐标是南纬 34°21′26″，东经 18°29′51″，离好望角（Cape of Good Hope）有 2.3 公里的距离。站在山下望上去，一座白色的灯塔屹立在山顶。

那天刚好缆车坏了，坐穿梭巴士来到山中腰。我先沿着山路，下到尽头。逆光中的好望角白浪滔天。这里的悬崖都在 200 多米的高度，开普角和好望角是两个突出来的海岬。

1488 年葡萄牙航海家巴尔托洛梅乌·迪亚士（Bartolomeu Dias）首次到达此地，因遇到狂风巨浪而将此地称为风暴角（葡萄牙语"Cabo das Tormentas"）。

达·伽马于 1497 年环游世界，发现了通向印度的航线，把一个新大陆带到这个世界。为庆贺葡萄牙进入一个"大发现时代"，葡萄牙国王若奥二世将其改名为"好望角"（葡萄牙语"Cabo da Boa Esperança"）。

我转身眺望白色灯塔下的悬崖，发现上面有一座灯塔。原来山顶上的旧灯塔由于位置太高，海拔高度为 262 米，会让东行的船只太早就看到了灯塔，往往会使得船舶行驶得离海岸太近，加上高处有雾时也会让来往的船只看不到灯塔。1911 年 4 月，葡萄牙的一艘"卢西塔尼亚号"（*Lusitania*）轮船在附近撞毁，导致这座灯塔逐渐停用，改成一座瞭望塔。

在 1919 年，在附近的悬崖上修造了一个无人看管的灯塔。它所处的位置险峻，像是盖在山崖上的一顶白色的帽子，海拔

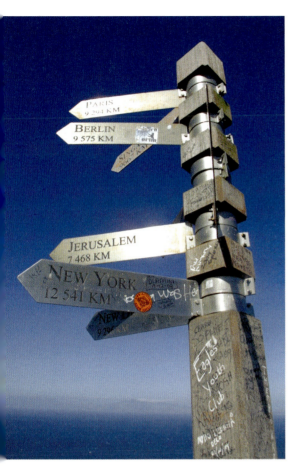

开普角的旧灯塔平台上，竖着一根距离柱，上面插着到世界各大都市的距离牌

高度为87米，海鸟飞掠而过，更加增添了其高耸和奇峻。那险要的位置为当时的建造增加了不小的难度。现在的灯塔比山顶的那个位置更偏南一点，直到船只安全到达南方的海域时，才能从西面看到灯塔。这座灯塔也比旧灯塔亮了100多倍，其光照范围为101公里，是南非海岸上最明亮的灯塔。

沿着山路爬到了旧灯塔处。首先看到灯塔的墙上，钉着一块金属牌，上面刻着"Historic Lighthouse 1860—1919"的字样。一个小小的平台中央竖立着一根距离柱，上面插着到世界各大都市——巴黎、柏林、耶路撒冷、纽约等地的距离牌。环视四周，有着很开阔的视野，那些巨浪似乎也显得小了，只能看到一些细细的浪花，涛声也无法听到，非洲大陆最西南端的喧嚣被距离屏蔽掉了。

世界安静下来了。

接下来，就要去好望角。"好望角，好望不好过。"作为地理和航运史上一个重要坐标点的好望角，位于南非开普半岛的最西南端，属于桌山国家公园（Table Mountain National Park）。该国家公园面积为77.5平方公里，东起斯米茨温克尔湾（Smitswinkel Bay），西至舒斯特湾（Schuster Bay），有着40公里长的海岸线。海豹、非洲企鹅、羚羊和鸵鸟等野生动物活跃其间，还有250多种鸟类。

车子从国家公园的大门驶入，进入一个平坦的区域，道路两旁是低矮的灌木，刚才看到的悬崖，现在成为一座绵延的山峰，在我们的左侧上方。

车子沿着海岸线行进，我看到一群狒

好望角有不少的山都狒狒，这是在此唯一受到保护的狒狒种类

狒在海边的灌木里，找一种植物的花朵来吃，它们用前爪抓住花吃一口就吐掉，又去采下一朵，动作极快，看上去有点忙乱。这些狒狒学名叫山都狒狒（Chacma Baboon），是唯一在此受到保护的狒狒种类。不远处，一只小狒狒趴在妈妈的背上，懒洋洋地晒着太阳。阳光照在它们的毛发上，勾勒出一条明亮的光边。

我拿着装有独脚架的相机，停车拍摄，走近狒狒，但我的目光没有直视它们，也没有对它们微笑。因为它们会觉得这样的动作是对方攻击前的信号，所以当它们被直视时，会认为这是在威胁它们。狒狒有着锋利的牙齿，容易扑上来咬人。我以前读过一些关于这些灵长类动物的书，书中反复提醒要警惕这些看似温和的家伙。

路边一只正在吃花的大狒狒突然不吃了，敏捷地跑向了我们的车，还没等我反应过来，它腾的一跳，就从后排没有拉上的窗户钻进了车内。它看上去长约60~70厘米，却从只有30厘米宽的窗户缝隙中轻松而入。另一只小狒狒也随后爬进了车内。

我立即跑回车子。同行的张先生急切地说："快关门！"

我拉上车门，但两只狒狒还在车内，它们立在椅背上，正准备向我放在座椅上的背包袭击，里面放着我另外的摄影器材和证件，被它们抢到就麻烦了。尽管它们主要是要找食物。得马上把它们赶出去！但此时，又不可以伤害到它们。

情急之下，我灵机一动，站在车门口，把我的独脚架放到最长，有1.7米，然后我握着独脚架，在两只狒狒面前轻轻晃动着。在我的独脚架离它们还有30厘米的距离时，它们似乎感觉到了威胁，一前一后从车窗跑了。

我赶紧过去拉上车窗。张先生也松了一口气。他说今天幸亏我带了这个摄影神器，不然还很难赶它们走。如果用小石头砸，容易伤到狒狒，也会损坏车子。

由于狒狒要寻找食物，游人被狒狒袭击的事情不计其数。在好望角的导游小册子上，用黑体字注明了"Please be aware that baboons are dangerous and are attracted by food"（请注意狒狒具有危险性，它们对食物垂涎欲滴）。并告诫游人与狒狒保持安全距离，当狒狒靠近你时要慢慢地撤离，以及在狒狒出现时不要拿出食物等注意事项。

曾有一对老年夫妇开车来玩，一只狒狒进到车内，坐在后排椅子上，说什么也不走，僵持了很久。后来，路过的一辆旅游车上的人看到这样的情形，一个女孩从包里拿出巧克力，放在路面上，才以"美食利诱"狒狒跳下了车。还有一些旅客的手提包被狒狒抢走，护照被狒狒撕坏等的情况，比比皆是，但即使这样，在这个国家公园里，也极少发生伤害狒狒的事情，人们的保护意识可见一斑。

可能由于平时一些管理员经常拿着木棍子驱赶它们，这样它们形成了条件反射，看见了棍子就会跑，也正因为这样，我才能在不到10秒的时间内把它们赶出去，毫不费力地解决了问题。

有惊无险之后，我们终于站在了好望角上。一块木牌上写着：

18°28'26" East，34°21'25" South

小心翼翼地走过一堆乱石，站在一块巨大的倾斜的礁石之上，我向着蓝天和大地张开了双臂。

在我的身后，惊涛拍岸，永无停息。

降落在丛林中的营地

结束了在开普敦的行程，坐飞机返回约堡，来到一家酒店。酒店的公共空间宏大，底层新开张的酒吧和餐饮区，采用了前卫的设计和悦目的色彩搭配，给人以强烈的时尚感。在酒店的大宴会厅里，正在举办一个旅游推介会。许多嘉宾端着香槟

一对母女从好望角的标志牌前走过

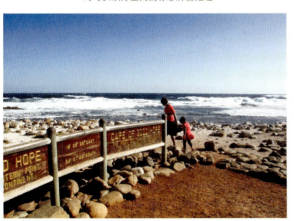

酒，聊天甚欢。

走到露台上，这里摆放着舒适的躺椅。夕阳西斜，围成一圈的躺椅中央，篝火燃烧起来了，映衬着手持香槟的一些来宾，显得神采奕奕。

我在这里享用晚餐，蔬菜沙拉、意面、煎鳕鱼和甜点，整个晚餐精致而美味，体现出南非都市美食的水准。晚餐之后，乘坐电梯上客房时，回头一望，是金碧辉煌的酒店共享空间。回到房间，推窗远眺，是约堡迷人的夜景，平直地通向远方的地平线。

次日早晨，前往联邦航空的机场。这是位于约堡国际机场附近的一个小型机场，茅草顶棚搭成的候机厅里，弥漫着怀旧的气息，几位乘客在静静地看着书，里面的墙上挂着一幅古老的非洲地图。小商店里摆放着牛皮制品，有装着5根蜡烛的皮桶，还有装葡萄酒的皮桶，旁边摆放着一只牛皮包，散发着醇厚的铿亮之光，标价25000兰特，上面的标牌上写着"所有先驱和专业探险家之选"。那种古朴的质感，激起了我对于早期南非探险的怀想。

登上PC-12小型飞机，向东飞行。机翼下是一片黄色的丛林，我要去的这几家营地就隐藏在这片自然的乐园之中。经过一个多小时的飞行，飞机降落在斯库库扎（Skukuza）简易跑道上，一辆越野车驶过来，一位精神的黑人小伙子热情地跟我握手，自我介绍说他叫凯维（Kwai），是萨比萨比（Sabi Sabi）营地的向导。他帮我从飞机上取下行李，放在敞篷的越野车上。我就这样开始了在丛林里的穿越之旅。

在车上，我和凯维聊了起来。他介绍说，萨比私人保护区（Sabi Sand Wildtuin）占地65000公顷（650平方公里），成立于1948年，是南非成立最早的一个私人保护区。Wildtuin是南非荷兰语，意为"自然保护区"。它位于克鲁格国家公园（Kruger National Park）的西南外围，由于私人保护区与克鲁格国家公园之间没有围栏，所以许多动物可以自由地迁徙。

越野车开了近半个小时，来到了赛拉提营地（Selati Camp），营地的女主管已站在路旁迎候我们。走进接待大堂，墙上挂满了蒸汽机车上的标志和部件，她简单介绍了这里的行程安排——

清晨5点半钟起床，喝早茶。早晨6点钟，开始Game Driving，9点钟回来吃早餐。中午1点钟午餐，下午3点半喝下午茶，4点出去Game Driving，7点回来，晚上8点晚餐。

由于酒店与四周没有设立栅栏，晚间动物可以自由在这里穿行，所以晚上行走时必须先打电话给前台，在有卫士陪同的

营地里，那些精美的灯具作品和环境设计，倾诉着时间的秘密

情况下，方可以走动。

从大堂走出去，是开阔的观景平台。坐在躺椅上，喝着饮料，看着丛林景色：一只大象正在水塘边汲水，而不远处，一群长颈鹿正在吃树上的叶子。

来到我的房间，顶棚由茅草搭建，在中午时分也比较凉爽。墙上的镜框内，嵌着1916年用德文写的一封家信，还有当年身披豹皮的狩猎者的黑白照片。1830年，从欧洲来的殖民者为了获取象牙和犀牛角来到这里。随后，在南非东北部发现了黄金，这个地区更加繁荣起来了。

到了19世纪晚期，由于南非的港口都被控制在英国殖民者手中，于是取得自治权的南非荷兰人，建造一条经过此地的丛林铁路，抵达现今莫桑比克马普托港，以获得一个出海的通道。随着铁路的开通，一些欧洲贵族发现了火车游猎的旅行方式，在非洲的原野上寻找到了终生难忘的记忆。直到现在，仍可以在赛拉提营地附近，找到当年这条铁路的残留部分。大堂里蒸汽机车的部件也是从附近收集过来的。

吃完午餐，我坐在观景平台上憩息。不远处，那些雄性长颈鹿吃完了树叶，两个两个地开始了交颈（Necking）。一只先轻轻地靠在另一只的身上，然后慢慢地用脖子和对方摩挲，直到脖子斜倚在对方的身上，另一只长颈鹿也开始回应着，暗自使劲儿。

透过我的长焦镜头可以看到彼此的表情。这种表面温柔的交流形式，实际上是两只雄性长颈鹿在角斗，以决定哪个被逐出交配的权力圈。与黑斑羚用双角格斗的剧烈形式不同，雄性长颈鹿表面都很轻松，但实际上彼此的心里都有数，就是要以不太难看的吃相，干掉对方。

这样的交颈之斗持续了半个多小时，终于其中一只败下阵来。

下午4点钟，喝过下午茶后，凯维在

两只雄性长颈鹿在交斗,获胜者才能拥有与雌性长颈鹿的交配权

大堂迎接我去看动物了。在越野车的左侧座位上坐着一位向导,这个座位焊在前车盖的侧面。坐上越野车,发现方向盘前的车框上装上了枪架,上面摆放着一支来复枪。车子共有3排座位,一排座位只可以坐两个人,中间是一个小箱子,本来是放毯子和雨衣的,后来发现可以放进相机和几只镜头,十分方便抓拍。

黄昏的暖光下,两头白犀牛前来池塘喝水。好些红嘴牛椋鸟栖息在白犀牛的身上,吃它身上的死皮。红嘴牛椋鸟和白犀牛构成了动物界奇妙的共生关系。在白犀牛低头喝水时,一只红嘴牛椋鸟钻进它的耳朵里,让人看着都觉得痒痒的,但白犀牛还是忍着不能发作。当然,即使它发作了,估计红嘴牛椋鸟也不会理它的。

越野车深入到保护区的各个角落。路旁,有一只大水牛的头骨,凯维介绍说,这是被狮子吃掉的,狮子袭击比自己体格庞大的水牛时先咬断牛的喉咙,再把水牛的两只眼睛吃掉。位于食物链最顶端的狮子,从来就是这样凶猛、智慧。

夕阳西斜,丛林里各种鸟类纷纷出现,在这个保护区里,有200多种鸟类。接下来,大象在树丛吃树叶,斑马和羚羊在吃草。夕阳在它们身上勾勒出一条明亮的光边,斑马颈部的一束光让人目眩神迷。

一只捻角羚高昂着头部。它那美丽的

赛拉提营地,一头白犀牛前来池塘喝水。一只红嘴牛椋鸟栖息在白犀牛的背上,吃它身上的死皮

犄角在暖光辉映下,更显得华美。这些野生动物,与我们一样,共饮着暖阳……透过丛林的树枝,非洲的落日看起来是那样地辉煌。

傍晚时分,我们的车子钻进一片树林,前面两只母狮正躺在草丛中休息,其中的一只可能是饿了,不断地打着哈欠,伸出长长的舌头,然后伸出前爪趴在一根树干上,伸起了懒腰,同时磨磨爪子,接着回

黄昏时分,我们乘坐越野车开始游猎。暖光凝重,时间仿佛暂时停住了

夕阳流金。几只黑斑羚穿过原野,宛若油画般的意境

黄昏暖阳下的斑马在觅食

暖光照射着,一只捻角羚的犄角上泛着光泽

傍晚的丛林中,一只母狮饿了,准备去觅食

到另一只母狮旁边,用舌头舔起对方的后颈,这种狮子同性间的柔情,让人看到了其细腻丰富的一面。

回到营地,端起饮料,在大堂酒廊内,与其他嘉宾一起畅聊。晚上8点,晚餐开始了。用竹篱笆搭建成的野外围栏里,中央燃着篝火,餐桌上放着马灯。营地内的野外围栏一般都是固定搭建的,晚上如天气条件允许,均可在其内安排活动。嘉宾可以在里面一边品尝着美食,一边眺望着璀璨星空。

席间,凯维问了我许多关于中国的问题。我发现他思考很有深度。问起他的经历,他在大学读的是工商管理专业,曾在附近的另一个营地工作过一段时间,到这里已有6年的时间,一直担任司机兼向导。

丛林中的豹子和半埋式的营地

第二天上午,我搬到丛林营地(Bush

工作人员在准备灯具,给宾客们晚餐时使用

营地的野外围栏餐厅一般都是固定搭建的,餐桌上放着马灯

Lodge），开阔的大堂体现出一种现代气息，这个酒店表现出的是"今日"的主题。我在这里遇到一对从巴西来的新人，他们刚结束了在这里的蜜月旅行，准备回去。

闲花落地，一只羚羊正在屋前的草坪上吃着一种叫香肠树的花。这里的每套房间有高达3米多的外墙，陪同我的管家把钥匙交给我时，叮嘱我要把门关好，否则可能会有猴子闯进去。中午时分，在躺椅上休息时果然看到头顶的树上有两只猴子，正吃着果子。

在过来的路上就听说这个营地附近有豹子。下午4点出发去看动物时，我们的车没开出多远，就在一条沟里发现了一只被杀死的安氏林羚（Nyala），但只被吃掉了心、肝和肺。凯维说这是被豹子吃掉的。安氏林羚受到栖息地丧失和偷猎等严重威胁，目前的总数约为36500只，已被世界自然保护联盟（IUCN）列入濒危物种红色名录。

坐在左侧车头的向导指着对面山坡上的一片密林说，花豹应该躲在里面。我们的车子搜巡着，开始怎么也寻不到。最后，我端起相机，借助长焦镜头才发现闪着一对幽蓝眼睛的豹子正趴在树丛之中，它身上的豹纹巧妙地将它掩藏起来。这下我知道房间的外墙为什么要建那么高了，那只豹子离房间也就不到50米的直线距离。

凯维这天下午的主要任务是带我去看花豹。通过电台联系，他得知有其他向导已发现了花豹的行踪。我们的车子开到一片丛林前，已无路可走。前面满是树枝上布满两寸长尖刺的荆棘树。凯维让我在座位上弯下身体，车子硬是闯出了一条路，在丛林深处停住。

营地的晚餐达到了相当的水准

我直起身体，看到一只小花豹在离我不到两米的草丛中侧头吃着黑斑羚的肝脏，它身上有着美丽的豹纹，与周围的枯草浑然一体。这个孤傲的家伙，一边吃一边抬起头很跩地看了我一眼，然后继续着它的下午茶。终于吃完了，它直起身体，从我们的车头前走过，离我不到1米的距离，全车人都屏住了呼吸，因为它只要一伸起前爪，就可以扑到我身上。

当然，它没有。

它在车尾的草丛中站定，卧下，开始用舌头整理自己的毛发。一切又安静下来了。

第三天上午，当我来到大地营地（Earth Lodge）时，顷刻被这里未来主义的设计吸引住了——在大堂里，陈列着巨大的陶罐和根雕作品，餐桌和椅子被放置在一方水池中，将非洲的大地艺术，以超现实的方式呈现在人们的面前，体现出非洲复兴的"未来"主题。

每幢别墅都采用了半埋式的设计，充分利用了原始的材料，最大限度地避免对环境的破坏。走进6号房间，墙面都是泥土粗粝而规整的效果；巨大的吊灯垂挂而下，用几十根树枝组合而成，看上去十分环保精致；房间上方有两扇天窗，充分利用了自然本身的光能，阳光照射在墙上一只豹子造型的木雕装饰和灰色调的沙发上。盥洗室里，洗脸盆也是用这种沙土色的材料砌成

的，摸上去很光滑，没有任何不适之感。

院落中有一个小型游泳池。坐在水中小憩时，突然听到左侧的树林里有响声，抬头一看，一头非洲公象正用鼻子撩开树枝，看着我。在我走还是留的犹豫当口，那头大象温和地瞥了我一眼，从游泳池前慢慢地走过，身后还跟着两头大象。

这种场景让人又惊又喜。

下午看完其他的动物，我特地让车子停在大地营地前的水池旁，仔细观看一棵枯树上的织巢鸟（Weaver Bird）的活动。它们在忙碌地建造它们的鸟巢。织巢鸟都是雄鸟来建巢，织好之后，就可以邀请心仪的雌鸟来参观了，如雌鸟满意的话，就可以一起来孵蛋，抚育幼鸟。所以说这鸟巢就等同于人类的房子。

灰色的天空背景前，那些黄色的羽翅在不停地扇动着。在一根树枝上，两只雄鸟在争夺一根小草。织巢鸟的眼睛本来就是红色的，其中的一只因为激动，更是涨红了眼睛。

回到房间，我看到一本关于鸟类的书摆放在茶几上。书中详细介绍了织巢鸟编织巢窠的具体方法，让人看得惊叹不已。开始时，织巢鸟将一根小草固定在树枝上，这有3种不同的方法。固定好之后，又有4种不同的织法，来织成不同结构的鸟巢，以确保幼鸟和鸟蛋都有其独立的空间，也

丛林营地,一头小象躲在妈妈的身下

由于周围有花豹出没,向导下车后,持枪寻觅其踪影

就是说这相当于两居室或三居室,而这一切都是靠着灵巧的鸟嘴来完成的,在这背后的动力,是源于织巢鸟的爱情。

次日清晨的 Game Driving,我看到了此行中最壮观的一幕——7只母狮带着14只幼狮,在离我不到3米的地方浩荡而过。其中一只幼狮爬上树枝,再跳到妈妈的背上;而另外的两只幼狮在晨猎的途中,也不忘停下来,在草地上打闹一番。

车子开始启动,我指着车头的来复枪,问凯维在他工作过的这6年间,可曾遇到过危险的情况。

"Never.(从没。)"他说。

在这里,人与动物之间有着彼此难得

小花豹在密林中,吃着黑斑羚的肝脏

大地营地内，巨大的吊灯垂挂而下，它是用几十根树枝组合而成的，环保精致

大地营地的每幢别墅中，将非洲大地艺术以穿越时空的方式，呈现在人们面前

大地营地的树上，织巢鸟在忙碌地编织着它们的爱巢

的熟悉和尊重，也正因为如此，我们的越野车才可以开得离豹子和狮子如此之近。我们彼此都没有打扰。这是一种和谐共生的境界。那种强盛的生命感，让我觉得和自己的心灵如此贴合。在营地，可以细微地观察到动物们如何和谐相处，这同样给我们人类以启示。

中午，离别的时刻来了。我透过飞机舷窗回望着这片生机勃勃的丛林，突然想到"Sabi"这个名字的含义，在南非聪加族（Tsonga）语言中，它的意思是——"敬畏"。

是啊，敬畏这片神奇的土地，然后与之共生。在非洲之南，在南方之南，在可能有的永远。

每天晨昏，乘着越野车开始 Game Driving，与各种动物亲密相遇。其中与狮子同处时，更会让人敬畏这片丛林，一如"Sabi Sabi"这个营地名字本身的含义

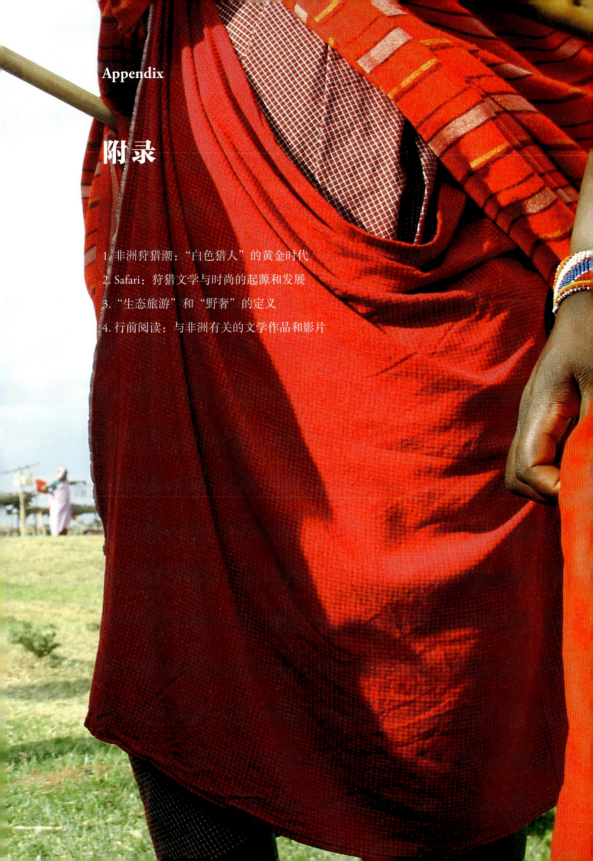

Appendix

附录

1. 非洲狩猎潮:"白色猎人"的黄金时代
2. Safari:狩猎文学与时尚的起源和发展
3. "生态旅游"和"野奢"的定义
4. 行前阅读:与非洲有关的文学作品和影片

The Golden Era of the White Hunters

1

非洲狩猎潮："白色猎人"的黄金时代

　　与"食人狮子"相比，历史上，人类对野生动物的猎杀更为触目惊心。在非洲的狩猎史中，"白色猎人"（White Hunter）是带有强烈殖民地色彩的一个专有名词，在 20 世纪前半叶曾经十分流行。这些"白色猎人"大多来自欧洲或北美，在非洲从事贸易，他们的收入主要来自组织和引导客户狩猎，同时出售象牙获利。猎人们坚称自己符合严格的道德规范，在当下的环保时代，这段历史则有了多重解读。

诞生于狩猎的"黄金时代"

相传,"白色猎人"的称号,最初源自一个名叫阿伦·布莱克(Alan Black)的欧洲猎手,1890年,他被英国首任殖民者德拉米尔三世男爵(3rd Baron Delamere)雇用。德拉米尔当时还雇用了索马里的一些土著猎手,为了避免名称的混乱,土著猎手被称为"黑色猎人"(Black Hunter),阿伦·布莱克则被称为"白色猎人",后来这一称号就在欧美猎人身上沿用下来。

美国第26任总统西奥多·罗斯福(Theodore Roosevelt,1858—1919),早在1909年就曾到东非狩猎,在权贵中起到了示范作用,引起了一股狩猎狂潮。20世纪初,东非狩猎之旅成为英、美特权阶级的一种时尚,1901年竣工的乌干达铁路,也为进入英属东非内陆高地(位于现在的肯尼亚境内)提供了便利,"白色猎人"则负责为客户提供技术指导并保护他们的安全。

此后,西方人在非洲狩猎的历史,贯穿了整个20世纪上半叶,与"白色猎人"一词最相关的地区是东非。在20世纪初,作为"争夺非洲"战略的一部分,英国和德国在整个东非建立了殖民地,该地区就在现在的肯尼亚、卢旺达、乌干达和坦桑尼亚的范围内。

导致东非狩猎盛行的因素有很多,历史学家分析认为,其中最重要的原因有两个:一是延续了欧洲贵族的浪漫概念,认为狩猎是与体育精神相结合的活动,知名的"白色猎人"通常来自欧美特权阶层,个性浪漫,私生活丰富多彩,喜欢华丽的冒险;二是殖民地欲创造新的农耕经济,而一些野生动物会对农业构成严重威胁。

南非的一家营地内,悬挂着一幅"白色猎人"的历史照片

这张照片显示出当年的禁猎监督官(Game Warden)俘获花豹皮的情景

内罗毕，肯尼亚国家博物馆中陈列的殖民地时代的枪支

通常情况下，参与狩猎的"客户"要从内罗毕的狩猎公司雇用"白色猎人"，狩猎公司负责疏通当地的关系，一般还要雇用几十名到数百名当地人，比如搬运工、驯马师、武装警卫、帐篷服务员和专职背枪人。最初狩猎是徒步和骑马来完成，后来又开始了驾车打猎。

当时英国殖民政府把狩猎作为一个收入的来源，向游客和猎人收取许可费。1909年，一张50英镑（大约相当于今天的2000多英镑）的狩猎许可证，可以在东非保护地内猎杀2头水牛、2只河马、1只大羚羊、22匹斑马、6只长角羚、4只水羚、1只南非扭角羚、229只其他羚羊和84只疣猴，以及无限量的狮子和花豹——由于狮子和花豹会杀死牲畜，所以都被列为"害兽"。猎杀带来了严重的恶果，花豹变得稀少，疣猴的数量也急剧减少。目前非洲各国已将疣猴列为珍贵保护动物。

第一次世界大战结束后，德国在非洲东部的殖民地被割让给英国，更多游客涌入了非洲，使得狩猎潮一直持续了20多年才逐渐降温。随着第二次世界大战的结束，傲慢的西方殖民文化在非洲日渐式微，昔日庞大的狩猎帝国也终于解体。此

肯尼亚国家博物馆藏。这幅绘画表现了当年修建乌干达铁路的场景

后,越来越多的环保组织开始努力保护非洲的野生动物免遭过分捕猎的厄运。目前,在十几个非洲国家的特定区域内仍然允许打猎,"白色猎人"则早就改称为"职业猎人"。

实际上,"白色猎人"就像是殖民时代一张泛黄的标签,并不那么容易被定义。那个源于特定历史时期的狩猎史上的黄金时代早已远去,只留下无数传说,供后人评说与思考。

在这些"白色猎人"中,可以简单地进行一下分类,首先是浪漫型的"白色猎人",代表人物是以下两位:波尔·布里克森和丹尼斯·哈顿;然后是技术型的"白色猎人",代表人物是:沃尔特·梅特兰德·贝尔和约翰·亨特;最后是名流型的"白色猎人",代表人物是菲利普·珀西瓦尔。此外,还有早期的一些探险家和猎人,是可以称为"学术型"的,代表人物是:威廉·约翰·伯切尔,托马斯·H·艾尔斯和威廉·哈里斯爵士。

波尔·布里克森与丹尼斯·哈顿:
浪漫型的探险家

"白色猎人"中有一类,是浪漫型的探险家,瑞典男爵、作家波尔·费德里科·冯·布里克森-芬尼克(Bror Fredrik

芬尼克(左一)

von Blixen-Finecke,1886—1946)就是其中一个。

波尔·布里克森出生于瑞典一个贵族家庭,1914年在肯尼亚与表妹伊萨克·迪内森(Isak Dinesen)结婚,并建立了一个咖啡种植园。1925年两人离婚,伊萨克·迪内森留在种植园,1937年写出了不朽名篇《走出非洲》(*Out of Africa*),以凯伦·冯·布里克森-芬尼克男爵夫人(Baroness Karen von Blixen-Finecke)的笔名发表,简称为凯伦·布里克森(Karen Blixen)。

离婚后,波尔·布里克森情事不断。1928年8月,他娶了英国贵族杰奎琳·哈丽特(Jacqueline Harriet),1932年又在肯尼亚邂逅了瑞典女飞行员、探险家伊娃·迪克森(Eva Dickson),迅速坠入爱河。1935年,他和杰奎琳离婚,次年与伊娃在纽约结婚,与海明威和他的第三任妻子玛莎·盖尔霍恩(Martha Gellhorn)一起,航行去古巴和巴哈马欢度蜜月。

1938年3月,伊娃从加尔各答回来后,

开始进行丝绸之路沿线的大旅行，不幸在巴格达郊外遭遇车祸身亡。波尔·布里克森4个月后才获悉她的死讯，震惊万分。

波尔·布里克森在肯尼亚经营着一家游猎公司，客户包括威尔士王子爱德华八世（Edward Ⅷ）等贵人。他平时表现得十分安静，会像讲抒情诗一样向客人们介绍非洲的奇闻趣事，一个朋友形容他是"沉着冷静的猎手"，说他在瞄准因暴怒而双眼充血的非洲大水牛时，会悄声与同伴商量："打猎结束后的黄昏小酌，是喝杜松子酒呢，还是喝威士忌呢？"

1938年，波尔·布里克森出版了自传《非洲猎人》。在非洲生活了25年后，他回到家乡瑞典，1946年因车祸辞世。

许多年之后，大约在1962年年初，凯伦去世前不久，在随笔中写道："如果我能重新开始我的生活，我想再次与波尔一起去游猎。"

1985年，在著名影片《走出非洲》里，波尔·布里克森的角色由奥地利演员克劳斯·马利亚·布朗道尔（Klaus Maria Brandauer）扮演。

丹尼斯·乔治·芬奇·哈顿（Denys George Finch Hatton，1887—1931），丹麦贵族、议员，凯伦的情人，《走出非洲》中的"Finch-Hatton"。

他的父亲亨利·哈顿（Henry Finch

哈顿

Hatton），是温奇尔西第十三代伯爵（Earl of Winchilsea）。丹尼斯·哈顿曾就读于伊顿公学（Eton）和牛津的布雷齐诺斯（Brasenose）学院。在伊顿公学，他曾是板球队的队长，还担任过音乐协会的秘书。

1910年，丹尼斯·哈顿去南非旅行，后来又前往英属东非，在东非大裂谷的西部，现在的埃尔多雷特（Eldoret）附近购买了一些土地，开始狩猎活动。他与定居当地的爱尔兰贵族、议员伯克利·科尔关系密切，凭借伯克利极好的人脉，丹尼斯·哈顿得以有效地拓展狩猎业务。

1918年5月，丹尼斯·哈顿在一家俱乐部遇见凯伦，后来与她和她的瑞典丈夫波尔·布里克森一直关系不错，经常来往。1925年凯伦与波尔离婚后，丹尼斯·哈顿搬进了凯伦的庄园，开始带领富豪进行狩猎，他也接待过威尔士王子爱德华八世。丹尼斯·哈顿放弃了使用汽车来追赶野生动物，依然徒步打猎，以体现人与动物之间的平等关系，同时更多地提倡以摄影代替狩猎，从而促进了野生动物摄影的发展，他对塞伦盖蒂保护区的成立也起到过积极影响。

丹尼斯·哈顿终生未婚，1930年，他与内罗毕的女马术师柏瑞尔·马卡姆（Beryl Markham）相恋，后来柏瑞尔开始学习开飞机，成为首批殖民地飞行员，1936年9月，她从英国穿越大西洋飞到美洲，成为首位独自飞行该航线的女飞行员。她的回忆录《夜航西飞》（West with the Night）记载了她的非凡人生。

1931年5月14日早晨，丹尼斯·哈顿驾驶他的"吉卜赛飞蛾号"（Gypsy Moth）飞机从一个叫沃伊（Voi）的小型机场起飞，在机场上空盘旋了两次，突然失速坠落到地面，飞机起火爆炸，机上的丹尼斯·哈顿和管家不幸身亡。

按照他的遗愿，丹尼斯·哈顿被葬在恩贡丘陵（Ngong Hills），俯瞰着苍翠的内罗毕国家公园。墓地的方尖碑上有一块黄铜匾，镌刻着塞缪尔·T·柯勒律治（Samuel Taylor Coleridge，1772—1834）的诗句："只有兼爱人类和鸟兽的人，他的祈祷才能灵验。"

这是柯勒律治的叙事诗《古舟子咏》（The Rime of the Ancient Mariner）结尾章节中的诗句。

在影片《走出非洲》中，丹尼斯·哈顿的角色由罗伯特·雷德福（Robert Redford）扮演。

沃尔特·贝尔与约翰·亨特：从猎杀到保护

沃尔特·达尔林普尔·梅特兰德·贝尔（Walter Dalrymple Maitland Bell，简称为 Karamojo Bell，1880—1954），苏格兰人，飞行员。他因为深入到乌干达遥远的卡拉莫贾（Karamojo）荒野地区，也被称为"卡拉莫贾·贝尔"。他以成功的象牙猎人闻名。

20世纪初，一般猎手都使用沉重的大口径步枪，贝尔却独辟蹊径，采用里格比·毛瑟98来复枪（Rigby Mauser 98 Rifle），这是一种小口径步枪，大多数猎人认为其威力太小，不适合猎杀大象，贝尔却倡导用精确射击的方法来解决这个问题，他通过对大象头骨的解剖和研究，发展出自己的独门秘籍——"贝尔枪法"（The Bell Shot），将子弹从斜后方角度射入，穿过大象颈部肌肉射入大脑，要做到这一点是非常困难的。

第二次布尔战争（1899—1902）期间，贝尔在英国皇家飞行队服役，战争结束后就留在非洲，成为一个猎手。此后16年间，他在肯尼亚、乌干达、苏丹、法属象牙海岸和利比里亚等地大约猎杀了1011头大象，最多时一天猎杀了19头，通过贩卖象牙，一天最多可以赚到 863 英镑。由于大量跋涉，他在一年内就穿坏了 24 双靴子。

贝尔与当地部落相处友好，经常和他们交换关于大象的信息，所以能不断找到新的大象群落。他在以好战出名的卡拉莫贾地区待了 5 年，没有与当地土著发生过冲突。

第一次世界大战爆发后，贝尔返回英格兰，开始学习飞行，后来加入皇家飞行队，成为侦察飞行员，曾因击落一架德国双座飞机而被授勋。1918 年因病退役。

休养了一段时间后，贝尔回到利比里亚狩猎大象，并使用汽车快速到达苏丹和乍得，进行了最后一次猎杀。1939 年，贝尔原本打算乘飞机到乌干达狩猎，因第二次世界大战爆发而未能成行。

贝尔回到苏格兰 1000 英亩的庄园中，后来出版了两本关于非洲的书，里面的草图和插图都是他自己画的。他和妻子凯蒂热衷于帆船比赛，曾驾驶帆船横渡大西洋。1954 年 6 月，在写完第三本书之后不久，贝尔死于心脏衰竭。

和沃尔特·贝尔类似，约翰·亚历山大·亨特（John Alexander Hunter，1887—1963）也是苏格兰人，也曾经因为狩猎技术而闻名。1908 年他移居英属东非，后来率领利弗莫尔（Livermore）远征，占领了恩戈罗恩戈罗火山口，将其开放给欧洲的猎人，20 世纪 50 年代之前，在此进行过多场狩猎。

约翰·亨特曾创下不少狩猎纪录，1944 年 8 月到 1946 年 10 月，他在肯尼亚的马库埃尼（Makueni）猎杀了 996 头犀牛，因为当时的政府想要摆脱这些动物，好将土地交给当地的康巴人（Kamba）以求和解。后来，约翰·亨特开始担心这样剧烈的猎杀会导致野生动物的灭绝，转而游说各方对动物进行保护。他也因为这一态度的改变而受到了后人的尊敬。

约翰·亨特是丹尼斯·哈顿的朋友，曾在丹尼斯·哈顿坠机身亡后写文哀悼。1958 年，约翰·亨特在肯尼亚的马金杜（Makindu）建立了一个猎人营地，1963 年在那里辞世。

菲利普·珀西瓦尔："猎人校长"

菲利普·霍普·珀西瓦尔（Philip Hope Percival，1886—1966），肯尼亚殖民时期知名的"白色猎人"和早期的旅行向导，曾带领西奥多·罗斯福、海明威和罗斯柴尔德男爵等名流在非洲狩猎。菲利普与同时代的其他猎人——比如波尔·布里克森很熟识，在非洲狩猎圈子里被尊称为"猎人校长"。

珀西瓦尔（左一）

菲利普·珀西瓦尔出生在英国北部的纽卡斯尔附近，在他年幼时，哥哥布莱尼就去东非当了牧场守护人。菲利普21岁时继承了一笔钱，追随哥哥到了蒙巴萨，定居在大峡谷东侧的利穆鲁（Limuru），那里被称为"白人高地"，土地肥沃，他种植了咖啡和小麦，饲养鸵鸟和牛马。

菲利普·珀西瓦尔也和哥哥一起打猎，以饲养的鸵鸟作为诱饵引诱狮子。后来他开始组织狩猎，最初向客户收取每星期10英镑的费用，外加25英镑的"猎狮费"，他作为向导，负责提供旅行车、助手和猎物的包装，客户则自备食物、饮料、帐篷和床上用品。

1909年3月，51岁的西奥多·罗斯福刚完成他的第二个总统任期不久，由史密森尼学会提供赞助，前往非洲东部和中部狩猎。他在蒙巴萨登陆，菲利普·珀西瓦尔的哥哥布莱尼负责陪同，菲利普则担任旅行助理。罗斯福后来曾这样回忆菲利普："在邦多尼（Bondoni），我第一次遇见珀西瓦尔，他高大、强壮，戴着头盔，穿着法兰绒衬衫、短裤和绑腿、靴子……他扬着长鞭，赶着12头牛拖着的大篷车，车上坐着漂亮的珀西瓦尔太太，她带着一只小狗，还有一只小猎豹，那猎豹十分乖顺的样子。"

这支狩猎团队装备精良，带了大量枪支，仅食盐就准备了4吨，用来保存动物的皮毛。小到昆虫，大到河马和大象，罗斯福和同伴一共捕杀了大约11400种动物，其中包括多种罕见的白犀牛。用盐处理过的动物和皮毛，花费了数年时间才全部运回华盛顿，收藏在许多博物馆中。通过这次狩猎旅行，罗斯福会见了东非的许多知名猎人和土著领导人，这也算是一次政治社交活动。

此后，菲利普·珀西瓦尔决定成为一名全职猎人，他的客户中有罗斯柴尔德男爵、康诺特公爵及公爵夫人等名流。

后来，他先后加入了"纽兰和塔尔顿"（Newland and Tarlton）和"狩猎之地"（Safariland）两家狩猎公司，还担任了"东非专业猎人协会"的第一任主席，任期长达15年，1930年卸任后，与波尔·布里克森合资组建了坦噶尼喀导游公司。

1934年，菲利普·珀西瓦尔为海明

唐尼

威安排了两次非洲狩猎之旅，两人结下深厚的友谊，海明威亲昵地称他为"Pop"，并以他为原型，在小说《麦康伯短暂的幸福生活》中塑造了猎人罗伯特·威尔逊，在《非洲的青山》中塑造了杰克逊·菲利浦的角色。

菲利普·珀西瓦尔指导了非洲新一代的猎手，其中包括来自英国的悉尼·唐尼（Sydney Downey），唐尼称菲利普·珀西瓦尔是"了不起的白色猎人"。唐尼1933年加入了狩猎之地公司，成为专业猎人，1939年后，他逐渐放弃狩猎，开始从事野生动物摄影工作，并推广野生动物摄影和观赏之旅，后来因保护野生动物而受到赞誉。

菲利普·珀西瓦尔的另外一个弟子哈里·塞尔毕（Harry Selby），因为被美国专栏作家罗伯特·鲁阿克（Robert Ruark）写入游记《猎人的号角》而名声大噪。真是每一代人都有自己的成名方式。

"学术型"的猎人和探险家

非洲早期的一些探险家和猎人，也曾在自然科学领域留下不少有价值的研究成果。

威廉·约翰·伯切尔（William John Burchell，1781—1863），英国探险家、博物学家，1815年在南非旅行了7000多公里，收集了5万多件标本，包括植物（包含种子和鳞茎）、动物皮毛、骨骼和昆虫。他为每个标本都做了笔记，详细标明其习性和栖息地，还绘制了大量素描和油画风景，后来收藏在英国皇家植物园和牛津大学博物馆。1863年伯切尔去世后，学界将一些物种以他的名字命名，比如伯切尔斑马（Burchell's Zebra）、伯切尔鸦鹃（Burchell's Coucal）等，以示纪念。

托马斯·H·艾尔斯（Thomas H. Ayres，1838—1913）是出生于英国的南

伯切尔

艾尔斯扇尾莺

哈里斯

非鸟类学家,有不少鸟类以他的名字命名,如艾尔斯鹰(Ayres' Hawk-eagle)和艾尔斯扇尾莺(Ayres' Cisticola)。

威廉·康威利斯·哈里斯爵士(Major Sir William Cornwallis Harris,1807—1848),英国军事工程师,维多利亚时代早期的旅行者,他绘制的大型非洲动物插图有着相当高的精度,细节丰富,十分传神。

2 / Safari:
狩猎文学与时尚的起源和发展

Safari: The History of African Safari Literature and Design

　　Safari，意为陆路旅行，尤其特指在非洲的旅行。过去这个词也指狩猎活动，如今通常是指观察和拍摄野生动物，以及自然徒步等户外活动。

　　"Safari"这个词来源于斯瓦希里语，原意为"旅程"，字源来自阿拉伯语"Safar"，在斯瓦希里语中，动词"去旅行"是"kusafiri"。

　　1850年前后，英国探险家理查德·弗朗西斯·伯顿爵士（Sir Richard Francis Burton，1821—1890）将"Safari"作为外来词引入英语。这个单词被认为是斯瓦希里语对世界语言的一个贡献。19世纪，探险旅行的兴起，以及首批狩猎文学的出现，打开了一个新天地，有更多的人去非洲旅行，同时更多了解非洲的历史与文化。170多年来，在这个被"现代文明"逐渐填满的世界，非洲成了艺术与时尚界最钟爱的主题之一。

打开一个"失落的世界"

1836年,威廉·康威利斯·哈里斯爵士率领一支探险队来到非洲,他确立了一种探险旅行的新风格——在晨光熹微时出发,开始自然徒步,欣赏风景和拍摄野生动物,下午休息,晚间安排一个正式晚宴,深夜大家喝着饮料、抽着雪茄交流见闻。

1863年,法国作家儒勒·凡尔纳(Jules Verne,1828—1905)出版了《气球上的五星期》(Five Weeks in a Balloon),讲述3个英国人在非洲的旅行和发现。书中巧妙混合了充满冒险的曲折情节及地理和历史性的描述,吸引着读者的兴趣,也引领着当时的欧洲人去探索非洲的秘密,在超过40年的时间内热销不断。这本书促使凡尔纳与出版社签订了长期合同,让他获得了财务自由。

1885年,英国探险作家亨利·罗德·哈格德爵士(Sir Henry Rider Haggard,1856—1925)出版了小说《所罗门王的矿山》(King Solomon's Mines),描绘了一批英国游客的非洲旅行,讲述这些冒险者在"白色猎人"艾伦·奎特梅因(Allan Quatermai)的带领下,在非洲未开发地区寻人的故事,他们在矿山中发现了一个堆满黄金、钻石和象牙的密室,经过与当地部族的激战后满载而归。这是第一部以非洲为题材的英语冒险小说,被认为是狩猎旅行的首批文学作品,以及"失落的世界"(The Lost World)文学体裁的开山之作。

"失落的世界"是一种异国情调的冒险小说流派,以新世界的发现和探险、浪漫为主旨,起源于维多利亚时代后期,一直延续到21世纪。按照评论家艾伦尼·R.贝克(Allienne R. Becker)的说法:"当我们的地球不再有其他任何未知的角落时,'失落的世界'就以浪漫填补其中。"

《所罗门王的矿山》首次就按10%的版税率,为亨利·罗德·哈格德带来超过100英镑的稿费,到1965年,该书已售出8300万本,这是相当不错的纪录。这部小说也多次被改编成电影,引发了更多关于狩猎旅行的探险小说和电影的盛行。

海明威的非洲题材小说

海明威在非洲体验了两次狩猎活动后,写作了《麦康伯情事》(The Short Happy Life of Francis Macomber,也被译为《麦康伯短暂的幸福生活》)和《乞力马扎罗的雪》(The Snows of Kilimanjaro)。他的

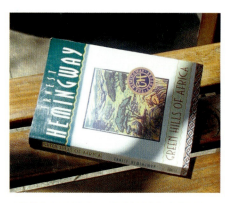

海明威的《非洲的青山》描绘了非洲的狩猎生活

《非洲的青山》(*Green Hills of Africa*)和《曙光示真》(*True at First Light*),也都是关于非洲狩猎生活的。

《麦康伯短暂的幸福生活》是海明威的短篇小说。1936年,发表在《大都会》(*Cosmopolitan*)杂志上。该故事在1947年被搬上荧幕。

麦康伯和他的妻子玛格丽特,接受白色猎人罗伯特·威尔逊的专业指导,在非洲打猎。麦康伯生性谨小慎微,只打一些温顺的小动物,而他的妻子则性格像狮子,进攻性强。每次打完猎,麦康伯总是像"一只胆小的兔子"喝着柠檬汁,而威尔逊总是豪放地喝着威士忌和利口酒。有一次,当一只受伤的狮子冲过来时,麦康伯有些恐慌失措,这种懦弱行为被玛格丽特看在眼里,加以耻笑,她向他暗示,她已跟威尔逊向导睡过了。

第二天,麦康伯和威尔逊一起狩猎,射击3头水牛,杀死了其中两头水牛,还有一头水牛受伤后,逃到丛林中去了,麦康伯鼓起了勇气,和威尔逊一起驱车追杀过去,来到了前一天狮子向他们袭击的那片丛林中。

他们发现了水牛。它怒目圆睁,麦康伯下车,朝水牛开火,可惜子弹射太高了,威尔逊也开了枪,但那头水牛依然在做殊死搏斗。麦康伯在最后的紧要关头,射死了水牛,但几乎在同时,玛格丽特从车上开了一枪,打中麦康伯的头部,杀死了他。玛格丽特跌倒在地上,痛哭不已。

这篇小说在出版后,被认为是海明威的精妙作品之一,这主要是由于其人物之间相互的暧昧性和他们复杂的动机。玛格丽特开枪的动机——她是故意还是失手杀死了丈夫,有着不同的解读和争议。

而一直懦弱的麦康伯,在鼓起勇气追杀受伤的水牛时,其实是他勇敢面对野生动物和他不忠的妻子的开始(她这次出轨,并不是第一次对丈夫不忠),他赢回了一个男人血性的幸福,但不幸的是,他的幸福是以小时计算,甚至是以分钟来计算的。

《乞力马扎罗的雪》是海明威的一篇短篇小说,于1936年首次发表在《君子》(*Esquire*)杂志上。

这段著名的开头也被不断引述:"乞

力马扎罗,高 19710 英尺,山巅被积雪覆盖,是非洲第一高峰。它的西侧顶峰,被马赛人唤作'Ngàje Ngài',意为'神之家'。顶峰旁边横卧着一具冻干的花豹尸体。没有人能够解释,这头豹子曾在那样的高寒之处,去寻找些什么。"

这部意识流风格的小说,讲述了患上了坏疽病的作家哈里(Harry)和他的妻子海伦(Helen),由于他们卡车发动机里的一个轴承烧毁了,被困在非洲的一个营地里所发生的故事。哈里的病情使他烦躁,与海伦争吵起来。

哈里漫忆着自己的经历,他觉得他从来没有完成他的潜能,因为他选择娶了一个富婆。海伦是一个失去了丈夫和孩子的寡妇,曾有一系列的情人,最终吸引了哈里,而哈里曾明确表示,他并不爱她。两周前,他们一直想拍摄一些水羚的照片,途中哈里的右膝盖被一根刺扎了,他拔出刺后,没有马上用碘酒消毒,致使感染,得了早期的坏疽病。

当海伦回来与哈里喝鸡尾酒时,他们又吵了起来。哈里漫忆起来,在君士坦丁堡曾经光顾妓女来"杀死自己的孤独",他渴望这第一个女人能爱上他,然后两人在巴黎吵了一架,分手了。他还曾为了一个亚美尼亚妓女与一个英国士兵打斗,然后离开君士坦丁堡,来到安纳托利亚,但后来的情况更加糟糕。

海伦和哈里吃晚饭,他又陷于另一段回忆中。他祖父的房子烧毁了,他如何在黑森林里捕鱼,以及他如何生活在巴黎的一个贫穷区中。他的思想徘徊在战胜死亡的恐惧和忍受痛苦的极限之间。他记得有一个军官叫威廉姆森(Williamson),被炸弹击中了,随后哈里给他喂了所有的吗啡片。回忆结束,哈里看着自己的伤腿,觉得在目前的状况下,他不必担心痛苦。

哈里躺在他的吊床上,斑鬣狗在营地边上转悠,他感到死亡的压倒性的存在。他不能说话了,而海伦以为他睡着了,把他搬进了帐篷过夜。哈里做起梦来,梦见这是在早晨,一个名叫康普顿(Compton)的飞行员,驾驶着飞机去救他。他被抬升到了飞机上,那里只能容纳他和飞行员两个的狭小空间,他看着下面的风景。突然,他瞥见了白雪覆盖的乞力马扎罗山,银光闪亮,这才想起来自己是在哪里。

半夜,海伦醒来,听到斑鬣狗在嚎叫,发现哈里在他的吊床上,已无法应答她的问话。

《乞力马扎罗的雪》被认为是海明威最重要的作品之一,与他的《太阳照常升起》(*The Sun Also Rises*)和《战地春梦》(*A Farewell To Arms*,也被直译为《永别了,武器》)一起,给他带来了巨大的声誉。

1935 年，开始在《斯克里布纳》杂志（Scribner's Magazine）连载的《非洲的青山》，描述了海明威在东非马尼亚拉湖地区的狩猎的冒险生活，并穿插着对文学和一些作家的看法。《斯克里布纳》是 1887 年到 1939 年出版的一份美国期刊，当时有不少艺术家和作家为其提供版画和文学作品。

《曙光示真》写于 1953 年到 1954 年间，讲述他和第四任妻子玛丽在东非的游猎，一半是回忆录一半是小说，1999 年在他百年诞辰纪念时出版。海明威在书中探讨了婚姻中的矛盾、欧洲和非洲本土文化之间的冲突，其中还提到了在非洲他的写作变得困难的感觉，书中还回顾了他早期的友谊和对其他作家的一些沉思。

源自非洲的灵感

非洲的游猎时代，对当代的电影与时尚也产生了巨大影响。游猎的场景出现在多部影片中，其中比较出名的是 1985 年拍摄的《走出非洲》。凯伦·布里克森与情人丹尼斯·哈顿一起旅行时，丹尼斯也不愿放弃在家时的舒适感，在旅途中依然使用精致的瓷器和水晶器皿，用留声机听莫扎特的黑胶唱片。影片上映后，狩猎风

津巴布韦一处民俗村里表演的非洲舞蹈

采用非洲传统印染技术做成的织物,十分美观

格的装束——宽檐帽、束腰的丛林夹克和沙土色的卡其布衬衫——成为一种都市新风尚,同时也给建筑与室内设计带来新的灵感。

2003年,探险者的后辈追寻着先人的行迹,在那一年的春夏季流行趋势中,可以看到来源于赤道植被、草原阴影的设计灵感。由于面料和染色的原因,这些服装的颜色看上去像是在非洲的太阳下漂染过的,搭配腰带的夹克和带贴袋的狩猎衬衫,仿佛在延续殖民时代的历史传奇,随时准备在星夜起程去探险。

马赛村落里孩子们的穿着。尽管缝制还比较粗糙,但搭配的细节颇为讲究

马赛人制作的工艺品

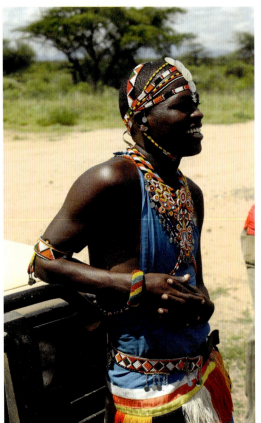

马赛人的服装、首饰和桌布等物品,各具特色

充满非洲感觉的图案，比如马赛人典型的红色、蓝色和紫色格子相间的披巾（Shúkà），在2012年秋冬的国际时装潮中成为设计的灵感，一家顶级时装品牌采用这种图案设计出了具有非洲风情的围巾和男式高帮靴子，让人在远离非洲的地方，遥想马赛村落独特的色彩和声音。2017年春夏季，该品牌又推出一系列饰有动物图案的男式靴子和拎包，并在两款马海毛运动衫上采用嵌花工艺，分别以亮色织上了黑斑羚和跳羚的图案，融合伦敦朋克风格，再次渲染非洲主题。

这种披巾的风尚是怎么形成的，目前尚不清楚。有一种解释是，披巾是由苏格兰传教士在殖民时代引进的，确实看起来也像苏格兰的格子图案，还有一种形象的说法是，"马赛披巾的过去可能仍然是一个谜，但它看起来想要征服未来。"

每当暮色降临，在非洲的苍穹下阅读探险者的往事，感觉十分奇妙。时光远去，那些历史深处的人物却顷刻复活在记忆中，依然年轻，依然充满活力，他们仿佛刚刚还在披荆斩棘，此刻归来，和我一起注视着篝火，娓娓讲述自己的故事。

魂归这片神奇的土地。对于那些热爱非洲的人来说，走出非洲，是为了回到非洲。

3

"生态旅游"和"野奢"的定义

The Definitions of Ecotourism and Glamping

"生态旅游"（Ecotourism），是指在脆弱和原始的、相对不受干扰的自然区域，以小规模的团队，替代人数众多的大众旅游。它的参与者一般是文化程度比较高的旅行者，能尊重不同的文化遗产，使得当地社区的经济发展直接受益，并积累资金来进行生态养护，将对环境的负面影响减少到最小程度。

"Ecotourism"这个复合词，1973年首次被记录在《牛津英语词典》中。20世纪80年代，生态旅游逐渐兴起，被认为是环保主义者努力下的重要成果，希冀能使子孙后代也体验到相对未受人为干预的目的地。

生态旅游侧重于负责任地旅游和环境的可持续发展性，让游客深入了解人类对环境的影响，同时使自然栖息地有更大的升值空间。负责任的生态旅游计划，包括尽量减少传统旅游对环境的负面因素、保持当地居民的文化完整性。环境的可持续性，则包括物质的回收利用、促进能源的利用效率、节约用水，并为当地社区创造就业机会。

对许多国家和地区来说，生态旅游是国民经济的重要产业，比如在肯尼亚、哥斯达黎加和厄瓜多尔等地，生态旅游都是国内生产总值的一个重要组成部分。

有关专家也指出，目前的生态旅游也会对环境与生态造成潜在影响。比如在肯尼亚，观赏野生动物时，可能会吓走动物、破坏它们的喂养和筑巢地点，还会驱赶猎豹离开它们的传统栖息地，增加其近亲繁殖的风险，进一步危及该物种的生存；马赛马拉自然保护区建成了众多营地（Lodge），要使用更多木柴取暖，旅游车辆的车辙遍布整个地区，部分草原和灌木林正在被逐步侵蚀，处于退化之中。

而"野奢"（Glamping）指的是传统酒店与野营帐篷的组合。野奢在21世纪逐渐流行起来，旅行者在享受酒店传统的奢侈设施与优质服务的同时，也追求野营帐篷所带来的冒险娱乐之感。

"Glamping"是一个合成词，由英语"Glamorous"（迷人的、富于刺激性的）和"Camping"（野营）组成。这个单词于2005年首次出现在英国，并于2016年被添加进《牛津英语词典》中，但这种奢华的帐篷生活可以回溯到16世纪，当时苏格兰阿索尔伯爵（Earl of Atholl），为来访的国王詹姆斯五世（James Ⅴ）和他的母亲精心搭建了奢华的帐篷，装满了宫殿里常见的各种物品，富丽堂皇，营造出了一种苏格兰高地的奢华体验。

1520年，英国亨利八世（Henry Ⅷ）和法国弗朗西斯一世（Francis Ⅰ）在法国北部举行了一次外交峰会——黄金布场

（The Field of the Cloth of Gold），搭起了大约2800顶帐篷，小型喷泉流出来的都是葡萄酒，这可能是历史上最奢侈的宫殿帐篷了。

经过了400年后，在20世纪20年代，非洲狩猎成了富有的英国人和美国人的时髦举动，那些寻求冒险的人携带着发电机、折叠式浴缸和香槟酒，依然保持着"奢侈到底"的做派。

如今的非洲野奢营地既保留了昔日游猎的格调，又融汇了现代的技术，坐落国家公园或私人自然保护区里，在尽量不破坏自然环境的前提下，搭建起高级客房和配套的建筑物，所以在外观上对比并不强烈，有相当多的营地连围栏都没有，大象可以直接从帐篷前慢慢地走过，整个营地供水供电包括排污都自成体系，也就是说，这些营地是自然野性世界的一部分，成为接触纯净自然的窗口。

建筑形式一般分为帐篷和砖瓦结构的两种。帐篷建在一个砖瓦或木制的地基上；砖瓦结构一般是独栋别墅，也有少量是联排的结构，以非洲茅草屋顶的构造为主。

帐篷一般采用军绿色帐篷，出入口处既有拉链结构，也有采用固定门的形式，也被称为"狩猎帐篷"（Safari Tents）或"帐

两位宾客在营地里，用望远镜观察不远处的大象

篷小屋"（Tent Cabins）。无论是帐篷结构还是砖瓦结构，一般在客房外面设立私人阳台，里面各种设施一应俱全，摆放着大床、沙发、桌子，盥洗室里有抽水马桶和淋浴设备，有的还配上了浴缸。野奢营地的餐厅和酒廊是宾客们的交流中心。营地自行发电，一般配备着 Wi-Fi，也有一些没有 Wi-Fi，手机信号也比较弱，以刻意营造出一种避世之感。

野奢营地配备着管家服务，每天会提供点心和热饮,能让客人在自然的环境中,尽可能舒适地享受生活。

在此享受的高端旅行者，一般是指具备一定消费能力的国际游客。他们寻求新的体验，包括接触与互动，并且懂得尊重自然、社会与文化环境；注重精神、心理和荣誉层面上的追求，其中也包括对生活品质的追求，对差异性待遇（即专属感）的追求。

4 / 行前阅读：
与非洲有关的文学作品和影片

Reading before Visiting:
Literatures and Movies Related to Africa

【小说、诗歌与文集】

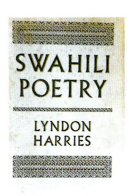

■《斯瓦希里语诗歌》
(Swahili Poetry)
1962年

这部由林登·哈里斯（Lyndon Harries）编辑的书籍，介绍了东非斯瓦希里语诗人的概貌。网上可以找到1962年由牛津出版社出版的英文版本，全书388页。

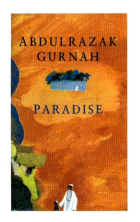

■《天堂》
(Paradise)
1994年

这是坦桑尼亚作家阿卜杜勒-拉扎克·古尔纳（Abdulrazak Gurnah）的一部历史小说，该小说曾获得了布克奖的提名。古尔纳于1948年出生于桑给巴尔，现常住英国。2021年10月，他获得了诺贝尔文学奖。

这部小说讲述了一个非洲男孩优素福（Yusuf）长大成人的故事。12岁的优素福被父亲在偿还债务时卖掉，他作为仆人随商队前往蛮荒的中部非洲和刚果盆地，遭遇到了来自当地部落和野生动物的威胁。最后，当商队终于回到坦桑尼亚时，第一次世界大战开始了，他们遇到了德国军队而被强行征兵。

该小说通过优素福的独特视角，展现了欧洲殖民主义者侵吞非洲的过程中，很少被媒体报道的东非地区的真实生活。网上可以找到1995年由新新出版社（The New Press）出版的英文版本，全书256页。

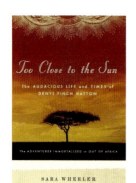

■传记文学《离太阳太近：丹尼斯·芬奇·哈顿的生活与时代》
(*Too Close To the Sun: The Life and Times of Denys Finch Hatton*)
2007年

　　这是由英国作家萨拉·惠勒（Sara Wheeler）所撰写的关于丹尼斯·芬奇·哈顿的传记。在她的笔下，哈顿是英国殖民者在东非神话故事中一位难以捉摸的英雄，他被自由和危险的诱惑迷住了一生。该书披露了哈顿和凯伦关系的真相：在哈顿飞机失事之后，他的遗嘱中并没有给凯伦留下任何财产。尽管他此前已知道凯伦经营农场已濒临破产；同时展现出哈顿和凯伦是开拓这片原野的先驱，但在他们离开之后，这片土地很快被暴力、贪婪和偏执所改变，东非殖民地最终成为"消失的天堂"。

　　在网上可以找到2007年两家出版社出版的英文版原书。

【电影】

■ 影片《乞力马扎罗的雪》
(*The Snows of Kilimanjaro*)
1952年

根据海明威的同名小说改编,该片由亨利·金(Henry King)执导,格利高里·派克(Gregory Peck)和苏珊·海华德(Susan Hayward)主演。该片的结局与原小说的有所不同。电影作为20世纪50年代早期最为成功的电影之一,票房收入达到了1250万美元。

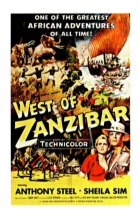

■影片《桑给巴尔以西》
(*West of Zanzibar*)
1954年

这部由哈利·瓦特(Harry Watt)执导,安东尼·斯蒂尔(Anthony Steel)、希拉·西姆(Sheila Sim)主演的影片,讲述了跟随当地部落向蒙巴萨进发的过程中,误入象牙走私黑幕的故事。

西察沃的"食人狮子"的史实,曾多次被改编成电影,由史蒂芬·霍普金斯(Stephen Hopkins)执导的是其中比较成功的一部,由方·基默(Val Kilmer)和迈克尔·道格拉斯(Michael Douglas)主演。

■ 影片《黑夜幽灵》
(*The Ghost and the Darkness*)
1996年

■ 影片《白色的马赛女人》
(*Die Weisse Massai*)
2005年

该片讲述了一个瑞士女子卡罗拉(Carola)与男友在肯尼亚度假时,爱上了桑布鲁的马赛男子乐玛连(Lemalian),最终离开了她的瑞士男友,卖掉了在瑞士的店铺,与乐玛连生活在一个偏远部落的故事。在那里,她逐渐适应了马赛人的生活方式,习惯于他们的食物包括混合着血的牛奶。卡罗拉婚后生了一个女儿,购车开设商店,需要不断借钱给朋友和邻居;行贿当地的小酋长,还不得不雇用乐玛连的十几岁的懒惰侄子当店员。卡罗拉还试图阻止村里施行女性割礼,而乐玛连却不容许卡罗拉跟其他任何男人有正常的相处……最终,她带着女儿离开肯尼亚返回瑞士。

这部影片根据德国出生的作家科琳娜·霍夫曼(Corinne Hofmann)的同名自传体小说改编,由赫敏·亨特格博斯(Hermine Huntgeburth)执导,展现出不同文化和世界观的巨大冲突。

■ 影片《不朽的园丁》
(*The Constant Gardener*)
2005年

政治惊悚片，根据约翰·勒·卡雷（John le Carre）的同名畅销小说改编，由费尔南多·梅里尔斯（Fernando Meirelles）执导，拉尔夫·费因斯（Ralph Fiennes）和蕾切尔·薇姿（Rachel Weisz）主演。

该片讲述英国驻肯尼亚的外交官贾斯汀，在妻子泰莎惨遭谋杀后，冲破迷雾，调查命案中的种种疑点，最终发掘出一家跨国医药公司以黑人作为药物实验品的骇人事实，在黑金政治与腐败丛生的背景下，让人们对于非洲贫困的现状有更深的解读。

■ 纪录片《獴哥》
(*The Meerkats*)
2008年

英国的一个摄制组在南非卡拉哈里沙漠地区，花了6个月的时间，拍摄了一只刚出生才3个星期的狐獴科罗的成长和历经危险寻找家人的故事。科罗好奇心很强，喜欢随便走动。在它很幼小时，经历过家族与一条眼镜蛇的恶斗。有一次，它走散了，是它的哥哥救了它，但后来它的哥哥被鹰叼走了，这让科罗十分伤心。

气候酷热，食物难觅。在一次与另一个狐獴家庭争夺地盘的过程中，科罗遭到围攻，被迫撤退到一个完全陌生的地方，与家庭失散了。它第一次独自在地洞里过夜。凭着嗅觉，它找到了家人曾经走过的路，找到了回家的路，在最后即将与家人团聚的时分，又被一群狮子阻隔，最后趁着狮子吃饱熟睡后，终于回到了家。整个故事十分感人，这种非洲特有的动物的故事因而广受关注。

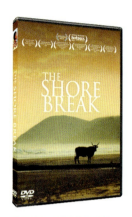

■ 纪录片《近岸开花浪》
(*The Shore Break*)
2014年

这部由南非电影人雷利·格勒嫩瓦尔德（Ryley Grunenwald）摄制的纪录片，展现了在南非"狂野海岸"的阿马迪巴地区（Amadiba），政府拟开采钛矿而遭到当地土著部落人民反对的故事。在该地区，庞多人（Pondo）坚持他们的传统生活方式已有几个世纪了，诺赫尔（Nonhle）是当地的一位年轻导游，她坚决保护赖以生存的濒危环境，而她的表弟马迪巴（Madiba）作为当地的企业家，厌倦了他所在的社区没有医院、学校，以及缺少就业机会的情况，则完全支持开采钛矿的动议。

该片既展现了两位主人公在视觉和情感两方面的激烈对峙，更体现出风景秀丽、有着丰富文化遗产的地区，环境保护与投资发展、传统生活方式与"全球化"之间的对抗，而这种为了掠夺资源的故事，正在许多角落上演着。

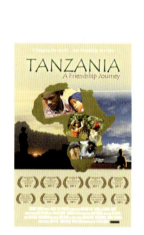

■ 纪录片《为什么出发》
(*Kwanini*)
2014年

他（维南斯，Venance），来自一个东非被称为"人类摇篮"的地方。她（克里斯汀，Kristen），在美国过着优渥舒适的生活。这两个看似不太可能成为朋友的人，一起从乞力马扎罗高地到疟疾和艾滋病肆虐的村庄，救治病人的过程成为一场奥德赛式的自我发现之旅。

该片由西尔维亚·卡米纳（Sylvia Caminer）担任导演。

■纪录片《坦桑尼亚中转站》
(*Tanzania Transit*)
2018年

　　这部由杰伦·范·韦尔岑(Jeroen Van Velzen)执导的纪录片,跟随着鲁克亚(Rukia)、伊萨亚(Isaya)和彼得(Peter)三个人,乘着一列火车,三天三夜穿越坦桑尼亚。鲁克亚作为一个独立女性,在一家矿场附近经营着酒吧失利后,希望找到一个可以重新开始生活的地方。伊萨亚是一位马赛老人,带着孙子威廉一起要回到丛林中的家,在火车上,也要忍受着其他乘客对马赛人的偏见,而彼得曾是帮派头目,现在靠着传道而勉强糊口。

　　这列火车就像东非社会的一个缩影,而这三位主人公都在渴望着冲破人生中的暗黑时刻。

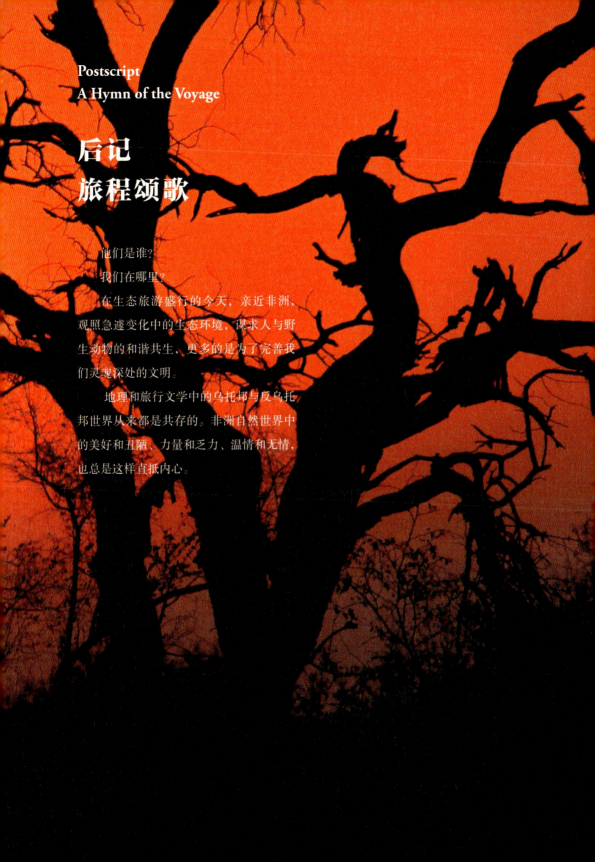

Postscript
A Hymn of the Voyage

后记
旅程颂歌

他们是谁?

我们在哪里?

在生态旅游盛行的今天,亲近非洲,观照急遽变化中的生态环境,谋求人与野生动物的和谐共生,更多的是为了完善我们灵魂深处的文明。

地理和旅行文学中的乌托邦与反乌托邦世界从来都是共存的。非洲自然世界中的美好和丑陋、力量和乏力、温情和无情,也总是这样直抵内心。

A.

去非洲狩猎,曾是一件令人神往的事情。

还是在我上大学的时候,我曾读到过一篇关于非洲的微型小说,说的是——

一支英国的探险队去非洲,其中一位绅士在狩猎时身亡。领队给死者的家人发电报:"您先生不幸遇难。"

"请把他送回来。"其妻子悲痛万分。

3个月后,一只巨大的木箱被轮船运了回来。妻子打开一看,里面只有一只死狮子,她急忙给非洲方面发电,"只有狮子,没有我丈夫"。

那边迅即回电,"您丈夫在狮子的肚子里"。

只是现在这样的历险和罹难都已不容易发生,在非洲的不少地方早已禁止狩猎。

B.

非洲的总面积约为3031.2万平方公里,是仅次于亚洲的第二大大陆,占地球陆地总面积的五分之一。非洲蕴藏着丰富的矿产资源和生物资源,其中包括非洲中

肯尼亚的一个村落。一名披裹着格子披巾(Shúkà)的少女,十分俊俏

黄昏时分，马赛马拉保护区。一只匍匐着的准备捕食的母狮。对于那些食草动物而言，凶猛的捕食者，往往在最后一刻才会被发现。看不见的敌人，才是最可怕的敌人

部茂密的赤道雨林以及非洲大陆东部和南部的野生动物种群。

据说在古代，希腊人将利比亚和罗马人统治的地区称作"非洲"。这个词可能来源于拉丁词"Aprica"（意为"阳光"）或希腊语中的"Aphrike"（意为"没有寒冷"）。当时，非洲这个名字主要适用于非洲大陆的北部海岸。罗马人曾一度统治着北非海岸，将那里的定居点称为"Afriga"，或非洲的土地（the Land of the Afrigs），这是在迦太基以南的一个柏柏尔人社区的名称。

蓝天一直是我的所爱，以往每年都有无数次的洲际飞行。机翼，像是时间之桨，在看不见的水波中划动着。

去非洲之前需要接种疫苗。许多年之前，第一次去上海国际旅行卫生保健中心的情景还历历在目。墙面上贴着不少通告，其中一个说某个非洲国家发现一种热疫，死亡率较高。

霍乱、疟疾、黄热病这些字眼看上去就令人不适，而现在必须要口服药物或注射疫苗，加以预防。接待处的一个小姑娘说："倒一杯凉水，先吃一颗霍乱药。"她

小心翼翼地给我们示范剥开那颗药丸。由于怕压，这颗胶囊比一般的药丸有着大一倍也不止的外壳，摸上去还十分有弹性，感觉是生怕这颗胶囊里的药粉散落出来。回家后需要将这颗霍乱胶囊放入冰箱的冷藏室，在 7 天后还要吃一颗。

预防疟疾的药要在临走时的前一个晚上吃，一次 4 片，"毒性很大的"，但也要吃，另外配的是疟疾发病时吃的药物。

保健中心给每人发了一本国际预防接种证书（International Certificate of Vaccination），这俗称为"黄皮书"，在一些非洲国家入境时很可能会被查验。临行前查阅相关资料，我恶补了一堂流行病学的课程。去往遥远的非洲，这仅是一幕序曲。

C.

在飞往内罗毕的航班上，回忆起自己看过的一些影片，不知怎么就想起了亚历山大·索科洛夫（Alexander Sokurov，1951— ）的《旅程挽歌》（*Elegy of a Voyage*，2001）。这是我十分喜欢的一部充满诗意的纪录片。

片中的许多场景都是俄罗斯漫长的冬季，漫天飞雪与巨浪相舞，更加增添了寒冬的瘆人气息，而冷冽的冬季更是适合进行自我思考的时节。影片中的"我"不时地对周围看似寻常的一切进行询问和反思——回到出生地，穿越国家的过去，其中当"我"在进出边检面对审视的目光时，警觉地发出疑问："谁可以这样看着我？""他们是谁？"——那是一个异乡人的诘问，充满了自我不屈的力量。

那是一个过去禁锢或刚刚开放年代的象征，而一些真正的旅行者，像是理想境地中的永恒人质，也像是完美时间里的自愿囚徒。在许多时候，在时间的经度中，他不确切地知道他是谁，或他将成为什么样的人；在地理的纬度中，他也像是一个流亡者，他不知道他从哪里来，要到哪里去；没有更多的地域归属感，只有散淡漫游后饱含着的沧桑和欣喜。这无论在文化和历史的意义上，都是这样的。

从 2018 年春天开始，当我从浦东机场出境时，已无边检人员进行严格的证件查验了，只需将机票和护照放在闸机的感应口上，瞬间闸门开启。汇入世界的大潮之中，就在此时。

在世界的不同端点，境遇不同，但所有的问题都是相似的：消费主义甚嚣尘上，环境气候变化日益加剧……旅行的本质一如生命的单纯与柔嫩，所有的光与影的反射和衍射，都会成为相互的记忆，而更多的时候，需要树立起一道自然和艺的围栏，将自己的心灵保护起来。即使世界开始荒芜，内心依然充满盛景。

哪里会成为我的敬意之地？

那些敬意之地就在自然的繁华和废墟中，在世界的色彩和芳香中。在非洲感受流逝的风、流逝的记忆。漫漫时间长河里的呼吸，安静的灵魂是纯洁的，不争不怒，慧心相通，犹如夕阳下的闲步。

谁属于我热爱的那个世界？

去触摸非洲大陆的肌理与边界，寻求充满激情的影像，洋溢着柔曼或庄严的文学气息。我们内心新大陆所预示的永恒，仍有待去确认和遥想。

非洲总是让人期待，这是文化留存和现代融合特别深厚的地方。如果一个人对生命还存在着疑虑的话，到非洲去看看会大有裨益。因为那里的自然风貌、野生动物和人群，都以自然的或社会的法则，昭示着生命的坚韧和高贵。

这是一种生命的情怀。

D.

本书中所描绘的这些野生动物，对我们意味着什么，或者不意味着什么？如何能更深入地了解自然世界的生活？

一只马赛长颈鹿从越野车旁经过。长颈鹿共分四种，其中的马赛长颈鹿的花纹，好似揉碎的常春藤叶子

在粗粝炙热的非洲草原触摸地球的生命感，凝望星空，寻觅动物，静静聆听翠鸟的歌唱……这不仅是身体的旅行，更是精神的舒展体操。

读过我的专著《华丽巅峰》和《时尚候鸟》的一些读者都会知道，我是最早拍摄巴黎时装周和伦敦时装周（London Fashion Week）的华裔摄影师之一，记录下那个时尚鼎盛时代的无数魅影。为何我在这些年会如此热衷于拍摄非洲和极地呢？

原因在于，多年前我深入非洲时所感受到的那种心灵震撼。有一次在万基国家公园，气温异常炎热，植被稀疏，不少羚羊吃不到草，就踮起脚来吃树叶，但树上的叶子也不多。

我意识到由于全球环境的变化，全球仅剩的这些野生动物也处于食物的短缺之中，如果不给予更多关注的话，事态可能会更为严重。地球上，不能只剩下人类，我认为"没有这些野生动物，也将会没有人类自身"这句话绝不是危言耸听。

我常年深入非洲的一些自然保护区。每次踏足那块神奇大陆，我都会忆起凯伦·布里克森（Karen Blixen）在《走出非洲》（*Out of Africa*）中写的那段话——"在这

薄暮时分。白云、金合欢树和地平线，构成了简洁的画面

一只羚羊仰头望着树枝上刚刚萌生出来的嫩叶。这是野生动物缺少食物的一幅象征性画面。由于环境气候的变化,非洲的许多野生动物都面临食物短缺的问题

样的空气中,你轻松地呼吸着,信心满满,心灵轻盈,幻入画中。在高地的清晨一觉醒来,心中就会想到:我在这里,来到了我应该来的地方。"

在非洲,我不仅接触了包括"非洲五大"在内的各种动物,更重要的是,试着去学习怎么尊重人类以外的其他生命,它们和我们一样有着高贵的权利:被尊重和不被打扰的权利。尊重生命,意味着尊重所有庞大的或幼小的生灵。

我忆起奥尔多·利奥波德(Aldo Leopold,1887—1948)和他的《沙乡年鉴》(*A Sand County Almanac and Other Writings*),这是一本关于环境保护的自然随笔集,同时也是土地伦理学的发轫之作和环境运动的开创性作品之一。奥尔多·利奥波德首次推出"土地伦理"这一概念,认为"土地共同体"包括土壤、水源和野生动植物,而"土地伦理"则是要把人类从征服者的角色,转变成这个共同体中的平等一员。任何对于土地和野生动植物的破坏行为,都将带来灾难性的后果。

《沙乡年鉴》于1949年首次出版。《纽约时报书评》称赞其为"一本观点鲜明、

充满生机之书",后人也将其视为自梭罗《瓦尔登湖》(Walden)之后最好的一本自然著作。这部经典作品在现在看来依然深具现实意义。最初的伦理学观念是用以调节人际之间的关系,后来扩展到人与社会之间的关系,但迄今为止还没有更多的人意识到,当代日益恶化的环境现状,迫切需要建立起关于人与土地之间的伦理观。

在非洲的漫旅中,这种感受变得十分强烈。在一家私人保护区参观时,天色越来越暗,司机打开了车灯,四周寂静一片,只能听到嗡嗡的马达声。气温很低,每个人围上了一条随车带来的毯子。突然,一群跳羚出现在前方的道路上,司机立刻下意识地把远光灯换成了近光灯,等跳羚消失在路旁的丛林后,才又重新开启远光灯。我问司机:"你刚才为什么要换灯光呢?"司机回答道:"因为远光灯有可能会晃到动物,使它们受到惊吓,像跳羚这种动物受到惊吓后会慌乱地跳开,容易造成骨折或者其他的皮肉损伤。"

这样的故事在非洲保护区里不胜枚举。如果我们都能"像保护眼睛一样保护自然,像尊重人类自己一样尊重野生动物",自然保护的前景就会完全不同。

我遇到的"非洲旅人",其中不少来自英国,有的是夫妇同行,也有相当多的独行者。他们大多是中年人,头发花白,双眸明亮。这个昔日的帝国有着悠久的地理探索传统,在非洲最早的一批探险家中,戴维·利文斯敦医生兼传教士(Dr. David Livingstone)就来自英国,此后有更多的人不断前来。而在法语中,有专门一个单词"Mal d'Afrique"(非洲瘾),就是指到访非洲后所产生的怀旧情结,并渴望再次回到那里。

我们从生命的原野上和急流中汲取灵魂的滋养,同时也渴望成为见证人,见证着这片静谧而野性的土地的变迁和正在面临的危机。

如同塞洛斯给我留下的一些记忆,就像是一张略为烧焦的老照片,四周有一圈黑色的边,暗示着灼热过,曾被燃烧,又被熄灭了火焰。这个自然保护区,现在就像是有了这样一圈黑边的照片。

塞洛斯那个绝美的野性世界,在没有更多人知晓的情况下,黑犀牛已不见踪影,大象的数量正在急剧减少。在坦桑尼亚最大河流鲁菲吉河的上游,建造水电站的动议,一直就没有消失过。还有在南非原始秀美的"狂野海岸"开采钛矿的计划,也一直没有被放弃过。这些动议让一些环保人士情何以堪?

E.

在非洲，经常会有一束束的暖光，让人目眩神迷。

在本书中，从私密舒适的野奢生活到蛮荒之地的野生动物，足以构成一幅当代社会的广阔画卷——奢华与贫困、环保与发展、多极化的社会意识交织在一起，相互对立而又试图融合起来。

在影片《走出非洲》中，有这样的一句台词："我总是两手空空，因为我触摸过所有。我总是一再起程，因为哪里都陋于非洲。"这句精妙之言给旅行者营造了丰富的想象——我们平时所居住的地方，究竟在哪些地方陋于非洲？非洲到底在哪里有着无与伦比之美呢？

对于那些尚未抵达的人士来说，他们希望看到非洲的令人惊喜之处；而对于那些反复到访的资深旅行者而言，他们则希望更多的可能性，来领略这片自然乐园中的神奇和壮丽。

我曾一次次地飞抵非洲，在一个纷杂而宏大的框架中，来了解非洲文化的深厚。如同我在飞机上，注视着原野斑杂的地貌，回想着，自己又一次探寻了非洲的深邃秘密。这是在自然与历史之间的一次宁静探险。

这不仅仅是一场场华丽的冒险，更是让非洲凝入血液的旅程，并潜入内心深处，珍藏。这是一种纯净而深情的美。

记得在14年之前，我与一位友人在MSN上，曾经这样谈起非洲——

我：最近正在写非洲。

她：那是一个什么样的世界？混乱？蛮荒？

我：都有，更有生命的热忱。

她：那是一个在旅游中往往被忽略的地方。大概没多少人会想着往那里跑吧？是不是到处都有危机？

我：以前，那可能是一个在旅游中容易被忽略的地方。而现在，向往非洲的人则已越来越多了。

有时也是很危险的，如可能被河马这样的野生动物伤害，在一些地区还流行着如疟疾和黄热病等疾病，但那里更是一个神奇的地方。

年复一年，我在苍茫的原野上，回想着"Safari"的历史。在今天，"Safari"通过传媒已广为普及，人们通过电影和文学作品，熟知了一些冒险和浪漫的往事，但这一切是如何开始的？"Safari"还像100年前一样吗？对于非洲的自然世界，我们还有多么漫长或多么短暂的未来？

一只雄性马赛鸵鸟从草丛中经过。鸵鸟,也经常用来比喻"逃避现实的人"

按照一位西方记者的说法,"灵魂翱翔的景色,让你的脊柱刺痛,然后展现一种只有在非洲才能让你感觉到的景观。"这就是非洲的"美丽之痛"。

这样的野生世界,自由、残酷而快乐。这样的旅行生活,狂放、轻松而自在。这些野生的生灵,身上有着自然而高贵的气质,与它们的亲近,每每都会唤醒自己原始的激情,但这样的接近,已变得越来越奢华,因为在环境不断遭到破坏的情况下,每一次亲近,都已变得弥足珍贵。

F.

2020年初春。我在威尼斯的朋友发来照片说,由于意大利封城,游人几乎不见踪影,威尼斯的运河开始变得清澈,久违的天鹅也游弋回来了。

这个春天,窗外的樱花树正以比以往更猛烈的姿态怒放着,不远处树上的鸟鸣声似乎也比以往更为清脆和嘹亮,在人类活动因疫情而稍微减缓的时刻,自然界却迎来了强盛的复苏。一日,我在朋友圈中看到这样的一张截图,上面有着如下的文字——

转阿根廷精神科医师协会的通知：

亲爱的公民，如果被隔离，您开始和花树聊天，这很正常。无须致电。

只有在那花树开始回答您的情况下，才有必要寻求专业协助。

您疲惫的精神科医生

"感时花溅泪，恨别鸟惊心。"在一般情况下确实如此，但如果深入到非洲丛林深处，却更需要仔细聆听动物的叫声，判断出其中的含义。我不止一次拍摄非洲野象群，有一次我站在安全距离之外，但同去的另一位拍摄者越拍越近，最后离大象不到五六米。象群中一头巨大的公象突然甩动脖子，有力地呼扇着耳朵，把面前的树叶、茅草扇得上下飞舞，还用鼻子甩动着树枝。我知道它这是发怒了，于是劝说大家迅速撤离，否则后果不堪设想。

大自然与人类间的距离，似乎正处于需要重新调整的关口。在许多情形下，人类需要稍微后退。这也正是我这些年探索非洲的原因，在那里人类的痕迹有了更直观的呈现，被磨损着的自然世界会被容易地体悟到。

尽管我常年深入非洲，一直希望每年有新的内容增加进来，把这本书做得更丰富扎实一些，但最终遇到了目前的情况：越来越多的国家暂时关闭或收窄出入境的大门。从 2020 年 3 月起，随着疫情在全球的扩散，非洲国家公园和自然保护区内的旅游业全面暂停，对相关国家影响巨大，如在肯尼亚，野生动物旅游直接提供了大约 100 万个就业机会。

随着旅游车辆的消失，整个旅游业处于停滞状态，偷猎者反而蠢蠢欲动，肆意作案。因为来自世界各地的游客和当地的司机向导，客观上也兼顾着保护野生动物的重任，盗猎者一般也不敢去游客众多的保护区内；加上保护区和国家公园与旅游相关的收入断流，未来可能无法支付员工工资，同时护林员的人力不足，自然会减少巡逻的次数，反偷猎工作因此陷入困境。目前，偷猎事件大量地增加了。在南非，仅在 3 月下旬宣布边境封锁的第一周内，就有 7 头白犀牛被猎杀。

此外，生活在保护区周边的一些村民由于失去了经济来源，食物短缺，出现了采用金属索套来捕杀羚羊和长颈鹿等野生动物的行为，以此作为食物来源，并将剩余的肉出售，以换取一点微薄的收入。

从全球范围来看，我不断地听到野生动物受到残害的消息。2020 年 5 月，在印度西南部的喀拉拉邦（Kerala），由于不断失去栖息地和食物来源，大象觅食时常会误入农民的耕地，破坏庄稼，农民则设置电网，埋下特殊的爆竹来驱赶大象。一头怀孕的母象在马拉普普拉姆（Malappuram）社区觅食，吞下一只暗藏着爆竹的菠萝，在它咀嚼吞咽时，爆竹在口腔、食道和胃部爆裂。这种"菠萝爆竹"被称为"Pig Crackers"（野猪爆竹），通常是当地农民对付野猪的方法。

剧烈的疼痛使得这头母象不断地哀号，它奔跑十多公里进入丛林，踏入河中，估计是希望可以用这种方式暂时抑制住疼痛，从而保住小象的生命。它在河里站立了几天，当地的护林员从其他地区引入两头大象，试图让它们把受伤的母象从河中牵引出来，然后送往动物医院救治，但这头母象始终站在河中央岿然不动。由于受伤严重，加上无法进食，这头母象于5月27日晚死亡，一尸两命，在全球引起热议，让无数人愤怒和悲伤不已。

2020年7月，在博茨瓦纳的奥卡万戈三角洲和北部地区，有超过350头大象离奇地死亡，横尸遍野，其中有70%的大象尸体集中在水潭附近。这些大象死前曾一直疯狂地绕圈踱步，接着脸朝地倒下迅速地死去。更为诡异的是，连食腐的秃鹫都对这些大象的尸体绕而远之。

从整体上来看，签证限制、边境关闭和活动隔离等措施，已经严重限制了年旅游收入约为1660亿美元（占非洲国内生产总值的8.5%）的非洲旅游业。本来已经面临物种濒危和偷猎威胁的野生动物群落，现在又被疫情所祸及，令人感慨万分、唏嘘不已。这是一个被伤害的自然世界。

此时，人类和那些野生动物似乎处于某种共通的困境中，同罹深切而复杂的病痛。人们在遭受到惯常的伤痛之外，还增加了旁观他人痛苦之痛，由人及野生动物之痛。这是一种"寰宇一家"的哀痛。

2020年9月起，非洲的一些营地陆续开始恢复营业。沸腾的生活和燃烧的草原渐渐远去。饱经忧患和困顿，努力地去跨越生命原野中的壕沟。怎样在这样奋力向前的姿态中，保留"一束独立而冰清的灵魂"？这可能是每一个人都会遇到的问题。

此刻，曾一度模糊的地平线，再次清晰来临。让我们再回到非洲的野生动物现场。我所喜欢的野生动物摄影是自然摄影中最具有挑战性、要求最高的一种。大多数野生动物容易受到惊吓，又十分敏捷，拍摄者要尽量避免干扰它们的生活。当然，这种难度也正是其魅力所在。

除了长时间蹲守，拍摄时还会遇到

游客乘坐越野车，进行 Game Driving，过多车辆的围观，事实上已造成对野生动物日常生活的干扰

各种各样的困难甚至危险。"这是充满了荆棘和沼泽的世界，我却拼命地向前，走出一条梦幻之路来，这样即使跌倒了也是华丽的。"我曾在一篇拍摄笔记中这样写道。

我从1997年起开始使用专业数码相机，是最早研究数码影像的一批职业摄影家之一。当时专业数码机身只有200万像素，价格却高达14万元人民币，成像质量与今天的数码相机不可同日而语。

在非洲拍摄时，会使用到各种镜头，其中135系列的镜头，从16～35mm/f 2.8一直到500mm/f4的镜头都会用到。120相机，我则一直使用哈苏503CW，这台相机跟我走遍了七大洲。我始终没有放弃使用胶片，每次去非洲都会拍摄少量的反转片。

胶片的画面效果别有意味，带有一种特殊的质感和颗粒状，那仿若时间的颗粒与尘埃。非洲之尘也在不经意之间，昭示着生活和命运的轨迹——"大海中的灰尘，没有尽头的旅程"这一行字，如同一个密写的箴言，也在诉说非洲时间的全部奥秘。微弱如洪钟，只要你能听见。

曾有记者问我："如果你不当摄影师的话，你会怎样？"

我说："我会选择去当一名园丁，种花种草，体验植物间最细微的变化。在太阳下闭上眼睛，看到的是一片纯粹的红色，流动的血脉，最纯正的红色，这样的感觉特别真切。"

那恰似非洲之红。光焰在波动，非洲之魂已深入血脉之中，永久。

"波光之中，霓裳羽落，直至江河湖泊和岛屿，直至非洲原野。"

这样一句简单的话，就可以将我的创作和专著串联起来——从《西欧时装之旅》

下午时分,桑布鲁国家保护区,一群大象列队渡过艾瓦索·恩伊罗河。这仿若宏大的非洲乐章中,一首欢快的进行曲

《华丽巅峰》《心灵居所》《橱窗里的彼岸》《时尚候鸟》《水恋欧洲》,一直到新近出版的《水岸九歌》《琴岛低语》《极地天穹》和这本《非洲苍穹下》。

浮华和山川都纷纷远去,只有心中空净如浅眠。

非洲也频频出现在我的梦里。在我的札记中,曾记载着这样一段文字——

2016-5-30

晨梦,一列火车载着一座教堂,向我驶来。然后,呼啸而去。

此开阔的非洲大地。

2021年6月中旬。在马赛马拉的朋友传来消息,雄狮"疤面"已于6月11日去世,走完了它14年的"狮生岁月"。在网传的照片上,那个曾经威风凛凛的"疤面"瘦骨嶙峋,虚弱地趴在草丛中,令人顿生感慨。一代传奇就此落幕,但这片繁茂的野性之地,依然繁茂如初。

非洲炙热的岁月,时常幻化成记忆与回声。

在许多时候,归来和归去是同一个哲学问题。我习惯于将每一次访问,都视作一种重返;我习惯用"回到"这个词,仿佛我已在那里生活和感受了很久。北极、南极、欧洲岛屿、湖泊和河流,还有非洲原野这些被我书写着的往事与传奇……那些自然的变迁、生灵的陨落和人群的宿命,所有这一切都让我注目、聆听和缅怀——缅怀一切现存的或即将消失的大地上的事情。

我的目光追随着这列超长的列车。它没有车头,教堂的尖顶就被放置在列车的最前部。教堂的后面车体平板上,摆放着一系列的独木舟,一些孩子在无水的空间里,划着桨,唱着非洲的歌谣。

铁轨划出一道优美的弧线,两旁是如

程 萌
于塞伦盖蒂—上海—苏州
By Cheng Meng,
from Serengeti to Shanghai & Suzhou